JN214444

# わんの小島

半海健
Takeshi Hankai

風媒社

わんの小島　◉目次

第一章　小宇宙　8
第二章　清　二　32
第三章　亜　紀　53
第四章　獺　祭　95
第五章　弥　生　112
第六章　亮　一　127

第七章　早　紀　170
第八章　エージェント　206
第九章　三老人　222
第十章　巡　礼　266
第十一章　英　雄　317
エピローグ　345

とんとんと戸をたたく音がした。

開けると、カワウソが魚を提げて待っていた。後ろにはウミウとミサゴもいる。

カワウソは魚を高くかかげると、「一杯やりましょう。獺祭といきましょう!」と笑った。

「だっさい?」と郷は訊いた。

「酒盛りです」とカワウソはもう一度笑って、戸をくぐった。ミサゴとウもつづく。

# 第一章　小宇宙

大波止の、朝陽が溢れるターミナル・ロビーは思いのほか混みあっていた。半円の窓口で、今も暮らしている方言のちょっと早口で親切な乗船券を受けとり、窓際のベンチに、期待と不安な身体を預けた。一面のガラス張りの向こうに、歴史を彩った港町が賑やかにざわめいている。海は凪いでいた。前の席では年配のカソリックのシスターが二人並んで、小さな声でダイエットの話題に興じている。一瞬、二人はゆれる光に包まれた。間もなくして、乗船開始を告げる黄色い声のアナウンスが、おぼつかなげに渡っていった。腰を上げる。

ボーイング929・ジェットフォイル・水中翼船シーガルがスタンバイしていた。船首と船尾に生えた二対の水中翼を入念に羽づくろいし、ウォータージェットのフォーミングアップもすませ、タービン・エンジンの静かな鼓動が船べりを伝っている。高い煙突からシーガルは、笛を鳴らした。

桟橋を離れ、辺りを見廻して静々と水面を切る。あわてて、たどたどしくシートベルトを締めた。しばらくして加速し、スピードに乗ってくっと船体が海上に浮く。水中をフラップで切る翼走に移った。

――鯨の背に乗って、滑走する！　心地よい振動だ。

とうとう島へ帰れる――！

いつの間にか、眠ったようだった。

山が笑う五月も半ば、郷は島へ還っていた。

港には、治叔父が破顔三笑して迎えてくれた。叔父はすでに七十半ば、郷に一〇年ほど遠くまでドライブしていた。中古のそのまた中古の［軽］に乗りこむ。長い間こき使われ、潮風と闘って錆び傷を負った車は幸いまだ床は抜けていなかった。

波止場の海岸通りに、幼い記憶をあれとこれと呼びおこし、魂を失くした半ばシャッターの閉じた商店街に、遠い賑やかさをまさぐり、大川の橋を渡る。タイル張りの水槽に団塊のごとく息をつめて潜っていた、あの橋の袂の豆腐屋さんはもういなかった。行き過ぎる沿道には、長い月日に多くのものが欠けていて、新たなものは少なかった。人家が尽きた辺りからゆるやかな曲り坂を登り、峠を越えて街道をひた走る。辺り一面、耕作放棄された荒蕪地に蒲がすっと青い背筋を伸ばし、所々は遷移が進んで潅木が繁る原野に化けていた。

呆然自失。

「帰りなんいざ、田園まさに蕪（あ）れんとす、なんぞ帰らざる」小さく尋ねてはみるが、すでに幾年を気儘（きまま）に無頼に生きた原野は生真面目、几帳面な元の田んぼに戻る気はなさそうだった。遠い昔には、稲田が山裾の際ぎりぎりまで耕かされていた。人々は一握の土をも掻きあつめ、猫の額ほどの隘地にもしがみつき、早苗を植えた。

街道を折れ、車が何んとかすれ違える山道を登っていく。視界が開け、海と島々が跳びこんできた。山道は山腹を縫うように曲がりくねり、島々と穏やかな海が見え隠れする。時々、人家が現われ、時折、叔父はすれ違う［軽］に声をかける。郷も頭をさげる。怪訝そうな目つきに視線がうまく交わらない。少し時間がいるようだ。

山道を海側へ折れて、急勾配の下り小道に乗りいれる。一瞬、空に跳ねあがる。目線が宙に浮き、空を降りると、割ノ小島（わんのこじま）が待っていた。道角にアメリカデイゴが立っている。溶岩のごとく黒く固く節くれだった幹をこじあけて、淡い若葉の枝を懸命に伸ばす健気な息吹に興じていたら、小さな小屋に着いた。これから郷（あきら）が暮らす、起臥（きが）一界のワンルームの住家だ。耳にはかすかに海が聞こえる。五、六十メートルも歩くと、たゆたう海がある。郷を降ろすと、叔父はすたこら坂を登っていった。

窓から海と谷が見える。開け放つと、青い壁が横たわった。五月の海は光の粒がきらきらと流れ、強い磯の香が流れこんでくる。何にでもどこにでもぬったあのヨードチンキの、保健室のなつかしい匂いだ。竜宮では、ヨードを奪いあい濃縮しながら、ひしめくホンダワラが背丈を競っているのだろう。

――還ってきた！

碧い水に、心を放つ……、漂う……漂っている。

連れ戻して、浜へ向かう。途中に小さな出作り小屋と空地があり、空地の右手、石組みの崖の上に、山桜の巨魁が太い根元を強張(こわば)らせ、杖をかざせば届く目の前にこれ見よがしに枝を垂らしてくる。叔父のところの山桜と双璧を張る見事な古株である。芋畑の畦を杖をつき、海へでた。

満ち潮だった。水は溌剌とエメラルドに輝き、風が波紋を広げながら渡っていく。沖合を雲の影が歩いていく。しばらく影についていったら、島に上陸した。

左手そばに、アコウの大木が枝を広げて、憩いを待っている。幹は幾つにも分岐し、互いに絡んで睦みあい、枝から垂れた長いあごヒゲが、気根が、薫る風にゆれる。枝の所々からは短い柄が直接に伸びて、イチジクに似た小さな実を点(とも)している。根元に陣取った木製のベンチに腰をおろす。ヒゲがおでこを、頬をなでてくる。アコウの大木はこの浜に寄る人たちを夏の陽射しから護り、冬の侘びしさから包んでくれる。

海に向かって左手は、岩磯(いわいそ)が円(まる)く弓をしぼり、一段と海に突きでている赤茶の鼻は赤石鼻(あかいしばな)だ。その先に、果物のキーウィを縦半分に切って伏せたような、大きくも小さくもない、手頃なサイズがかもしだす安堵感に包まれた小島が佇む。新緑におおわれて見るからに優しい姿だ。干支(えと)の焼物の鼠がチョコンと座っている。癒やしがある。小島は長い瀬で岩磯と繋がっているが、瀬は潮が満ちると水中に潜り、潮が干くと海割れが起きて往還道(おうかんどう)が現われた。遥かなむかし、岬がぽこっと割れて先端が小島になった。割ノ小島(わんのこじま)と不思議な響きで愛称される浜のランドマークだ。

右手は、石と岩の磯浜が長々と横たわり、その先には瀬が幾重にも重なる。一番手前に差し出された手は春ん婆瀬(はるばぜ)と何代も昔の婆さんの名で呼ばれていた。

正面は、右へ順に、屋根の形をした長い島が横たわり、丸い島が遊び、奥にも細く憩っている。左には、大きな島がどんと座っている。長い島と大きな島の間の遥か彼方には、小さな三角錐の岩礁が顔をのぞかせ、水平線はというと、海から湧きでた入道雲が押えていた。完璧な布陣だ。多くの島々に護られて、浜はいつも静かに凪(な)いでいた。

杖をとり、腰をあげる。アコウの巨木の背後は谷になっている。浜辺を底辺にして三角形が山へと食いこむ。谷に踏み込むと、目の前を巨(おお)きなタブの木が立ちふさがるように鎮座なさり、赤みを帯びた黄褐色の若葉とエノキダケに似た黄緑っぽい花が、陽に輝き、渉る風に葉うらが戦(そよ)ぐ。堂々たる巨木は金華(きんか)の舞いに酔っていた。タブは島の照葉樹のシンボルである。横に延びた枝の途中から上に小枝が伸び、その上へ伸びた小枝からまた横に孫枝が延びと、時と共に階を積み重ねては、巨大な系統樹へと進化していく。

タブの木を背中に歩くと、亀の姿をした灰色の巨岩が谷を奥へと這う。亀は海を見にきて帰るところだった。高さは二メートルほど、大きさは十メートルはあるだろうか。

子供でも尻尾のほうから登れた。甲羅へよく這いあがって、寝転んでは空を、わんのこじまを眺めていた。やがて静けさが降りてきて谷を、浜を包む。大いなる沈黙の中を時が流れる。永遠に！　自分が死んだ後も、時は何ごともなく流れつづける。自分はもういないのに、時は永劫に流れていく。少年はそれが怖かった。さみしく、もの哀しかった。

亀岩(かめいわ)は今日も悠然と山へ向かっていた。

息を吐いて、万年の亀時間の呪縛から逃れる。アコウの木の下のベンチに戻ると、わんのこじまが海面に、くっきりと逆さ鼠を映していた。潮の変わり目、潮の流れが止って海面は静止し、鏡面となる。明鏡止水の水面を、影を凝縮して緊張感が座っている。これから潮が引きにかかる。

町から遠く、バスも通わぬ寂しい谷と浜の、海やまのあいだの、これから暮らす、錨を下ろした世界のアウトルックだ。

昼過ぎ、郷は叔父の家に登った。

山道を、結界を跨いで（ここから先は谷ではなく山と呼ばれる）新緑の山肌に暗く口を開けた山路(やまじ)へと踏みいる。入口の崖は赤土がむきだしで、指にとって嘗めると細かい無味乾燥な味がした。昔のまんまだ！　やがてひんやりと陰が襲う。崖の上の斜面には、生い茂った羊歯(ウラジロ)の淡緑(あわみどり)の雲海がうねり、新芽のゼンマイ山小僧が四方から見つめてくる。緑雲を破って突っ立つ杉木立の坂を喘(あえ)いでいくと、道端の藪から、待ち伏せしていた小さな甲虫が道案内に飛立った。すぐ先に止まる。近づくと、また飛んで遠くへ停まる。今度は、少し戻ってきた。光沢のある、緑の頭に胴は赤と青と白の宝飾の虫ピンだった。また、奥へと飛ぶ。郷は手前を左に折れる。道を教えるつもりか、迷わせるつもりか？　家の手前の空地に、厚く硬い皮をまとった巨大な山桜が枝を四方へ蔽いかぶせ、陽に透ける若葉がきらきらと賑やかに生命(いのち)を歌う傘の下、空地は大人と子供で華やいでいた。

大きな三つばかりの石で竈(かまど)が切られ、火が焚かれ、大鍋には湯がたぎり，傍では積まれた沢山の筍(たけのこ)が怯えている。半キロほど離れた近所の一家も総出で、タケノコを湯がいていた。何度か声をかけ頭を下げ家に入る。

叔父の嫁の浜江(はまえ)さんが台所から迎えてくれた。お昼をすませ、タケノコ騒動の声に耳を傾けながら縁側に寝転んだ。子供たちが猫車(ねこぐるま)で遊んでいるようだ。釜に近づいては、危ないからあっちで遊べ！　と叱られている。

春も育ち終え、夏の兆しが見え隠れする山々は新緑にむせかえり、樹々の若葉は黄緑、緑、深緑、金緑、銀緑、銅緑、赤緑、青緑、黒緑と様々に、己が個性を誇らしげに光り輝かせながら、色彩豊かなパッチワークを織りなしている。峰々に風の群れが現われると、一斉に渉りはじめた。あちらこちらで淡く薄く葉うらが戦(そよ)ぎ、山は笑いながら、ざわめき、発情し、揺れる。モラトリアムの若葉の頃には、こんなにも多くの色を持つ個性豊かな木の葉たちは、やがて刺すような強い陽射しの夏がくると、決意も萎(な)え、己が野心を失って、一つ色の緑に成長していくのだった。

ピィー、ピューイと鋭い鳴声をあげて、ヒヨドリが広角の折れ線グラフを飛んできた。メジロがツィツィッとせわしなくさえずり、素早い直線を定規でひく。ウグイスがのどかな呪文を気長に唱え、婚活の枝を渡ってくるが、声に似合わぬ地味な身なりを臆してか姿は見せない。ピーヒョロロと、山の斜面に現われたトンビが空高く遊弋(ゆうよく)し、同じ所を何度も円を描きながら忘れ物を捜している。幼い頃も、こんなにも鳥の声に充ちていただろうか？　鳥の影がよぎる。

しばらく寝入ったようだった。毛布がかけられてあった。

庭にでると、かたわらの花畠には色とりどり姿さまざまな生殖細胞が咲き誇り、咲きこぼれ、匂い、鮮やかに、目映く、そよ吹く風に、互いの美しさに吐息をついてはゴシップを囁く。叔父は花作りも盆栽も器用にこなす。時々、腕前を聞きつけて町から好事家が訪れる。

近道をして、花畠の畦の斜面を、杖の突きどころを探しながら、ゆっくりとタケノコ騒動の輪へ下りはじめると、子供たちが寄ってきた。小学四年生の早苗が、杖の動きと足運びを心配そうに見ていたが、何とか降りきるとちょっと意外な、感心したような笑みを口元に貯めて、「地球へようこそ！」と迎えてくれた。小学校に入ったばかりの雄太が、「宇宙船は隠した？」と心配そうに手をつないでくる。叔父の長男、雄一の子供たちだ。タケノコ騒動も終わりだった。竹の子はビニール・ホースで水を引いた大きなポリバケツの中で、気持ち良さそうに熱を冷ましている。これから何軒もの家々に貰われていくのだろう。

夕暮れ、町に住んでいる雄一と嫁の早紀がかけつけてきた。早紀と早苗は早速に、活きのいい、銀色に光る、人差指ほどのキビナゴを爪で三枚に下ろして刺身にする。叔父はヒラス（ヒラマサ）を出刃で引く。遠くで、犬の遠吠えが聞こえ、刃がしばらく宙に浮いた。雄一は雄太を肩車して、木々の梢の間からのぞく夕凪の海をせがまれている。

夕餉の食卓はにぎやかだった。

「兄さん、お帰りなさい！」

雄一が乾杯の音頭をとった。叔父や叔母のいとこは、いとこ同士の最年長の郷を兄さんと呼ぶ。初ものを食べると寿命がのびる。タケノコの刺身を愛で、タケノコの煮物に舌鼓し、久しぶりのキビナゴとヒラスに夢中になり、にぎやかに初日が暮れていった。

郷は、用意をすませ、小屋を出ると谷の奥を睨んだ。

谷を二つに裂いて小川が流れる。雨が降らないかぎり普段は水姿を見せない涸れ川だが、潮が干くと、浜先の小石の間を真水が顔をだして海へと注ぐのが見える。石を起こせばウナギの稚魚も隠れていた。目には見えないが、緑なりき谷は、小川のファスナーを開くと、木の葉の葉脈のように四肢を広げた地下に棲む水龍が管理していた。水龍は小川の中ほどの岩に囲まれた小さな水場に（なぜかそこだけはいつも水がある）、時折、褐色の模様を彫りこんだ大ウナギの姿で見え隠れした。川の向こう側は、亀岩の辺りから藪椿が群生して森へとつらなる。川の手前、小屋のあるこちら側は一段高くなっていて、野菜や果樹が植わっている。川に沿って上がっていくと、四、五本の梅の木が青くまだ幼い実のつき具合を自慢しあっていた。さらに上がると、一メートルほどの木橋が川を跨いでいる。

川はその先の竹藪を右に巻いて消え、竹藪の裏には小さな数枚の棚田を隠しているが、苗代を搔かなくなってから既に久しかった。曲がりくねった畦にとても大きな一朶の紫陽花がいて、梅雨時には優雅に着飾って田植えを眺めていた。幼い頃、その紫陽花によじ登った記憶がある。紫の大きな塊が、早苗が風にふるえて整列する水の面に映えた。

棚田の谷には蛍も生まれた。或る年の梅雨の晴れ間、提灯を翳した子供たちに蛍がびっしりとまとわりつき、星がこぼれる畔を無数のＬＥＤ電飾を着て遊んだ。その年は雪が多く、春先にも大雪に見舞われた。北国の花々にならい、蛍も夏が短いと知って一斉に光りでるや、時間がないからとそこらじゅうで愛を交わすのだった。

木橋を渡ると、小川に面して方形の空き地がある。屋敷跡だ。三方を小高い森に囲まれ、ここは森陰になって海からは見通せない。かつて、この地の人々はわざと集落をつくらず、山中の林の背後に、浜辺では海からは見えない陰地に、住家を造って点在して暮らした。

「郷、ほら、あの白い大きな木。あの木は切るなよ！」

叔父が指さした。

屋敷跡の裏手、森の斜面に、ひと際大きな白い幹の巨木が天を突いて立っている。この島では見かけない木だ。

「ばあさんが『神様が宿っているからあの木は切るな』と言っていた」

「なんて木ね？」見上げたまま、郷は訊いた。

「分からん。冬になると葉が落ちる」

祖母は何年も前の冬に亡くなった。葬儀を終えて一緒に後片付けをするなかで、谷を歩きながら、祖母の意思を叔父から引き継いだ。

「そこの石」とまた、叔父は指さした。「あれは無縁仏だ。あれも動かすな」

橋の手前、川床が多少広くなっている斜面に三つ、少し大きな石が半ば埋まって立っていた。

——さてと、登るか！

今日はそのつもりだった。

神様の宿る木まで、郷は斜面を登るつもりでいた。巨木は小さな葉を青々と繁らしている。ジャージを着て運動靴をはき、首にはタオルを巻きつけ軍手もはめた。杖を突き、杖を置き、四つん這いになり、木の根にすがり、やわらかい土に指を立てて、崖をよじ登る。汗が噴き、息を喘がせ、よろめき転び、そして辿りついた。

大きい！　巨魁だ。二抱え半はあるだろう。太い根が幾方向にも地上に剥きだし、大蛇の如くに這う。一ヶ所、二匹の大蛇が取っ組み合って大きな洞を抱いている。落葉が乱雑に散る地面に顔をつけて覗くと、けっこう深い。辺りは鬱蒼と樹々が繁り、天井にきらきらっと覗く青から、木漏れ日がひそひそと言葉のように漏れてきて、蝶のように地面に白い羽を休めている。

「神様が居るのか！」

荒い息をなだめながら、軍手をぬいで、白い幹をなでた。かたわらの苔むした石に腰をおろして、震える白い蝶に目をおとす。

突然、ブ――ンと、エコモード待機中の冷蔵庫が再起動するような、何かのスイッチが入った。一瞬、まばゆい閃光が走り、やわらかな衝撃波が郷を貫いた。目を上げると、澄明な粒子が浮かび、ゆれる。粒子は郷を包み、樹々を、木漏れ日を包み、森羅万象を包みこんだ。

宇宙が顕われた。

宇宙は郷の中に、密度のように入ってくる。

――何とここちいいのだろう！

郷は、濃度のように宇宙に溶けこむ。

——この平安は何だろう？

なつかしさだった！

心の芯から、なつかしさがこみあげてきた。ふわっと体が軽くなる。重さを失い、身体の存在も消え、空の高みに意識のみがあった。宇宙はシャボン玉がふくらむように広がっていく。澄明な粒子は、やがて、谷と浜を包んで膨張を止めた。意識は、谷間から浜辺へかけて広がる小宇宙を俯瞰（ふかん）した。

我にかえった。

ことはこうして成った。島へ還ってちょうど六日目だった。森は再び静寂に包まれた。郷はふと森の奥に、生きものの気配を感じた。

屋敷跡に老人がいる。

登りはじめる前から、カワウソは気になっていた。この森に、崖をよじ登って人が入ることなど久しくなかったことだ。洞の中を片づけ、入り口に枯葉を撒いてカムフラージュし、森の奥へと急いだ。後足で立ち、手を木の幹にそえ、木陰から遠く深い視線を向ける。耳を澄ます。

「神様が居るのか？」

カワウソはたしかに聴いた。遠い記憶がよみがえる。カワウソは目を閉じた。

ウムン、と何かのスイッチが作動し、光が瞼のうらを走った。

——時は満ちた！

感慨に涙がにじみ、ほっと溜息をついた。気づかれたような気がした。

郷はコーヒーを手に窓から谷を見やる。椿林が巨大なひと続きの生きもののように艶めかしく光り、膨らんでいる。濃い緑葉の無数のソーラーパネルに光の粒子が触れて、きらきらと、音楽を奏でるように賑やかに発電中だ。

先日の、不思議な出来事が、小宇宙が、頭をよぎる。どう考えたらいいのだろうか。いろいろめぐらしながら、コーヒー一杯分の目映い時間を飲み終えた頃、車が坂を降りてきて停まる音がした。早紀は持折買い物を引き受け、あれこれと顔を出してくれる。

「おじいちゃん、おる！」

リュックを背負って、雄太が、そして早苗が駆けこんできた。今日は日曜日のようだった。

「どうした、リュックを持って。家出でもしてきたのか」

「違うよ、着替え。ミナ（巻貝）採りにきたと！」リュックを下ろしながら早苗が笑う。「教会からまっすぐきたと。おじぃちゃんね、雄太はお祈りもせんと、ミナ採りミナ採り！、ってずっと独り言ばいいよったとよ。もう！」

雄太は早速にあがりこんだ。

「ムギ茶ムギ茶！」と唱えながら、冷蔵庫から麦茶のボトルを取りだす。

「雄太！　おじいちゃんに飲んでいいって聞いたと？」代わりに、早苗が聞いてやる。

すかさず、「兄さん！」とお日様の眩しい声がして、早紀も両手に大きなビニール袋を提げて顔をだした。早紀は背が高く、痩せてはいるが力はあった。何より体を動かすのが好きだ。面長の顔に長い目はどこか寂しそうだが、勝気な瞳は笑っている。

早苗と雄太は一目散に浜へと跳んでいった。ちょうど干潮のはずだった。買い物の始末は早紀にまかせて、郷も浜へ、磯の香の中へ降りた。大潮とみえて遥か遠くまで潮が干き、広大な岩磯のパノラマが顕われていた。いつもは底が水中にある、牛の背に似た緑の大岩もすっかり露出している。アコウの木の下のベンチから、二人を眺める。二人は小さな手に軍手をはめ、時には膝下まで水に浸かって石を起こし、巻貝（ミナ）を見つけている。「雄太、そこ、それ！」声が響く。

大きな麦藁帽子を顎の下で結んで、早紀も馳せ参じてきた。スーッスーッと滑るように、颯爽と大きく足を前に踏みだす。ミナ採りに加わった。早紀は明るい。早紀の明るさは周りを照らす。にぎやかな声が磯の石を、ミナを、昼寝から起こして廻る。

「あっ、大っきい！」、早苗の一段の歓声が谷をぬけ、山に消える。

——遠い昔、あんな風に遊んだものだ。

郷の額の裏を、想念がうごめく。記憶の庭に入っていく。吸いこまれるように、山に消えた一瞬の今は、もう過去となり、すでに未来でもある。不可分な遥かな時の流れを、人生が邂逅し、あるいは行き違う。後悔がある、謝りたい人がいる、会いたい人もいる、もう会えない人もいる、傍らの杖が取返しのつかない時間（とき）を突きつけてくる——。

「うぇーっ、これ何！」、突然、雄太が奇声をあげた。声はまた、山へと入っていく。

歓声が、奇声が登っていった山を越えて、かつて子供たちは学校に通った。登って行くと段々と小さくなっていく段々畑の山を越え、似たような曲りの九十九折りを下り、昼なお暗い杉木立を辿り、騒ぐ竹藪を抜け、明るく開けた畑を過ぎ、田んぼを進むと（春、田んぼは一面のレンゲ畑になった）深く切れこんだ入り江が迎えてくれた。入り江の右手は山が直に海に墜ち、左手を水に沿って湾口へ向かうと、隣島と結ぶ渡海船の小さな波止場が突きだし、さらに元気を出して岸沿いに坂道を登っていくと、入り江を見下ろす崖の上に、カソリック教会系の施設が後ずさりしながら立っていた。幼子を抱いたマリア様とシスターが、親のない子供達と一緒に暮らしていた。シスターは、船の曳く航跡が静かな水面に三角に広がり、小さな波となって打ち寄せる岸辺に子供たちをよく連れていった。水は、岸辺の水は人の心をいやすと、何かの本で読んだことがあったから。長い歴史を持つ、献身的な世界が息づいていた。もっと先、湾の出口では、レンガ造りの古い天主堂が岸辺でずっと暮らしていた。

小学校は小川に面して、中学校は海に臨んで、切れこんだ入り江の奥元にあった。校庭から小川に踏み入り、渚が歩けた。立派な木造校舎は村人の希望を担って、朝は子供たちを一気に吸いこみ、午後になると静かに吐きだすのだった。子供たちは海辺から、入り江から、山あいの谷から、山奥から、歩いてきた。帰りの道草は楽しみだった。筍をほり、山椒をつみ、鳥もちの木の皮をはぎ、柔らかな茅のスボ（茅花）を噛み、時には野糞をし、峠にかかる。左に折れ、暗い林の尾根を進み、右へ岩の段を一歩踏みだすと、峠に立った。パノラマが広がる。見下ろすゆるいカーブの磯浜に、わんのこじまがいつも出迎えてくれた。夏には一気に駆けおりて、そのまま海に跳びこんだ。後年、郷は夢でこの峠の上をよく飛んだものだ。もう山に呑み込まれてしまったと叔父が諦めるあの峠の杣道(そまみち)は、岩は、まだ憶えてくれているだろうか。

カソリックの子供たちも多かった。普段は勉強などそっちのけの腕白が、土曜日になると、休み時間に聖書の暗記に懸命だった。声に出して早口に読んでいき、最後のアーメンだけが大きく響く。日曜日のミサで、親たちが見守る中で、授業参観よろしく、そらんじさせられるのだ。先生より神父さんが恐かった。

多くが貧しかった。弁当のない子もいた。昼休み、そっと教室を抜けだして水道の蛇口をひねり、皆が校庭に現れるのを桜の下で待っていた。農繁期には登校しなかった。そんな貧乏もなんのその、笑って、泣いて、子供達は金の卵へと育っていった。

初夏の午後、子供たちが校門から散っていく。橋の下を覗くと、小ブナがいっぱい白い腹を見せて浮いている、大ブナもふらふらっとよろめいている、ウナギも穴から酔いでている。

「毒流しだ!」

子供たちは傍の畑にいっせいに駆け入り、カボチャやキュウリの葉を千切って川に跳びこんだ。表面に細かい棘が無数に生えているその葉で、ウナギを掴むとすべらない。誰かがバケツを持ってくる。バケツに入れて、近くの仲間の家の裏手、崖の裂け目から滲みだす湧水を受ける大きな水甕(みずがめ)まで運び、水を何回か替えてやって魂を戻すと、甕の中に隠した。川に戻って浮いた小ブナを惜しんでいると、大人が三人、やっと上流から川の中をたどたどと現われる。足よりも毒の流れのほうが速かった。ウナギは一匹も残っていない。

「ウナギはどこへやった？」

容疑者を集めると、大人は自白を迫った。

子供たちはそれぞれに、自分ではない誰かの首をふる。毒流しは禁止だ。大人も諦めた。

進駐軍だっていた。時折、長いアンテナをゆらして、ジープが颯爽と土埃をまいてカーキ色の姿を見せた。施設へ慰問に行くのだ。島の反対側にレーダー基地があり、海峡と半島を睨んでいた。

「占領軍の悪口を言うと、あのアンテナで聞こえるからな！」

皆を集めて、上級生が小さい声で注意する。

ボンネットの乗り合いバスも走っていた。

バスの運転手さんとは遊び仲間だった。

凸凹の未舗装の道路には、バスの轍（わだち）がどこまでもくっきりと延びていた。轍へ、平たい石と石の間に紙の火薬をはさんで、何個も並べておく。曲り角に、歯車と車輪と長いベルトが働く精米所があって、その横の坂は大きな納屋へと登っていた。坂の途中の楠（くすのき）の大木の陰に隠れて、じっと見守る。バスが気取ってやってくる。

バン、バン、バンと音がはじける。と、いつもは窓から「こらーあっ！」と怒鳴って通り過ぎるはずの、バスが止まった。運転手さんが降りてくる。怒っている。あいつだ。大変だ！　満員になると若いのを無理やり降ろして年寄りを乗せる、あのおっさんだ！　こっちへくる。子供たちは納屋の二階へ散り散りに隠れた。中は真っ暗だ。運転手さんは入り口で睨んでいるが、明るい入り口からはネズミは見えない。諦めて、帰っていった。

明くる朝、緊急朝礼があった。木造校舎の中央の切妻破風（きりづまはふ）の正面玄関の前に、朝礼台はあった。玄関の両側には桜が枝を広げ、初夏には酸っぱいサクランボをほんの少しだけ点けた。当然、予感はあった。固唾（かたず）を呑んで整列する。

校長先生は「やった人は手をあげなさい」とは言わなかった。「これからはやらないようにしなさい」と静かに諭した。その日から、子供たちは遊び仲間からバスの運転手さんと車掌さんを外した。幼年期にも法の支配が忍び寄ってきた。

郷は小学の途中で町へ、町の波止場に越した。

もちろんのことだが、学校が休みのたびに一人でバスに乗り、途中で降り、山道ができるまでは長い遠い浜辺を歩いて、祖父母の谷と浜に入りびたった。日暮れて、遠い道を町へ帰っていった。

——いつからいたのだろうか？

左手の浜で、思いもかけない眩しい白いサマードレスの女性が浜木綿（はまゆう）の群れを眺めている。成長の具合いは三十歳くらいだろうか、ハマユウのように白い肌が目に挑んでくる。

はしゃぎ声に郷が視線を戻すと、ミナを成敗して、三人は意気揚々と上がってきた。シャツと半ズボンを濡らして、早苗も雄太も満足そうな頬だ。網袋を見るとミナの中に大きなヒロンド（ギンタカハマ貝）も混じっている。早紀はしばらく女性を品定めしていたが、麦藁帽子をとると、「今日は！」と大きく言って偵察に向かった。サマードレスは近づく早紀を、じっと、じっと見つめている。女性が何やら話しかけると、早紀も加わって浜木綿の白い紐にふれる。早速、同盟を結んだようだ。白く細く流れ落ちる糸状の花弁はエキゾチックだ。白いチャイナドレスに包まれた女性の風情がある。

浜木綿の、天津甘栗ほどの丸い白っぽい種は芽を出すのに何年とかかる。コルク質の丸い種は大波によって海にさらわれ、波のまにまにゆられて遊んで、何年も海を漂い、遥か遠くへ旅し（すぐに発芽したら大海原の波の上、遠くまでいけない）、どことも知れぬ海岸に再び大波によって打ちあげられ、運が良ければその地に芽をだす。浜木綿はそうやって、海人（あま）の安曇（あづみ）族のように各地の海辺へと移り住んだ。この浜にもそうやって寄ってきた。

女性は今度は、その白い手が指し示す方向からすると、谷の坂道に沿って咲き誇る紫陽花を狙っているようだ。早速、早紀はアジサイを見せていい、と攻めてきた。叔父が坂道に沿って何十本と植え込んだ。町でも評判になっているらしく見物客が時折寄る。今が盛りと赤、白、ブルー、赤紫の玉が艶（あで）やかさを競いながらライン・ダンスを踊っている。叔父の酸とアルカリの土壌管理は見事なものだ。

早紀と女性は連れだった。二人は自己紹介をしているようすだ。ふと、気づいたが、女性は足音をまったく立てなかった。雄太が手を探ってきて、郷たちも大漁の道をはしゃぐ。しばらくして、女性は遠くから頭を下げると、坂道を登っていった。木々の緑がドレスをいっそう白く鮮やかに輝かせていた。早紀の話では、女性は最近、長崎から島にやって来たということだった。

女性は白い［軽］にすべり込んだ。しばらく停まっていたが、やがてゆっくりと走り去った。カーブを曲がり、樹々の向こうに消えた。と、いつの間にか紺色の車が現れ、音で確かめるように、二カーブおいて後をつけていった。

この島には介護する人と、介護される人しかいない！

島の人々のもっぱらの口癖だ。早紀は介護する側だ。介護施設に勤めている。しかし、早苗や雄太のように少しばかりは子供もいるし、若夫婦もいる。過疎の島とて何とか再生のサイクルは回しているようだ。赤ちゃんが生まれ入学し卒業する、卒業するとやはり島を出て行くのだが。一方で、団塊世代のかつての金の卵たちが、定年を機に、望郷の念抑えがたしと故郷の島へ還ってくる。ほとんどは男、すでに高齢、介護予備軍ではあるが。この先の長浦にも、最近そうした一人が大阪から帰ってきた。あれこれ手を廻して何んとか家もこしらえた。帰ってきたのは旦那だけ。大阪生まれの連れ合いは「そんな無人島で、アンタと食い物を奪いあって老後を過ごす気はさらさらない」とすねて、飛行機にも新幹線にも乗ろうとしなかった。それでも、旦那は嬉々として昔の仲間と酒盛りに興じている。時に希（まれ）だが、先の女性のように珍しい寄りものもある。

子供たちはシャワーを浴びて着がえ、早紀はミナを少し湯がいてくれた。郷は身を楊枝（ようじ）で、螺旋のピンと尖った尻尾の先まで、きれいに殻から取りだして見せる。早苗と雄太は目を丸くしている。楊枝ではなく殻を回すのがコツだ。二人はすぐに覚えた。自慢げに刺した楊枝をかかげ、幾つか食べたところで、早紀に首根っこをつかまれ、トマトとキュウリと一緒に［軽］に積みこまれた。遠くまで、はしゃぐ声が聞こえていた。

郷は小屋に、一人残された。妙な、心もとない気分だった。思い直して浜へ降りた。この季節、西の島では遅くまで明るい。陽はまだ高く、アコウの木の下に陣取り、ミナを裸にしながら缶ビールを飲む。海辺に至福の時が訪れる。時間は止まり、ニルヴァーナが、そこにいた！　一人でもさびしくはなかった。

——海がそこにある！

心はあるべきところへ還ってきた。想いが、溢れる。アルファ波が郷を充たす。もう一本、缶を開ける。

この国を長寿の不安な未来が覆いはじめてから既に久しい。閻魔庁の発表によると、人間の雄の平均寿命は七十九歳、団塊最大派閥の平均余命に至ってはあと十九年、まだまだ長い刑期が残っていた。叶うならば、わんのこじまを眺めながら、いずれ介護ロボットを友に、穏やかに勤めあげたいものだ。

シャワーだけにした。簡単な夕食をすませ、窓際に座って新聞を読み片付けていたら、いつしか白い気配に囲まれていた。月明かりが手元に射している。郷は光をめくり終えると、新聞をおいた。月光は一途に射しこんでいる。誘われて、月下逍遥と浜へ出てみた。冴えた月が海の上にずり落ちて、海面に銀色の扇を翳（かざ）している。清（さや）かに降り敷く光に海も浜もなんとも明るく、わんのこじまはくっきりとシルエットを浮びあがらせ、優しく夢を眠り、夢は淡い幽（かす）かな緑色の虹となって空に昇っている。石も岩も一つ一つが浴びる光に洗われて、白い骨のように、ものの怪（け）のように群れ、広がる。

白い光の射しこむ海の中では、仄（ほの）かな光をまとって、生きものたちが蠢（うごめ）いている。イセエビが餌をさがしに穴からでている。タコが追いかける。タコを狙ってウツボが静かに這いだす。岩礁の砂地をウニが細く長い針を優雅に歩いてくる。岩の上から、法螺貝がコローンと転がって近づく。シャコが穴掃除をしている。通りがかったカニがちょっかいをだし、シャコがパンチをくりだす。そんなこんなを横目に、ミノカサゴはゆらゆらと舞っている。沖の深い底では、巨大な何かが眼をあける。

背後の、樹々が眠る山々にも、沸々と秘かな生き物の妖気が漂う。風が吹き、ダンチクの藪がザザーとゆれ、粗末な白装束の砂かけ婆あが月光をまとって走りさった。太い唇からのぞいた歯はだいぶ欠けていた。妖しい月の光に、百鬼は誘われ、夜行する。

煌々と照らされた白い異界へワープしていた。

六月も初め。

窓の外の泰山木（たいざんぼく）がアヒルの卵ほどの大きな蕾を割り、白い大輪の花を輝かせはじめた。初夏の気もそぞろな風が、巨大な花弁から、虫寄せに調合したライム風の香りを連れてくる。外に出たついでに、郷は杖で枝を引き寄せ、香を深く吸ってみる。ジンだった。大盞（おおぢゃわん）ほどの肉厚の白い花は、遥か太古の昔には、花とはこうであったと言わんばかりの風貌を漂わせている。よくよく近づけて見ると、いつの間にやら巨大な花の中に佇んでいた。白い花弁が三重に聳える外輪山に囲まれたカルデラの中央には、須弥山が、花芯が屹立する。みごとな宇宙。

美空の青、葉の明るい緑、光を吸い込むしっとりとした花の白、六月の色の取合せでこれに勝るものはない。

泰山木の花が咲う(わら)と、夏がくる。

浜へ出て、アコウの木の下に隠れた。首を回すと、幹に蜥蜴(とかげ)がじっと掴まっている。顔は彫が深く塑像のようにサイレントで、それにしても指は糸のように細い。灰色の亀岩が一族の棲家だった。春先の朝には、岩の下からよろよろと這いだし、太陽の熱を奪おうと岩肌に化け、エンジンがかかると出動した。トカゲは喋らなった。いつの間にかどこかへ消えた。浜は郷ひとりの世界と化し、郷は、時空を超えていく……

……少年は、左手の岩場を辿り赤石鼻を廻りこむ。廻りこみながら、狭い隙間や穴から小さな松が青い枝を伸ばす岩盤に、スッと柱状の岩が突っ立つ潮溜りに、獣に似た不思議な奇岩の群れに、国立公園の名を冠してポケットに入れる。畳三畳か四畳半にも満たないお気に入りの眺めだ。浜を彩る小さな庭、自分だけの世界、心が弾んだ。

わんのこじまを右手に、さらに奥へ先へと踏みだす。ふと気づいて、心細くなってあわてて逃げ帰った。そこは「河童(かっぱ)がおるけん行くな」と教えられていた。その岩場一帯は奇妙なほどの静けさに満ちていて、もう少し行くと崖が切立って立ちはだかり、先には行けなかった。浜の果て！　遠い未来の風景ように、寂しさが、不安が漂っていた。そんな地形のせいだろうか、あるいは大人の目が届かないための方便だったか。

すっと、トカゲが幹の裏からロストワールドな顔を突きだしてきた。郷は頷いて、尻をあげた。

タブの巨木へと杖をはこぶ。足元の夏草を分けて、壊れ果てて野晒しになった釜場の跡が「この先どうしたものか?」と訊いてくる。「そのままでいいよ」、とその壊れた煉瓦積みの塊に腰かける。ほっとしたのか、塊は再び谷の風景に溶けこんだ。廃墟は風景に時間を、時の流れを与えてくれる。燃え盛る火、煮えたぎる海水、土地に刻印された古の記憶が走馬灯のように巡る。廃墟こそはタイムマシンだ。釜跡のそばには野バラも、懐かしい白い小さな花をタイムスリップさせていた。

小石まじりの谷一帯には三、四十本の藪椿が群生している。浜辺に近い、椿林がはじまる辺りには薊の花が咲き乱れていた。赤紫の花穂は、濃いの、薄いの、輝くもの、しっとりしたものと様々だ。アザミの花はイソギンチャクに似ている。もっとも、触れても閉じた例はないが。大きなアザミの前に立った。熊蜂がアザミの蜜を貪っている。背中に黄色のゼッケンを付け、背番号は1にも見えるし、0のようでもある。熊蜂は邪魔者に気づき、一度花穂を捨てたが、諦めきれず、触角をピンと突きだし、ブン、ブン、ブンと花の周りを飛行しながら再上陸を狙ってくる。ホバリングからまさに着地しようとしたその瞬間、一陣の風が悪戯し、クマバチは揺れる花穂から滑り落ちた。あわてたクマバチは罰の悪そうな顔をして飛びさった。

ミサゴはタブの木の梢高くから観ていた。ミサゴの鋭い超高速シャッターの眼球は、クマバチが六本の足をバタつかせながら滑りおちるスローモーションの送りを捉えた。思わず苦笑した。

——誰かいる、見ている!

郷は、梢に視線を感じた。

# 第二章　清二

谷も浜も梅雨に入った。

一方は北の冷海育ち、他方は南の海洋生まれ。生まれも育ちもまったく正反対の二つの気団が何千キロにも亘って、互いに厚い壁を楯にぶつかりあい、水を掛け合いながら一ヵ月半程をかけて北上する。水を掛けすぎると批難され、控えると恨まれる。

このところ、前線が居座り、時折水っぽい薄っぺらな太陽が顔を覗かせるがすぐにまた水に溶け、雨は一向にやむ気配がない。草は「すくすく、くすくす」と、笑い合いながら生命の重さを増し、山も深々と緑を濃くし、あのムウンと草いきれする山滴る夏の準備に余念がない。今日は、荒れ模様の強い雨が、欲望を孕んで真剣に力の限り降りつづき、谷の小川を水龍が懸命に流れくだっている。鱗が岩にぶつかっては白く飛沫をあげる。

郷は新聞を放った。もう昼だった。ピーマンとベーコンを炒め、細く流れる三分を我慢したインスタントラーメンに載せる。多少、侘しさが消えた。無心に食べる。まだ午後は長かった。うつらうつらしていると、窓ガラスをペタペタと打つ緑の音が見えた。幼い雨蛙だった。しきりに手で、顔や頭の水を拭っている。

寄っていってみた。

ガラスの防音を隔てて、何か、大きな口をパクる。

窓を開けると、雨の音と匂いがどっと入ってきた。額の奥の海綿がじゅわっと水に浸かる。手を差しだし、机の隅に降ろしてやった。カエルはさっそく灰褐色に着がえると、手足を体の下にしまい込み丸くなって大きな目を閉じた。

新聞に、国際欄のミャンマーの記事に戻る。アウンサンスーチー氏がノルウェーの首都オスロを訪れ、一九九一年に受賞したノーベル平和賞の受賞演説を、二十一年を経た今やっと行っていた。世界情勢を、高等地図帳を手元に、丹念に読みこみながら、記憶の奥にしまい込み、忘れる。海外から戻ると、カエルは白い腹を見せて、顔というよりは大きなアゴを上げた。

「起きろって言った?」と訊いてくる。

「いいえ」と郷は首を振る。

「夢か?」

カエルは呟くと、手元まで跳ねてきて「そろそろかえる!　里芋の葉っぱで遊ぶんだ」と伸びをしながら欠伸もする。

郷は新聞を折りたたんで擲った。窓を開けて、草むらへ放る。開けたまま、びしょ濡れの泰山木を眺めている。傘もささずに、今度は、ずぶ濡れになったヒヨドリが飛んできた。まだ幼鳥のようだ。よく見ると羽が蓑(みの)になっている。首をしきりに回して辺りを窺がい、絶えず警戒するDNAは確かに恐竜が乗り継いだ進化系に違いない。小枝を器用に走りながら、右に左に嘴を枝にこすりつけている。ダンスに見えないでもない。ピィー、ピーヨ、ピュージュイヨ、仲間と呼びあい、他にも難解な符牒を操っては帰っていってしまった。

風雨はさらに強くなり、ストローのような雨脚が白く激しく刺さり、横殴る。枝葉から集められた雫(しずく)が幹元を滝になって流れ落ちる。

窓を閉めると、孤独がさっと入ってきた。

雨が降ると、ひねもす一人である。思念だけが結露し、めくるめく。訪問客があるのは、遊び相手がいるのは嬉しいことだ。雨は降りつづく。わんのこじまは濡れしょぼり、亀岩は首を伸ばして恨めしそうに天を仰ぐ。

白骨が見つかった。

この数日の激しい雨で地盤が弛んだのだろう、島の南西部の海べりで崖が崩落し、浜辺の古い納屋が半分ほど埋まってしまった。かつて巻網のイワシ漁が盛んな頃に建てられた納屋で、もう何十年と使われていなかった。この際取り壊すことにし、重機を入れての作業中、床に凹みがあって、念のためシャベルが入ってみたところ、かくれんぼを見つかってしまった。丸々全身の白骨はある種の腰痛持ちだったのか、うつ伏せに寝ていた。現場の、また発見された状況から見て、縄文人でも弥生人でもなかった。頭蓋骨の後頭部に大きな亀裂があった。いわゆる鈍器による損傷らしい。警察は殺人並びに死体遺棄事件として動き始めた。何しろ、凶器と思しき物がそこらじゅうにあるのだ。

この浦は古くからの漁師集落だった。海辺から山へ駆けあがるように狭い三叉路の路地が張りめぐらされ、家々は浜から運んだ丸い石が積まれた石垣に埋まり、台風と冬の季節風から護られていた。近年、車を入れようと、幅をとる石垣は四角四面のブロック塀に替えられて丸い詩情を剥ぎとられていたが、それでも手を挙げれば、幼児の頭ぐらいの丸石を掴める石垣があちこちに残っていた。つゆ空を、黒い雲が低く垂れこめ、捜査員はどんよりと沈んだ気圧を押しのけては息を継ぐ。一人が丸い石を手にとって、なぜかその感触を確かめている。カップルの野次馬も迷い込んでは、三叉路に小さく佇む道祖神を古い微睡(まどろ)みから目覚めさせる。島はこの新しい、白い住民の話題で持ちっきりだ。警察からの照会に、役場も住民票の作成に頭を悩ましているらしい。

がらんと、雲一つない。

青空が空を取り戻した。海が青い！　太陽高度が一番高いこの時期は、海の青さが一段に増す。郷はアコウの木の下で、山桜の枝から杖を削りだしていた。叔父が握りがつくような形状の枝をずいぶんと捜してくれた。山桜の木はとても堅い。美しい皮目を残して慎重に削っていく。まだ何日とかかるだろう。

ふと、異変を感知して小刀から目をあげた。巨大な複眼と獰猛な顎をもった、全く無表情な機械仕掛けのシオカラトンボが、鼻先の空中に止ってじっと偵察している。ドローンはすぐに無害な老人と察知してか、すっと反転して飛び去った。小刀に集中する、皮目をなでる、静かだ。干き潮が波音を遥か先へと連れ去っていた。音を抜かれて、浜は巨大な真空の瓶の中だった。

と、ッンと耳がぬけ、瓶の蓋がとれた。真空を破って、石を踏む音が近づいてくる。目を向けると、若者二人が右手の浜を、陽炎にゆられながら、ぶらぶらと踏む足で小石を崩しながら草書体でやってくる。その先にある漁港から海岸づたいに歩いてこれた。干潮を狙って、わんのこじまへ釣にでもきたのだろう。一人は体躯のしっかりとした大柄で、やけにアゴの張った長方形の顔立ちの茶髪のヤンキー、もう一人は清二だった。背が低くてがっしりしている清二が、木綿糸のように細い目をさらに蜘蛛の糸に笑って、ぺこりとお辞儀をした。ヤンキーもモゴムニャと意味不明の挨拶らしき仕草をする。二人は赤石鼻を回って見えなくなったが、ほどなくわんのこじまへの往還道を渉りはじめた。清二は時々魚を届けてくれる。

「かっこいいシャツ着てたな。最近だよな」亮一が清二を振り返る。「前は、いなかったよな?」

「都会から帰ってきた。親戚だ。中学の頃に島を出たんだと」立ち止まると、清二は谷を見あげた。「ほら、あの小屋に一人で住んでる」

「あのじいさん、やばくねぇ?」

「何だ、じいさんに恋でもしたか!」

「なんかこう、すっぽりと見られてるっていうか?」肩を、亮一はすくめる。

「すっぽり見られるほどお前はセクシィーじゃない。それと、わんのこじまはじいさんのものだ。今日から、きれいに使えよ」

「ほら、やっぱやべぇ！」

二人は海に突きでた大岩までやってきた。浜が一望に見渡せる。アコウの木の下には、じいさんはもういなかった。岩の縁に立つと、眼下の海中に白く光の筋が屈折して射し込み、海底の蒼の中に消える。じっと見ていると、吸い込まれそうだ。清二が海水を布バケツで汲んで冷凍のコマセを溶かし、タモ網を柄にねじり込む。亮一は呑気に仕掛けを作っている。釣といっても気の向くままだ。釣れても釣れなくとも帰る足取りが重くなることもない。

亮一がクーラーからペットボトルのお茶を取りだし、アゴで沖を見回すと、一本を清二に渡した。何かを指し示す時、亮一は指ではなく自慢のアゴを使う。その方が楽らしい。

「どうだ！　この暇そうな海は」亮一が目の前のゆれる流体にアゴをしゃくる。「眠くなってくるな……」

「もう、ねるのか！」

「それにしても、俺も暇だが、お前も暇だな！」

「お前に付き合ってるんだ。仲間には、陸で竿出して何釣ってるんだとからかわれてる」

「……」

「ん、どうした。フリーズか？」

「システムエラー……」

清二は漁師だ。魚を撫で、弄くり、捌いて育った。父親と小船に乗っている。もっぱら一本釣りだが、口が開けば伊勢えび漁の網も入れる。親は都会に出したかったが、清二はかたくなに跡を継いだ。

わんのこじまの左手、長浦は大きな湾が広がっていて、そこへ大手水産会社が進出し、クロマグロの巨大な養殖生簀が幾つも丸く四角く切り抜いている。この近海はヨコワと呼ばれるクロマグロの幼魚が回遊する。ヨコワを巻網船で獲り生簀で蓄養して出荷する。かつては何もなかった湾だが、今ではもう日常の風景となってしまった巨大な生簀を横目に、清二はウキをじっと見つめている。

――漁師の平均年齢は六五歳、漁業の将来は細るばかりだ。一方で、クロマグロの養殖に見られるように、漁業も新たな大資本の時代に入りつつある。漁師の高齢化に劣らず、漁船の老船化もコスト高を引き起こしている。為替が円安に振れたとたんに、油代が高騰してコスト割れする。加えて、近海や遠洋漁業の船内の居住環境は昔ながらの蚕棚同然だ。今時の若者が、そんな船に乗り込む気になるわけがない。漁師になるのは今や狭き門だ。

少し前だが、中国の漁船団が台風を避けて、島の漁港に大挙して緊急避難してきた。これまでにはなかったことだが、それより何より驚いたのはその船の立派なことだった。多くが、海の底を根こそぎ掻っ攫う底引網の大型の新造船だった。かつては、日本から中古船を買っていると聞いていたが、今や日本の漁船が貧相に見えた。と言って今、この国で新しく快適な高機能・省エネの大型船を造るとなると、国の援助があるとはいえ、豪邸よりも高い。借金をして造ってもリスクが大きすぎる。かといって、小船の一本釣りで生きようと思うと、欲をすてねばならない。加えて、尖閣諸島問題以来、この島の近海も何となくざわついている。漁師にとっちゃ面倒の種だ。
漁業が抱える問題は深刻だ――。

「おい、知ってるか?」再起動した亮一が、生簀の方に四角いアゴをしゃくる。「あの生簀の周りには、おこぼれのエサを狙って魚が居ついてるって話だぜ。それを狙って釣りキチもやってくるらしい。その内に、この島のメジナもあっちへ行ってしまうぞ」

清二はコマセを打ちこんだ。コマセの流れを追う。

「だからこうして、俺とお前でエサをやりにきてる。それより、あの生簀の養殖技術は最先端だそうだ。出荷までの期間を大幅に縮めたらしい。ノウハウはマル秘って話だ」

「もしかして、エサが違うのか?」

「分からん。エサは確かに大事だ。エサ次第で脂のノリが違うからな。普通は冷凍のイワシかサバだ。画期的な配合飼料を開発したのかもしれん。生簀に仕掛けがあるのか、単に潮流や水温の関係か、……ブラックボックスってやつだ」

清二は竿をあげ、エサをつけ替え、ポイントに振りこむ。

「最近島の西側に、人工孵化した稚魚を幼魚のヨコワまで育てる施設も稼働を始めた。クロマグロは今や業界の戦略魚種だ。養殖技術は国内だけでなく海外とも競争だ。ノウハウを巡って激しい情報戦が戦われているって話をする仲間もいる。それに産卵能力のない幼魚のヨコワを大量に獲るから、親魚が減る一方だ。自然保護団体も親魚の枯渇を懸念しはじめた。今や、マグロは野生動物だってことだ。当然、監視や調査もありうる」

「この島でスパイ合戦か！　面白いな」呻って、亮一は生簀を見やる。

「確かなことは分からない……、噂だ」清二も生簀を見る。

大きな生簀は水面に苦笑いを浮かべながらも、黙っている。

思い直したように、清二が「ほら、あそこの白いところ」と言って竿の先を向けた。竿の先には、白く、海底がゆらめいている。

「今では砂地だが、昔はあそこにはアマモの林があって、水イカ（アオリイカ）の産卵場になっていたそうだ」

「アマモって何だ？」

「少し茶色がかった緑色の草のような藻だ。かじると多少甘い味がするって話だ。最近は漁協も勉強、勉強だ。歴史の勉強まである」

「歴史って……、漁師に何の歴史だよ」

「漁師なんだから、漁業の歴史に決まってるだろ」清二がかぶせる。

「魚獲るにも歴史の勉強じゃ、面倒だな！」

「そうでもないさ。学校のように勉強のための勉強でないし、漁のために必要なんだ。俺たちの生活がかかってる」

「お前、優等生だな！」

優等生になって清二がいう。

「漁師ってな、本当は智恵のいる仕事なんだと最近思うんだ。島中の磯が焼けて、魚が少なくなってる」

「磯が焼けるって?」

あそこ、と清二はくるっと首を右に回すと、竿先で赤石鼻の沖を指した。

「あの水の中の岩場、ホンダワラやカジメなどの海草がくっついて暗いだろう」

今度は竿で、その先を指す。

「ところが、向こうは海草が生えてない。岩の表面がつるつるで明るい。白っぽい岩まである。あの砂地もアマモが生えてない。そういうのを磯焼けって言うんだ。ウニが増えすぎて海藻を食べ尽したり、流れこむ土砂や化学物質など原因はいろいろある。あんなつるつるの岩では小魚は棲めないし、卵も産みつけられない。海藻を食べるアワビやサザエは壊滅状態だ」

「人も岩も、髪の毛は大事だなあ!」

清二もわんのこじまも、シカとする。

たまに、と清二は前向きに続ける。「木の枝やコンクリート、廃棄された路面電車などの漁礁を入れるが、海底はワカメやホンダワラやアマモなどの海草の林、藻場(もば)が本来の生態だ。食物連鎖って知ってるだろう?」

「それぐらいは覚えてる。草は牛に食べられ、牛は焼き肉になるって説だろう」

清二は、めげない。

「海の中には元々、餌はない! 深い海底から養分が湧いてくる海は別だが。まず植物プランクトンが育ち、それを食べて動物プランクトンやカキなどが育つ。海草は光合成で成長する。動物プランクトンを稚魚や小魚が食べる。サザエやあわびは海草を食べる。キビナゴの腸（はらわた）の中にある、あの赤っぽいやつが動物プランクトンだ」

「あの苦いやつか」

「昔は、食べたプランクトンを消化し終わった深夜すぎに、腸の中が空になってから網を入れたものだが、最近は観光客目当てでそうもいかん。その小魚のキビナゴやイワシを大型の魚が食べる。ところが、最初の植物プランクトンは何を食べて育つかだ……おい、お前の、多分もうエサないぞ」

亮一は竿をあげた。「ホンマ……ん、何を食べるんだ？」

清二も竿をあげる。

「窒素、りん、ケイ素や鉄分といった養分だ」清二はエサをつけ替える。「これらのエサ、養分は実は森からくる。森や山で落葉が積もって腐る。島の木々は冬にも葉を落とさない照葉樹が多いが、それでも若葉が出れば、古い葉は自然と落ちて積もり、腐る」清二は立ちあがると、竿先を大岩のへチに落とした。「木が年中青いから気づかないだけだ。雨が降ると、腐った葉っぱからは窒素やリンやケイ素が溶けて川へ流れだし、そして川が海へ運ぶ」

「木の葉っぱか、……まあ言われてみれば落ち葉を腐らせたら腐葉土になる。栄養分たっぷりだな」

「じいさんの浜じゃ」、と清二は谷に目をやった。「水はあの谷に集まり、小さな川となって海に養分を注ぎこむ。ほら、あの大きな崖の上からは」と、春ん婆瀬の背後を竿でしゃくって崖を呼んだ。「岩を伝って養分を含んだ水が流れ落ちる。その養分で植物プランクトンが育つ。海は、川や崖から流れる水によって、森から最初のエサを貰ってるってわけだ。山や森がないと海は滅んじまう」

「そういうふうになってんのか」

アゴはマジに山を見あげた。

「磯焼けを防ぎ、海を豊かにするにはほど良い人間の働きがいる。最近じゃ、山に植樹する漁師も現れてる。山を管理して土砂の流出を防ぎ、海に適量の養分を流しこむ。アマモは光合成をするが、養分を直接取り込むこともできるらしい。アマモが生えれば水イカや魚の産卵場所ができるし、卵からかえった稚魚の安全な隠れ家になる」

「お前すげぇーな！　先生みたいだな」

照れくさそうに、先生は言う、「周りはみんな年寄りばっかしだ。何かあると清二、清二だ。清二、ほらこの研修受けてこい、セミナー行ってこいだ」

「それよくねぇ！　なんか、……居場所があるっていうか」

「今度、漁協の若い衆でアマモの再生に取りくむことなった。種を蒔いたり、苗を植えるんだ。海の揺（ゆ）り篭（かご）・プロジェクトって、マスコミ受けするネーミングだ。マスコミにPRしてもらって地域の皆様のご理解とご協力を賜り、魚をもっと食べてもらおうって魂胆だ。俺たち若い衆がやらないとな」

「種まく漁師か……。あそこにも植えるのか？」白くゆれる砂地をアゴがしゃくった。

「まだ場所は決まってない……」

清二の細い目が沖合を眇める、「講師の、年寄の昔話によると、戦後、この島々を囲む東シナ海はとんでもなく豊かだったそうだ。日本の水産物の水揚量の半分を……」

「ん、ちょっと待った」と亮一がアゴを尖らせる。「年寄りの昔話ってのは、もしかして、さっきの漁業の歴史の勉強のことか？」

「そうだ！　勿論、ちゃんとした勉強もある。でも、年寄りの話は大事だ。具体的だ。この海の経験、土地の声だからな、……日本の水産物の水揚量の半分をこの県だけで揚げていたそうだ。信じられないだろう？」

「マジ、半分もか！」

「年寄りの、古老の話によると、東シナ海は豊かな原始の海だったらしい。何億、何十億匹ものイワシやアジやサバが、顎をはずして口を大きく顔いっぱいに開け，分厚く長い壁をつくりながらプランクトンのスープの海をうねり廻り、何十万匹ものブリが飛沫をあげてイワシを追っては瀬戸を抜け、キビナゴは波のように浜へ打ち寄せ、スルメイカは深い海中から泡のように湧きあがった。獲れに、獲れに、獲れた。島は東シナ海漁場の最先端基地になった。漁が休みの月夜間になると、浦々の港には巻網船の船団が幾重にも列をなして舫い、岸壁の広場には船から揚げられた網がもこもこと、どこまでも広がって乾され、壮大な光景だった。船乗りは大金を尻のポケットに見せびらかし、呑み屋に繰りだしては月夜間の休みを喧嘩に明け暮れたそうだ」

いつの間にか、潮が左から右へと動きはじめていた。満ちにかかった。潮が動くと魚は活性化する。清二が沖合に手をかざす。立ちあがって、ゆっくりと何かを追う。座りこんだ。

「海の中は見えにくい。だから、獲れるだけ獲る。漁業は農業に比べて略奪的だ。一昔前には、ダイナマイトだって使った。それに、早い者勝ちだ。先取り競争、博奕ににてる。自分が獲らないと誰かが獲る。それが生き方だ。そんなんが嫌で跡継ぎを嫌がる若い衆もいる。俺にとっても、身につまされる漁師の性（さが）だ。豊かな東シナ海を獲って、獲って、獲り尽くした。最後には、絶望した大量のアジが、人間に抗議して集団自殺したそうだ」

「自殺？　ごんアジがか？」

「抗議の嵐は東シナ海に吹き荒れた。やがてサバとイワシもアジの後を追って集団自殺した。そして、東シナ海には魚がいなくなったって話だ」

「鬼サバもか！……誰に聞いた？」

「昔、南の浦に年取った漁師がいた。百と二つまで生きた本物の古老だ。古老は時々、そんなことを子供らに話して聞かせていたそうだ。それに古老は観天望気（かんてんぼうき）の名人だった」

「何、それ？　どんな箒だ」

「箒じゃない！　空や海や動物の様子などから天気を予測するんだ。漁師にとっちゃ、命の問題だからな」

「下駄を蹴り上げるやつか？」

「下駄は使わない！」

「分かった、カエルが鳴くと雨が降るってやつだ」

「ん……、それはある、……それに古老の見立ては［明日の天気は所により雨］なんていう無責任で、万能な役立たずじゃない。本当の名人だ。運動会や遠足が近づくと、小中学校の教頭が金を包んで予定日の天気を観てもらいにきた。古老は空を見あげ、それから海をじっと睨み、目の前に突き立てたゴツゴツした人差指で空気の振る舞いを、振動や湿りぐあいを嗅ぎとり……」

「指先がセンサーになってるんだ！」亮一のアゴが頷く。

「……多分な、……そして、古老は頷いた。何年通っても、ただ頷くだけだった。そこである年、教頭は古老に観てもらうことなしに決定した。すると、当日は、大雨と強風が吹き荒れた。古老の株は上がり、観天料も倍になったそうだ」

「で、それを誰から聞いた？」とまた、亮一が訊く。

「おやじだ。おやじが古老から聞いた。それに、おやじの話じゃ、これはおやじが古老に聞いた話じゃなくて、おやじの話だ。この、ここの浜には水産物を加工する大きな製造場があって、何十人もの人々が働いて賑わっていたそうだ。想像できないだろう」

亮一が浜を見回す、「いつのことだ？」

「さっきのじいさんの小さい頃だ。じいさんが毎日眺めていた原風景ってやつだ。ほら、あそこ、山が浜まで崩れている所」竿先で指し、竿をあげた。「あそこが製造場や干し棚や納屋の跡だ。じいさん達一族が都会へ出たのが分かると、意地の悪い台風がわざわざくるっと後戻りしてきて、背後の崖を崩した。住家は人がいないともろいものだ。今じゃ嫌われものの暖竹が天下をとって繁り放題だ！」

清二はウキをずらし、タナを深くして、沖にコマセを打ちこみ、その左手に竿を振り込む。

「あの藪椿の谷、あそこにも製造場があったらしい。製造場からはイワシやアジやキビナゴを湯がいた後の排水が流れでる。栄養分たっぷりだ。磯には何でもいたそうだ。石ころをかき分ければ雀貝（しゅんめがい）（アサリ）が、膝まで入ればサザエがとれた。イカを浜で洗っていると、イカの足にガタギッショ（ウナギに似た細長い魚）が何匹も喰いついてくる。アマモもびっしりだ。水イカの卵が一杯くっついていたって話だ」

「排水で海は汚れなかったのか？」もっともなことを亮一が訊く。

「俺も最初はそう思った。でも、製造場の出す排水はこの浜にとって丁度、適量な栄養分だったんだ。海を汚すどころか豊かにした。一方では、農薬の中の窒素が川を下って海へ流れこみ、赤潮を発生させる。自然って不思議だよな！」

また、清二の狙うような目が沖合の何かを追う。竿をあげる。

「バランスが大事なんだ。生態系ってのはバランスなんだ。海を豊かにするにはバランスという智恵がいる。漁業で生きるということは環境や生態系とバランスを取りながら、一緒に暮らすことだ。そうやって漁業という暮らしが成りたつ。俺たちも喰える」

清二はハリスの号数を上げ少し大きめの針を結んだ。コマセを沖に打ち込む。エサを二丁掛に刺すと遠くへ放った。やる気をだした。

「おい、何だ！　大きいのがいるのか？」立ちあがって、亮一も沖を見る。

「多分な、……じいさんはこの磯で遊んで育った。豊かな海の生き証人ってわけだ」

「島がなつかしくて、帰ってきたのか？」

「島が好きなんだ」ウキの流れに、清二は目を凝らしている。

「お前も島が好きだよな」と亮一も清二のウキを追う。「一度は都会へ出てみないと気がすまないってのが田舎者の根性だが、お前は一度も故郷に背かない」

「俺は」、と清二は一度切った。「よそでは生きられん。臆病者だ」

清二は海が、島が好きだった。島には何というか、秩序みたいな、掟というか、分かりやすい慣わしみたいなものがある。小さな共同体だから、それが見える。しゃちこばった法律はなくとも、噂話とおしゃべりで事は十分にすむ。だから安気だし、繋がっている、生きているという気がする。たまに長崎や博多に遊びに行くが、都会はそれで十分だった。あそこは目まぐるしく、雑然として、何が決まりなのか、接続の仕方がよく分からない。清二にとって海の向こうは、都会はみな似たりよったりで、不安で苦手だった。島が近づくといつも、家へ帰って来たとほっとする。多くの若者には枷と感じられる村落共同体のしきたりに、清二はむしろ馴染んでいた。清二は島を手放そうとしなかった。

亮一に、清二は細い目を光らせる。

「お前は、もう行かんのか？」

清二はどことは言わない。都会のことだ。

二拍おいてから、「たぶん行かねぇ」と亮一は下を、水面を見たまま呟いた。「最近、俺も、島はいいなって気がする」

清二と亮一は高校時代、ウィンドサーフィンで知りあった。亮一は島の高校を卒業すると大阪へ出た。一年ほど前に帰ってきて、ふらっと漁港に現れた。清二は、何で帰ってきたのか、何を置いて、何は持ってきたのか聞いていない。亮一も喋らなかった。今は土木工事のアルバイトをしている。仕事があれば、の話だが。島では公共工事がめっきりと減ってしまった。農道が整備され、漁港が続々と造られたのは昔の話だ。亮一は働くことは嫌いではなかった。寝転がっているよりも、机に座っているよりも、動いているほうが好きだった。

照れくさそうに、亮一の四角いアゴがゆるむ。

「俺さ、あっちこっちで工事して回って、なんか島で暮らすのもいいなって考えはじめてんだ。村で道路工事して、昼休みに飲物を雑貨屋に買いに行く。すると『工事の人ね、ご苦労さん!』って、しわくちゃの小さな婆さんが声をかけてくれる。たまに工事現場の旗振りに回されると、小学生のガキどもが整列して『ありがとうございます!』って大声で挨拶すんだ。半分は冷やかしだと分かっていても」、亮一は肩をすくめる。「いい気分だ。なんかこう、俺はここにいるんだなって、安心すんだ……俺って、気が弱くなったのかなあ!」

清二は、亮一を眺める。

「……お前も変わったなぁ」

「俺、今日やべぇなぁ。……何か、いい仕事ないかな。土方が嫌ってわけじゃないが、こうも暇じゃなぁ!　エサを買う金もねぇ」

すっと、清二のエサに手をのばす。

「おっとっと！」俄かに清二が立ち上がった。アタリを取った。大きい、ジジーーと糸が出ていく。ドラッグを少し緩める。どんどん出ていく。

「大丈夫か」亮一も立ち上がって自分の竿を引く。

「沖に行くぶんなゃ大丈夫だ。沖に根はない」

清二はドラッグを締め、リールを巻きにかかった。腕と竿は一体となり、腕と腕の延長と化した竿を頭上まで上げ、目の高さまで巻きおろす。竿の先は常に半月を描いたままだ。と、ドラッグを軋（きし）ませて糸が出る。水面へ、竿を持っていかれる。竿尻に手を添えて少しずつ前に突きだし、耐える。また、頭の上まで腕と竿を立てて巻きおろす。見えてきた。横へ引き寝かせて空気を吸わせ、タモを差しだした。

「ツムブリだ」、清二が呟く。

細長くスマートな紡錘形はタモに入った。背は濃い青色、真っ白な腹部、体側に黄色っぽい線が二本走っている。美しい。七十センチはあるだろう。

「クールな色だな！」亮一が唸る。「こいつは海の中じゃ、もてただろうな」

「こいつは傷みが早い。餌切り包丁をくれ」

清二は鰓（えら）に刃をいれて血を抜く。それから顎骨を断ってスーと腹を割き、内臓と鰓を器用に取り除き、何とかクーラーに押しこんだ。

「お前ってほんと天才だな！　これが狙いだったのか」

「名人と言ってくれ。しばらく前から見えてた。こいつかどうかは分からないが？」

「ほんと名人だな」

「師匠と呼んでくれ。お前もその内に海や魚が見えてくる」

「どうやるんだ？」

「海を観察すんだ。様子を感じ取るんだ。ほら、あの沖、あそこ、小イワシが群れてる」

「どこだよ、師匠！　俺には見えないぜ」

「あそこに……」清二は指さす。「黒い影が動いてるだろう」

「ああ、あのちょっと黒いのか？」

「あれを追って、うろついてたんだろう。生餌を追ってる時は食いが悪いんだが……」

「そんな細い目をして何で見えるんだ？」

「漁師やってると、いつの間にか見えてくるんだよ。お前、ウィンドサーフィン、風の通り道を見つけるのはうまかったじゃないか。真っ先に風の中に乗り入れてた。あれと一緒だ。風が海の中を吹いてると思えばいい」

「風か、よし！」

亮一のアゴが俄然と四角く張り切った。慎重に水面を見つめ、コマセを打ち、竿を振り込んだ。

「商工会議所の隣に、昔から山羊ヒゲの眼医者がいるだろう。あそこは目が細かったり、目の小さい患者は診察代が安いっていう話だぜ……あっ、そうか！　お前は目がいいから関係ないか」

「知ってる……これ、じいさんに持っていくか！　釣り場代だ」

クーラーを、清二は軽く蹴った。

亮一は水中の影に集中する。心地よい緊張感、アゴにはすでに不敵な笑みを浮かべている。ゾーンに入った。

と、ウキがピクピクと動いた。

「アタリだ!」

魚は、いとも簡単にあがってきた。いつかの五センチほどのキタマクラだった。

亮一が針を外しながら、訊いている。

「何でまた、アンタなんだ! 海にはまだ魚が一杯いるだろう?」

キタマクラは亮一の手の中で死んだふりを決めこんだ。手の主は何かぶつぶつと言っている。薄目を開けると、箱フグみたいな顔だった。

亮一は、「お前とはもう、これっきりだからな!」と宣告して海に放り投げた。キタマクラは素早く水中に消えた。

# 第三章　亜紀

アコウの木陰に、ベンチに肘を枕に寝転んで臥遊の境地をまねている。傍では、ベタ凪の海がズズー、ズズーと静かにいびきをかいている。いつの間にか、郷は微睡（まどろ）みの境に舟を漕ぎだしていた。人の気配が、ほのかな香水の香りがした。目を瞬（しばた）くと、女性が覗きこんでいた。涼やかな黒い瞳、ひときわ肌の色が陶器のように白い。この間の女性だった。どこか、気になる眼差しだと感じたが、思い出す前に、不覚にも黒い光に見射られてしまった。淡いブルーのサマードレスに身をゆだね、小振りな麦わら帽子をかぶり、帽子には青いリボンが巻いてある。美しい。

黒い瞳の急襲もつかの間、起き直った途端「大江と申します」と名乗ってきた。

釣られるように、郷も名乗った。

大江さんは不思議がるでもなく、ちょっと考えるような表情をした。降り注ぐ陽ざしに眩しいサマードレスは、画材を抱えていた。このところ、絵を描きに来ていることは分かっていた。今日は、久しぶりの青空に誘われたのだろう。サンドイッチと飲み物を取りだすと、おすそ分けしてくれたので、郷もベンチに並んでご馳走になった。大江さんの細いあごが優雅に踊り、飲みこむのどが優しくふるえる。頼んでスケッチブックを見せてもらう。水彩……、驚いた！　本物の絵描さんだった。今日は、あそこを（春ん婆瀬だった）描くつもりだと画架を据えにかかる。陽射しは気にならないようだ。

郷は、「私の小屋はご存知でしょう」と声をかけた。「トイレが必要なら使ってください」

大江さんはくるりと、ドレスの裾をひるがえして振り返った。

「私、奥のほうの草むらですまします……あっ！すみません、勝手に入って！」

慌てて首をすくめる。

「いえいえ」

――なんとアナーキーな！

郷がその奥とやらを見ると、若草に半分隠れた真っ白なお尻があった。萌える若草を敷いて、白い真ん丸い桃が陽炎にゆらめいていた。

「でも、何かに見られているような気もするんです」と美しいのどはつけ加えたが、黒い瞳はいたって平静な様子だ。白い腕は鉛筆を運びはじめた。郷は小屋へ戻った。

叔父が持ってきてくれる、数日遅れの地方紙新聞をまとめて読みにかかる。窓の外では陽の光がさらさらと堆積していた。だいぶ積もった午後も遅く、小粋な麦わら帽子が開け放った窓から覗いた。

「これから、この坂道を通ってもいいですか？」

「どうぞ！　谷にも自由に入っていいですよ。車を乗り入れてもかまいません」

大江さんは帽子を軽くつまんで会釈すると、にこにこしながら帰っていった。

山道から小屋へ下るこの新しい道は私道だ。小屋の背後の小山の裏に、車は入れないが古くからの小道がある。少し遠回りで、芋畑の畦道の先、浜辺への出口で合流する。かつて、林の奥に、海からは見えない陰にと点々と棲家がつくられたこの辺りでは、私道は珍しくない。行政ではいちいち対処できないのだ。一方で、私道は侵されない。ほっとする。

大江さんはその内に、用があると小屋にくるようになった。コーヒーブレイクと笑って訪れるようにもなった。両手でカップを包んで、正面の窓から海を、左手の窓から谷を眺めながら一息いれる。亜紀さんと呼ぶようになった。亜紀さんは浜をあちこち歩き回り、熱心に描いている。赤石鼻や春ん婆瀬の方へも足を延ばしていた。時々は、谷もさまよっているようだった。双眼鏡を携えているのも見かけた。鳥でも覗いているのだろうか。亜紀さんは浜と谷のすべてを捉えようとしているようだった。


山桜の杖の慣らし運転もかねて、郷は［軽］に乗りこんだ。杖は仕上げの塗りと石突（いしづき）の取付けを、早紀の介護施設に頼んでおいたのが先日戻ってきた。免許はオートマチック限定、久しぶりに町へ出かける。港に行くつもりだった。昔の面影はもうないが、今でも、船が出入りする港は見ていて飽きなかった。

軽はステッカーの満艦飾だ。早紀のアイデアだ。車椅子マーク、四葉マーク、紅葉マーク、若葉マーク、赤ちゃんマーク、カタツムリの図柄のエコドライブ、安全運転宣言、祓、ゆっくり行きますお先にどうぞ、これだけ知らせておけば、兄さんの車には誰も近づかないから安全だと言う。郷が町へ出ると、過疎のこの島で後ろに行列ができる。誰も追いこせない。お先にどうぞと貼ってあるのだが。

窓を全開にして風をいれ、峠を抜け坂を駆けおり、畑に人家が浮かぶ町の郊外に進入し、大川の手前を左にショートカットした。童謡風の赤い三角屋根の建物の門口から、大きなヒマワリが満面の笑みをたたえたクリーム色の可愛いバンが覗いた。早紀が働いている介護施設だ。バンは丁度送りの老人を乗せているところだ。郷はついでに入って停めてみた。しばらくして早紀がやってきた。

「兄さん、派手な車！　ミッちゃんがびっくりしちょるよ」

「ん……」

バンの側では同僚が膝をたたいて笑っている。

「どこへ行くの？」

「港に行ってくる」

「また港！　工事中だから気をつけて」と保護者の笑みを向けて引き返す。と、振り向いて「兄さん、シャツの柄、最高よ！」とお菓子もくれた。

バンは発車した。バンの中には、頭の禿げた七福神が、白髪の山姥がいた。これから後を追いかける……未来が……いた。

「早紀ちゃん、お盆の同窓会いく？」

くすくすと笑いながら、ミッちゃんが声をかける。

「この間、寅雄に会ったら早紀もくるかなあって。早紀ちゃんにケンカで負けたのがそんなに懐かしいのかな！」

「早紀姉(ねー)は強かったからな」運転手の巌(いわお)が呟く。

「ほんとほんと！」ミッちゃんが早紀の顔を覗く。

「早紀姉の後ろからくっついてくと安心だった」とまた、巌(ペテロ)が笑う。

早紀も、入り江の奥のあの小中学校に通った。早紀は背が高く、細いのに力が強かった。男子とよく喧嘩した。理由は、たぶんに早紀の心の奥から生じていた。時折、神父は神の愛とキリストの犠牲とマリア様の優しさを早紀に説いた。早紀は負けずと喧嘩した。

「もう昔話よ！　たぶん行けると思う」


空港もあるが、港は今でもやはり島の玄関である。

ジェットフォイル・シーガルが出航するところだった。色々な船が出入りし、様々な人々が行き交う。郷は港の賑やかさが好きだった。取分け、渡海船(とかいせん)に憧れた。

郷がビットを見つけて寄っていくと、話し込んでいた年配の男二人が、郷のシャツに悪い感化でも受けると思ったのか、売店の方へと去っていった。郷はビットを占領した。シーガルが出ていく……。

……懐かしい港が顕れる。

小さい頃、港は今よりはずっと小さかったが、周りの島々は生活物資をこの港に頼っていたので大いに賑わっていた。港沿いの道路には様々の露店が商い、夏ともなるとスイカとウリが山のように積みあげられ、山がちな畑の乏しい島々からやって来た人々は先を争って買ったものだ。渡海船が町と島々を、暮らしを結んでいた。

港には大きな魚市場があって、朝早くから行商のおばさん達がリヤカーを並べて喚き合い、裏の作業場ではアジが腹を割かれ、塩をすり込まれ、あお向けになって天日に曝されていた。魚市場の前の道路の先一面は、コンクリートの斜面が下って漁船の船着場になっていた。端っこに製氷所があって、時折、強烈なアンモニアの異臭を漏らしては謝って回っていた。港内は郷の遊び場だった。他県から来た船も舫（もや）っていて、中でも大分の津久見（つくみ）から来る、カジキを銛で突くバレン船（バレン＝芭蕉カジキ）の勇姿はひときわ目を引いた。マストに小さな見張台が取りつけられ、銛を突く舳先が長い鼻を突きだしている。

時々、船に上げてもらった。船には活間（いけま）が切ってあって、覗くと何匹ものプロレスラーの腕ほどもある大きなウツボが、互いに身を絡ませながら、口を少しあけては頼みこむように、尖った上顎（あご）に埋め込まれた悲しそうな小さな丸い眼で訴えるように、首を伸ばし救けを求めて、狙ってきた。ウツボが売れることも初めて教わった。バレン船でご飯をご馳走になったこともあった。中学を卒業したばかりだと言う若い船乗りは、海水で米をとぎ、最後に真水を浸して炊いた。少し塩味がしてとても美味しかった。若者は、船飯になれたら家の飯は水臭いと笑った。新米の船乗りは最初はカシキと呼ばれる飯炊係りだ。優しい人だった。

学校中の皆で、ブラジルへ移民する同級生を見送った貨客船が発着する大桟橋は港の一番端に浮いていて、渡海船も蝟集(いしゅう)していた。行き交う渡海船を眺めながら、あの船はどこへ行くのか、どんな島だろう、見知らぬ磯や浜辺を想像するのだった。この船はどこの浦から来たのか、どんな波止場だろう、小さな船着場とそこに集まる島人を思い描いた。

小学四、五年生にもなると、渡海船で親戚を訪ね、一晩二晩と泊めてもらっては初めての島を探検した。真夜中、浦中総出で地曳き網を曳く。爪の周りが網ですりむけ、潮もしみ込んで痛い。巨大なイワシの塊が引き寄せられ、銀色に光り、跳ね、何人かが海に跳びこんで塊を押しあげる。年寄りが懐中電灯を照らして顔を確認しながら帳面に付けていく。「どこの家のものだ」と聞く。分け前がもらえるのだ。どこの家の一つ下の女の子が、一眠りしたらサザエを獲りに潜(す)みにいこうと、煙るような眼差しで顔を覗きこんできて囁く。六月の刺すような陽射しの中で、鎌を振るい黄金色に輝く麦刈りを手伝う。米と一緒に炊くハリネズミのように武装した六条大麦のノギは長くて細く、汗まみれの首筋や腕にくっついてチカチカと刺した。ある時、渡海船も行かない島を訪ねて漁師のポンポン船に便乗すると、船頭は港を出るまで、舳先の暗い甲板に閉じ込めた。巡視船がたまに取り締まった。

昔も今も島は台風の通り道だ。昔はもっと混雑した。多くは不定期便だったが、一二号、二七号と幾つかの定期便もあって、台風銀座と呼び習わされた。台風は当たっても反(そ)れても、うねりは一足先に早々(はやばや)と千キロ先から遊びにきて、海岸通りに大波を打ち寄せる。子供たちは道路から大波の頂点、山をめがけて飛び込み、波に引かれていって次の寄せ波に乗って道路にもどる。一度でもどれない時は、引かれていってまたもどる。唇を紫にして一日中泳ぎ廻った。浜と港と船と島々は郷の幼少年期のすべてだった。それらの多くの日々、郷の周りの世界は燦めき、光り輝いていた……

汽笛が鳴った。

少年は消える。

沖合を重そうにフェリーがやってくる。老人は腰をあげた。車へ向かうと、茶髪のあの青年がいた。ヘルメットをかぶっているが四角い顎に狂いはない。待合室に通じる道路の片側を封鎖してコンクリを剥がす工事をしている。青年は旗を振って通行人をさばきながら、「すみません。迷惑かけます。すみません!」と頭を下げ、掘削機の音に負けまいと大声を出していた。

——一人前に仕事をしている!

妙に感心した。子供の運動会に駆けつけて、思いもかけず我が子の足の速さに驚き、こいつと見直すようなそんな気分だった。

帰途につくが、やっぱり追いこす車はない。途中で山道を下り、手前の漁港に寄った。コンクリに反射する白い陽に目を眇めて叔父の小船を見回っていると、清二の母が大きな鯛を鰓ぶたに指を引っかけてやってきた。郷はバックドアを開けて大きなバケツを取りだす。早紀が魚を貰うにはバケツがいる、大きな魚を貰うには大きいのがいいと宣って買ってきた。頭から突っこんだ。まだまだ十分に余裕がある。これからも早紀の言うことには従おうと思う。

トマトにキュウリに、ナス、オクラ！　ピーマン、ソラマメ、ズッキーニ！
坂を降りると、谷の畑では初夏の野菜が賑やかに店を出していた。叔父がキュウリの手入れをしている。郷は声をかけて鯛を掲げて見せた。叔父は毎日のように畑に顔をだし、野菜をつくり、草を払う。郷は取り立てて勤めはないが、それでも足しげく通い多少の草を抜き、畔の錆びたパイプイスに座って叔父の作業を眺めては油を売る。

作物は驚きに満ちている。サツマイモは蔓（つる）を切って土にさしておくだけで甘い芋になる。ジャガイモは二つ三つに切って灰をぬり土に埋めると、芽が出て繁って花芯が黄色の薄紫の花を咲かせ、コロコロの新ジャガの房をつくる。ヒモが芋になり、二つに切られた芋娘が微笑む七人の姉妹に増える。マジックだ。もっと完璧なものは種だ。乾燥させて何年でも取って置き、土に蒔（ま）くと緑に化ける。うんと昔のアフリカの地で、樹からおりたサルは無から生じる緑の芽生えに目を凝らし、首を捻ったことだろう。作物はなんとも力強い生命力に溢れている。叔父が夢中になるのも肯ける。

腰に手をあてて、背筋を立てる老人の日々から推し測れるのは、農業は極めて個人的な自足的な営みであるに違いない。何より土に愛着を持ち、作物を愛（いと）おしむ。手広くやれるものではない。やろうとすれば化学肥料を大量に使い、大型の機械を導入するしかない。自然から離れるしかない。そうなると農業と言うよりは工業だろう。当然、生産品目も絞られる。トマトならトマト、キュウリならキュウリ、これではお店は開けない。製品管理も厳しくなる。日持ちさせるために未熟児のまま摘まれ、曲がっているからと畑で捨てられ、歪んでいるからとラインで弾かれ、面接で大中小に選別され、段ボール箱に監禁され、遠く知らない町へとトラックに乗せられる。

久々の港の高揚感にひたりながら、郷は鯛を三枚に下ろし、二つに分けた。窓際に腰を下ろして谷を覗くと、亜紀さんが小川の木橋に、川に足を投げだして座っている。

「すごい大きさ！」と笑いながら、亜紀さんが黄色く色づいた太キュウリを三本ほど抱えて見せてきた。

「この島の昔の品種です。子供の頃はキュウリと言えば、この太キュウリだった。縦に二つに割って……」亜紀さんの口許に笑みが浮かぶ。「叔父に聞きましたか？」

亜紀さんはにっこりと頷いた。自分でコーヒーを淹れて窓際に座ると、やおらスケッチブックを開いて見せてきた。白い幹の巨木が天を突いていた。

「この木は大好きです！」

亜紀さんの真剣な瞳が輝いた。

「浜辺の大きな二本の木も迫力があるけど、この白い木は美（うる）わしいって感じ。特別！」

郷の脳裏には、漠とした予感が走る。

「そうですか……」、とうなずくでもなく頷いた。

亜紀さんは白い木に魅せられていた。

もう時間！と慌ててキュウリを抱っこして帰っていった。

——あの白い木、何か妙だ。なんだろう！

亜紀はカーブを切りながら考えていた。

長い間、紺色の車がアパートの手前でうずくまっていた。亜紀が道具の入った大きな布袋を肩に外階段を上がっていくと、車は音もなく伸びをし、アパートの前を静かに縮んで走りさった。暫くして、車の男は歩いて戻ると、小さな公園の岩に座り、アパートの外階段を窺いはじめた。小一時間程して亜紀が降りてくるや、距離をとって尾行していった。亜紀が「スナック桃」の鍵を開け、中へ消える。男は横丁をぶらぶらし、斜向かいの純喫茶の窓側の席が空いているのを確かめると、大きな鈴をガランと鳴らして尻で塞いだ。コーヒーはテーブルに、スポーツ新聞を手に目は「スナック桃」の入口に向けたままだ。黒い子猫を咥えた黒猫の小型バンが停車して視界を遮る。バンが去ると、ピンクの看板が輝いていた。赤提灯が恋しくなるような如何にも心をくすぐる美しい夕方だった。一時間の間に労が報われたのは二度だけだった。ピンクの光は老爺の二人連れと、若い男を誘いこんだ。男はまた大鈴を響かせたが、桃には入らなかった。誘惑を断った。一見さんで顔をさらすようなリスクは犯さなかった。帰っていった。

白骨の身元特定は難航していた。

白骨は、どこの、誰か？　捜査はそこから始まる。兎に角、白骨にも属性が、住所氏名が要るのだ。できればなぜ服を脱いだのかのわけも。

警察の発表によると、白骨は身長百七十センチくらい、骨の凸凹や厚さ、何より骨盤の形状から成人男性であり、現場の土は乾いていたので白骨化には時間を要し、埋められて八、九年以上は経過しているとされた。骨はほとんど風化が見られず、頭の陥没以外には際立った特徴を有していなかった。履物も着衣も剥ぎとられていた。町の歯医者を総動員しての歯型の鑑定も空振った。勿論のこと、足の指に名前の記された荷札を結びつけられてもいなかった。

老刑事と若い刑事の二人が無口な白骨と協力して捜査に当たることになった。老刑事は焼きサンマを食べ終えた後の骨のように痩せて背が高く、剣道の達人で文字通りの歩く竹刀、初老の域に入ってなお長い髪を黒々と、今朝もデスクに座ってさも面倒だと言わんばかりに指でバックに梳(と)かしつけている。隣に立つ若いのは柔道の猛者(もさ)で、すでに首の周りにクッションを溜めこんでいる小太りの体躯、帯で丸められて肩に担がれた道着(どうぎ)のようなそんな寸胴の感じだった。長い竹刀が丸っこい道着を従えていた。

「おい、あの白骨、お前はどう見る?」竹刀が道着を突く。

「鑑識で本人を見ましたけど、あれじゃあまりにも余白が大きすぎて何とも……」

「その余白を埋めるのが捜査だろ、それに白骨もなかったら完全犯罪だ」

「は、はい、……あの倉庫はずっと使われていなかった。で、犯人も、そしてたぶん白骨も、あそこなら安眠できると分かっていた。犯人も白骨も、あの浦に馴染みのある誰かですよ。でも、どうしてあんなものだけ残したんですかね」

「意図的だとしたらどうなる?」

「普通は、他の誰かに見せかけるってとこですか」

「それにしても変わってるな」

「何かの、結社の印(しるし)ってことはないですかね」

「ん、……ほかには？……ん、何だ、……いいから言ってみろ」

「白骨は善人か、悪人か？　どちらですかね？」

「……悪人なら気が楽ってことか？」

「あ、いえ」

「お前はまだあの事件を引きずってるのか。確かに犯罪という事実を離れれば、年老いた旦那の介護疲れには同情する。これからも同じようなことがもっともっと起こる。これは序の口だ。この国の現実だ。だがな、犯罪は犯罪だ。それを疑うといずれ警官を辞めざるをえなくなる。それにな、人は善人も悪人も死んでしまえば、ましてや白骨になってしまったら皆一緒だ。目が大きいか小さいか、二重まぶたか一重か、骸骨になってしまえばあのがらんとした虚ろな眼窩だけが残る。白骨は生の本来の姿だ。死は善悪をどこか無にしてしまうところがある。まあ、死の哲学的ゆえんだな……」

「死だけは人間皆平等ってことですか？　それでもあの白骨が善人だったら、ちょっとやり切れないですね。長い間埋められて……」

「お前、ちょっと重症だな。そんなことよりホシは単独か複数か、どっちだ？」

「単独でも可能でしょうが、共犯者か幇助者がいた方が楽ですよね。まず死体をどう処理するか知恵をしぼる、相談する。ん……この場合、知恵と言うのかな？　それから運ぶ、見張る、大きな穴を掘り埋める。殺すのは一人でも可能ですが、あそこへ埋めるとなると結構やっかいですよ。助けがいた方が楽ですよ」

「じゃあ共犯が、幇助者がいたとしてどんな関係になる?」

「利害関係者か身内か、親しい人間ってとこでしょう」

「凶器は何だ?」

「まあ、確かに浦には手ごろな石が山積みですが、こればかりは何とも」

「先ずは白骨の身元割り出しだな。白骨は長い間眠っていたらしい。だがな、白骨が殺された時間はかつてそこに確実にあったはずだ。時間がこれ以上穴に呑み込まれてしまわない内に、古い傷を、古い何かを掘りおこす」

「この島の歴史の暗部が白日の下に曝されるってわけですか?」

「……」

「すみません」

早速に、コンビは行方不明者、家出人などの捜索願をリスト化し、条件に該当するものを絞りこんでいった。小さな島のこと、三人が浮びあがった。何とかソーラーとかいう会社の営業をやっていたが、島中の親戚一同に無理矢理に商品を売りつけて、しばらくして連絡がつかなくなった男。隣近所に頼みこんでは借金を重ね、自分は立派な車を乗り回し、村の鼻つまみになって消えた息子。都会へ出ていたが、ある日ひょっこり島へ帰ってくると、二カ月ほど引きこもっていたが、またある日いつの間にかいなくなった次男坊。白骨のＤＮＡ鑑定の結果と近親者のそれとが照合されたが、該当者はなかった。島の外の人間か、あるいは行方不明や家出等の届出がなされていないのか、捜査は振りだしとなった。白骨が何年前まではちゃんと服を着ていたか、それさえ判明すれば範囲が狭まるだろうと、納屋の使用状況などを詳しく聞き取りしていったが無駄だった。文字通り納屋は何十年にも渡って放置されていた。

白骨の身元をめぐっては、普段は警察と聞けば面倒臭いと逃げるのに、殺人事件とおぼしき今度ばかりは白骨に気があるのか、白骨にしてみたい人物でもいるのか、島のあちらこちらから情報が訪れ、噂話も遊びにくる。竹刀と道着は情報をメモしては高温殺菌し、ボールペンを弄(もてあそ)びながら噂に耳を傾けては低温殺菌する。

あるセールスマンではないか、と婦人が署を訪ねてきた。大昔、島へやってくる商売人向けの小さな宿屋を営んでいたが、二十数年前のこと、小中学校向けの教科書に沿った問題集などを売りに来ていた中年男が、ある年を境にぱったりと姿を見せなくなった、と話し込む。気さくでユーモアのある、顔と体型は大違いだが、まるであの、フーテンの寅さんみたいな男だった、としみじみと懐かしんで手を合わせる。

ずっと昔の、メジナ釣りの仲間の一人ではなかろうか、と潮風で錆びついた疑念を釣宿の爺さんが連れてきた。十年ほど前の冬、三人の釣りキチがやって来て、三日間ほどハナレのハエに上げたが、最後の晩に腕前をめぐって、酒も入って大喧嘩になった。帰る時二人の姿しか目にしなかった、と首を捻って思案する。竹刀と道着は振り回される。

毎日のように、亜紀は白い［軽］で島を駆けまわる。
桃のママに借りている。島では大きい車と新しい車は住みづらい。道が狭すぎて邪魔にされ、いつ擦(こす)るかと気が気でない。島の車に求められるパフォーマンスは小回りが利いて気軽に乗り回せる中古の軽だ。パリの狭い裏町が思い浮かぶようだが、それは違う。島はあくまでも田舎だった。

ある日、小島がいる浜にいかにもぶらっと、何気ないふりをして立ち寄った。小島も亜紀のそんな思惑を知ってか知らずか、遠くから、呼び招いているように見えた。ここは最重要ポイントだった。照葉樹のトンネルの細い道を下り、丸く明るい出口から足を踏みだすと浜と海が現われた。ふあーっ、と胸がふくらんだ。うなじのうぶげが囁きふるえた。あふれるように、なつかしさで胸が充たされた。なぜなのか、どこからくるのか判然としない。弓のようにゆるくカーブを描く海と浜のラインなのか、左手に佇む優しそうな小さな島の姿なのか、それとも自分の胸深くから湧きでてくるのか、亜紀は大いなる懐かしさに圧倒されていた。

左手へ、遠く岩場を回りこむと、沖にクロマグロの養殖生簀が見えてきた。巨大な岩盤を昇り降りする。不気味な気配が張り透(とお)っている。どこからか、幾つもの目に見られているような、何か巨大な獣が窺がっているような、何んとも心もとない。奥は崖が立ち上がって行き止まりになっていた。引き返して、小島に渡った。岩をよじ登るつど、太ももがサマードレスから剥きだしになる。体を斜めにして、四つん這いに這って大きな岩の隙間を抜ける。なんとか回りこみ、やっと大岩に辿りついた。養殖生簀は左手に並んでいた。生簀の中の海面がざわついている。餌やりの船が来ていて、長い筒から餌が生簀の中に打ちこまれていく。そこをめがけて飛沫が上がるのが、亜紀の目にははっきりと見て取れる。ずいぶんと長い間、座りこんで観ていた。

不覚だった。一巡りして島を繋ぐ磯浜まで戻ったら、潮が満ちていた。ドレスの裾をたくし上げて、恐る恐る足を踏み入れると膝まで沈んだ。心臓があちこち跳びはねる。潮が脚にぶつかり流れを分ける。先の方はもっと速く深いのではないかと更に不安になる。見えない水中の岩につまずき、流れに危うく足をとられそうになって裾から手を離し、足を滑らしては尻餅をつきそうになり、ドレスをたっぷりと濡らして、荒い呼吸に胸を波打たせ、何とか必死で渡りきった。やっとの思いで大きな木の所までたどり着き、ベンチにどっと倒れこんだ。

浜へは今日が、二度目だった。

小道を降り、丸い出口から、何か、重い空気の圧をぬけるように感じながら、浜辺へ足を踏みいれた。亜紀は息を飲んだ！　干き潮の磯のパノラマが広がっていた。磯が遥か未来まで海を後退させ、海の底が露出していた。大きな宇宙船のような雲がやってきて影を落とす。雄大だった。左手の大きな岩がいかにも座れと誘ってきたのでいってみた。傍らにはハマユウの群落の白い紐花（ひもばな）が風にゆれ、蛾の同胞か蜂の仲間か分らないが、こげ茶に黄色の点を飾った小指ほどの飛翔体が、ハチドリのように空中にホバリングしながら、花芯の蜜を妙に長い管で啜（すす）っている。と、ふと何かの視線を感じた。

暫くすると、潮干狩りの子供が二人、多分姉弟が、ワァーと磯へ駆けおりていった。杖をついたじいさんがひょっこり現れて、先日の大きな木の下に座った。麦藁帽子の女性が颯爽（さっそう）とやってきて、潮干狩りに加わった。

——いいなあ！

自然と共に、人間の生業(なりわい)があった。少しうらやましかった。
今日は人が多すぎる――。

キッチンと部屋が一つ。

何の飾り気もない自己否定に徹した四角い小部屋には、見るからに寡黙な簡易ベッドが横たわり、机とイスが静かに対峙していた。前の住人に、あるいはその前の借主に置いていかれた物だった。寡黙なベッドは意外にも、寝返りを打つとギシッギシと雄弁になり、机とイスは永い年を経て倦怠期を迎えているのか、座ると机の高さかあるいはイスの低さか何かしっくりとこなかったが、後で子供用のセットだと気づいた。キッチンのイスとテーブルもまた、歴代の住人の暮らしぶりを映して疵(きず)つき凹(へこ)み傷(いた)み古くなっていた。数日後、菫(すみれ)色のテーブルカバーがやって来てふわりと舞いおりた。一瞬にして和んだ。痛みと傷はいやされた。皆はこの新参者を歓迎した。久しぶりの仲間だった。仲間は少なく、生活に必要な最低限の物だけだった。各自が自覚して、床さえも己を家具と認識して決して物を散らかさない。各々が物格をもってそこを守っていた。中でも、物格を異様に放つものが机の上にあった。環境整備を終えた高性能のパソコンだった。

深夜、亜紀はアパートに帰りついた。皆はほっとする。亜紀はキッチンのテーブルに向う。

――情報通りだ！

絶好のポイントだ。ラッキー！

亜紀には秘密があった。調査員、エージェントだった。ある組織からある指令を受けてこの島にやってきた。組織は大きく資金も豊富で、情報収集担当の本部直轄のエージェントがもう一人、島にいるはずだ。亜紀は現地調査担当だった。

――徹底的に調査しよう。

しかし、人が住んでいる。長期にわたる可能性もある。怪しまれないようにするにはどうしよう？　それにしても……あの浜はどうして懐かしいのだろう。心がいやされる。

それに、あの早紀さんとかいう人、どうして――？

ハーブティーを淹れにイスをずらす。蛇口をまわし、ヤカンに水をいれ、ガスレンジにかけ、お湯をわかし、カップを出し、これまでの人生で貯めこんだビッグデータを取りこみ……深層学習（ディープラーニング）に入ろうとした瞬間、閃いた。降りてきた。

――写生、絵だ！

風景を描きに通えば、怪しまれることはない。絵心はあった。絵で生きようと考えた頃も……。ずっと心の奥にしまい込んで忘れ去っていた。

――今さら描けるだろうか？

あの頃は純真だった。何よ、今でも純情よ。私への指令は立派な仕事だ。しかも今は仕事一筋だ――。

亜紀は朝一番のジェットフォイルに乗り込んだ。

先日、亜紀をのせたシーガルは彼女に一目惚れしていた。シーガルはいい所を見せたくなった。丁度、好い機会だった。静かに桟橋を離れ、徐々にスピードを上げ船体がぐっと持ちあがる。波は静かで、おあつらえ向きの向かい風が吹いている。飛べると感じた。飛ぼうとしたその瞬間「翼は常に水中に維持すべし」との厳しい航行規則が脳裏をよぎった。翼はいつものように、水中を滑空した。

夕方、亜紀は画材一式を買って戻った。本格的な道具だった。この道具だけを見たらプロの画家だ。でも、描けるだろうか？

——描いてみるしかない！

あふれる才気、繊細かつ大胆な技術を呼び覚ますだけだ——。

亜紀はこの一日二日、冷めたり、熱したり、ずいぶんと昂ぶっていた。理由は絵だった。亜紀は浜へ絵を描きに、調査に通い始めた。

もう一人、こちらは、監視者がいた。男は島にある四カ所のクロマグロの養殖生簀を定期的に見張っていた。男は、当然だが、よそから島へやって来た人間には特別に目を光らせていた。

ご隠居は日を置かず、せっせと「スナック桃」に通ってくる。

「亜紀ちゃん！　亜紀チャン」

「なあーに！　亜紀ちゃんはここにいるよ」

洗い物をしながら、亜紀は返してあげる。

老爺二人は合コンの流れとかで賑やかだ。亜紀が聞いていると、どうやら同窓会の帰りのようだ。

「亜紀ちゃん、このキュウリ美味いぞ」ご隠居は胡瓜が大好物だ。

「そうでしょう。特別よ」

「このキュウリ……もしかして、昔のあの太いやつか?」

味噌をつけたキュウリを箸で刺してかかげ、しげしげと眺める。

「どこで買った?」

「貰ったの、これ!」

亜紀は流しから、黄色い大きな一本を掲げて見せた。

「おっ、それそれ。そのナイスバディー」身を乗りだして触ってくる。「誰に貰った」

「農家っていうか、野菜を作ってるおじいさんから」

「何、亜紀ちゃんは他にもじいさんがいるんか?」

「だって、この島はおじいさんばかりでしょう」

「むむ……」

スナック桃は商店街の一本裏筋の横丁にある。町の人はこの横丁を飲み歩くことを、界隈(かいわい)ばさるく、と言う。界隈と言えばこの横丁のことだ。

ママは佐世保の産らしい。若い頃、航空母艦エンタープライズ号のアメリカ兵とサンフランシスコへ渡ったらしい。数年して、長い髪にヘアバンド、首には重そうなペンダントを幾重にも巻き、「自然に帰れ!」と叫んで一人で故郷へ帰ってくるや、たちまちヒッピー運動の教祖に納まったらしい。やがて、颯爽と夜のクラブへ転身するや、シスコ仕込みのウイットとユーモアで取巻く殿方を虜(とりこ)にし、一世を風靡(ふうび)したらしい。初夏の爽(さわ)やかな風が吹くある日、白地に艶(あで)やかな大きな桃を散りばめたワンピースをなびかせ、桃色の日傘を差して島の港に飄然と転がり降り、すぐさま波止場の皆に［スナック桃］の名刺を配って歩いたらしい。これといったパトロンはいないらしい。

ママの人生は「らしい」に溢れていた。ママの経営方針だった。「らしい」の中には幾つかの真実も含まれていた。そのほうが信憑性に富む。虚実相混じった「らしい」は謎を呼び、好奇心をかき立て、桃に客が寄った。

最近、国は年寄りを前期と後期に分別して燃やす準備を始めた。かと言って、年金を貰っている身ではどうにもできない。

ママもそろそろ前期高齢者だ。メガネを何度か替えたあげく、思い切って車の運転も諦めた。勿論、店も昔の賑わいはない。片手に満たない常連客はママのいない所では妖怪ママと呼んでいる。店の名前も［妖怪桃］に替えたほうが、もしかしたら新規の客がつくかもしれないとコンサルトする馴染もいる。それでも通うのは、ママの作る料理、スナックが格別に美味いからだ。拝むと、妖刀を振るい、フライパンで炙(あぶ)り、何でも見つくろってくれる。妖怪になる前はフライパン・ママが裏の源氏名だった。

「娘よ。ずっとサンフランシスコにいたの。私に似て奇麗でしょう」とママは亜紀を紹介した。亜紀が桃へ流れ寄ってから、また客足が戻った。時折は、若い客も寄る。近頃は店も亜紀に任せっきりだ。

「繁さん、いつも素敵な帽子！」

にこやかな目を、亜紀が向ける。

繁さんはしょっちゅう、ご隠居に同伴させられている。今日は青い半袖シャツにパナマ帽を被っていた。

「何せ、店は開店休業だが」と、ご隠居が投げた。「帽子屋だ。店と倉庫にはわんさと在庫が眠っとる。死ぬまでにはとてもじゃないが被りきらんな」

「お前も同じようなもんだ」

「あら、ご隠居さんは何屋さんですの？」亜紀が甘える。

「何だと思う？」繁さんがニンマリとする。

「んーん、ちょっと待って………もしかして、……靴屋さん？」

ご隠居はびっくりしている。今日は涼しそうな茶色の編込み靴を履いている。

「だって、いつも靴が違う。しかも素敵！」

素敵と言われて、ご隠居は満更そうでもなかったが、遠い眼をして「それにしてもこのシャッター街、何ともならん！」と、これまでも何度もついた賞味期限切れの溜息をつく。

「何ともならんわさ」繁さんが溜息を食べる。「お前も今のうちに、多少サイズが合わなくてもせっせと履きかえるんだな」

時間はかかったが、ブーメランが戻ってきた。

「こう、商店街を全部つぶして再開発ってのは？　無理だな」

ご隠居は、今度は吐息をつく。

「もう散々その話はしただろう」繁さんが鼻息で吹き飛ばす。「それに俺たちには、ご先祖から受け継いだこの商店街を離れて郊外へ移る覚悟もない。もうこれといったことをやる気力もないさ。島の人口はますます減っていくばかりだ。そのうち本当に介護する人と介護される人しかいなくなるぞ」

「パン、パン、パン、はいはい」

久しぶりに、レンジの前にいたママがフライパンをフライ返しで叩いた。

「暗い話はそのくらいにして、今日を楽しく遊びなさい。見つかった白骨じゃないけど、近い内にあなた達もあちらへ行くんだから！」

ママは明るく止(とど)めを刺した。


「若い女にだまされて。きっと金が目当てよ！」

頻繁な［桃］通いを心配したご隠居の娘が、娘といっても四十過ぎだが、口うるさく意見する。ご隠居は「当たり前だ。こんな年寄りに金の他に何がある」と妙に悟って動じない。

それでも娘がなおも口を酸っぱくすると、ご隠居はこの際言って置くことがあると珍しく気色ばんだ。

「俺はもうあの世にいく準備はできている。蓮池カントリークラブの会員権も買った。瞑想に飽きると、お釈迦様もプレイをなさる名門クラブだ。川を渡る高速船のチケットも買った。それもファーストクラスだ。往復チケットもあったが目ん玉がとび出るほど高かった。俺はそんなものはいらん。もう十分生きた！　帰ってくるつもりはない。向こうでかあさんと暮らす、いや世話になる。

それに住職に頼んで極楽ドルも廻して貰ってある。至れり尽くせりの夢のような所だとは聞いているが、小遣いがあるにこしたことはない。この世のことは今日が楽しければ明日のことはどうでもいい」

父は長々と、前途洋々、視界良好な、何とも怪しげな老い支度を開陳した。

娘は、もしかしてこれはとうとう始まったか、と諦めた。ご隠居はなかなかの人生の達人だった。

ご隠居には、繁さんがそうだが、刎頸の仲間がいる。

今では本人をふくめて三人になってしまった。三十数年ほど前、気があう仲間五人で「元気会」という徒党を組んだ。商店街でも老舗の五人は、過疎化に向かう島の将来を切り開くべく、補助金と利益誘導の政治の渦も何のその、ある時は戸惑い、いっときは身を任せ、それでもひたすらに離島振興の旗印を掲げて商工会に集い、海へ向かって打ちおろす島で唯一のゴルフ場へ、財界を代表すべくステイタスのゴルフシューズを履いて参じたものだ。

ゴルフ場の開発は観光立島の目玉の一つだった。畳一枚の庭の芝生にも隣の嫁が吐息をもらすその当時、一山二山に芝生を貼り付け、その芝生に何んと穴まで穿ったその遊びに、島人たちは勿体ない勿体ないと山を拝んだものだった。もう一つの目玉、ゴジラの誘致プロジェクトは今一つだった。ゴジラを呼んで島を壊してもらえば有名になる、全国区になって島も活性化するに違いないと算段したのだ。ゴジラを飼っている映画会社に電話すると、ゴジラは今、島のすぐ沖の東シナ海で遊ばせている、戦う相手は決まったが、どこを壊すかはまだ決まってないと言う。な、ならば丁度いい、すぐにも島へ上陸してくれ、第一作では伊豆諸島付近とおぼしき鄙びた島に上陸したではないか、と掛け合ってみたが、当のプロデューサーは、都会の方が壊しがいがあるし映像的にも受ける、おまけに再建復興の需要を当て込むゼネコンの支持も得られてチケットの団体購入が期待できる、エトセトラ、云々と、どうしても乗ってこなかった。

人生に勢いがあった。二カ月に一度、持ち回りで集まっては開口一番「島を取り戻そう！」と気炎をあげ、飯を食い酒を飲み、悲憤し、歓喜し、慷慨し、夢を語った。当時は互いに多忙な現役、丁度いいサイクルだった。仲間の内、女性が一人いた。栄子さんだ。巷ではその一本気の性格から「豪傑さん」で通っていたが、男四人は「姫」と呼んでイメージチェンジを図った。

島の経済圏はこの大きな町と隣接する小さな町が三つ、その間に点在する幾つもの村々と六つほどの小さな島々から成りたっていた。昭和の五〇年代末までは、ご隠居たちの商店街はこの経済圏の多くの人々の生活を支え、アーケードの通りは島の誇りだった。人々は賑やかな商店街をさるくのが楽しみだった。娘たちが街に花咲き、若い衆が摘みに寄った。華やかだった。あるストアに島初めてのエスカレーターがお目見えした折には、特別課外授業で見学にやってきた小学生が先生を先頭に列をつくった。

そんな賑やかな島も、次第に全国の離島の例にもれず、若者が、やがてそれを追って一家が、菜の花が匂う里から希望を抱いては晴々と、海に翳（かざ）した山桜が水面（みなも）に散る浦からは、後ろ髪を引かれるように怖々と、都会へと出ていった。潮風の清々（すがすが）しい朝をすて、山の端に陽が沈む琥珀色の穏やかな夕暮れを手放した。都会へ出て行かないまでも町へ越していった。島からはスーッと音を立てて人がいなくなってしまった。

こんな島もあった。
とある小島に、鹿の一族が暮らしていた。シカは群れから村へと大きくなっても自給自足の生活だったので、島の経済圏からは外れていた。しかし、そんなある日、商魂たくましい町の商店が船にシカ煎餅（せんべい）を積んできて港に置いて帰っていった。試供品だという。煎餅には逞しい雄と美しい雌、可愛い子ジカ二人のハイカラな幸せそうな四人家族の焼型が押してあった。シカは徐々にその味になれ、買って食べるようになった。やがて外からやってくるものに憧れるようになった。その先には、もっと大きな憧れの世界が垣間見えた。あっという間だった。こうして、シカもまた、角突きごっこを遊んだツワブキの花が黄色に輝く山あいから、速駆（はやが）けっこをしたハゼの木が赤く色づく海辺から、噂に聞こえるテレビと洗濯機と冷蔵庫に囲まれた文化住宅を捜しに、泳いで島を出ていった。島を捨てた。今、小島にシカはいない。あちこちに、そんな島がある。無住の島に、ただ波だけが打ち寄せている。

ところが、世にも意外な事態が進行していた。

村々と小さな島々の過疎化は急激に進み、町の人口も確実に減る一方で、何と車は増えていったのだ。

街道をトコトコと走っていた三輪トラックに、前に一つタイヤが増えて四輪になった（風の噂によると、消えた三輪自動車は東南アジア方面に向かったという）。あっという間に、島にもマイカー・ブームが到来した。中古車市場の成立と軽自動車の豊富なラインナップが後押しした。島と長崎を結ぶ貨客船も、いつの間にかフェリーに取っ替えられた。車の普及によって、これまた全国の例にもれず、駐車場を持たず駐車ができない狭い通りに面した商店街は、一転して不便な寄りつきにくい街となった。

それならば、と新たなビジネスモデルが登場した。地価の安い郊外の畑に広大な駐車場を面取り、豊富な商品と低価格を売りにする大型店が一つ、二つと進出してきた。生鮮スーパー、ホームセンター、ビデオ店、カー用品店、そしてファミリーレストラン。一度、大型店で価格競争を学習したお客様はやがて賢い消費者へと垢抜けし、次々と郊外へと移っていった。ご隠居の商売敵の靴の大型専門店は竹馬から魔法使いが履く先の尖った靴まで、豊富なラインナップを売りにした。島の外からの資本だった。車は全てを変えてしまったのだ。

繁さんの場合、さらに事情も込み入っていた。帽子に長い間押さえつけられていた髪の毛が独立を企てた。銀幕（スクリーン）からテレビから憧れの最新ヘアファッションを提案した。ファッションアイテムの優先度が帽子からヘアへと移っていったのだ。パーマネントヘアが乙女心をときめかし、□太郎刈りが一世を風靡し、○○カットが羽田空港を沸かせた。皆が帽子を被らなくなった。繁さんはせめてヘアスタイルに無縁の、髪の薄いお客様だけでも帽子で調髪して欲しいと願ったが、これまたアデランスが登場して叶わぬ夢となった。更に、大口顧客である児童生徒の丸刈り校則の自由化と制帽の廃止が追い打ちをかけた。

繁さんとて、黙って指をしゃぶってはいたわけではなかった。果敢に、業態変更に挑んだ。扱う商品の間口を広げ、メンズの洋品店を兼ねることにした。

市場リサーチによると、島の中年男性は三年、七年、十三年、三十三年の間隔で服を買い替え、目出度く老年を迎えることが判明した。服を買うのは三十三年間で四回切り。この間隔は、島人の深層心理の発現か、或いは強迫観念の反映か、あの儀式の数字と奇妙な一致を見た。

ことほど然様に、島には連綿とした古層も積み重なっていた。折に触れて、その慣わしが立ち顕われる。小正月ともなれば、竈のへぐら（すす）を塗ったふんどし一枚の若者たちが、巨大な大草履を担ぎながら、道端の晴着姿の娘さんたちを捕まえてはその中に放り込んで練り歩く。繁さんが念のため、一張羅を着るだろうその奇祭に足を運んでみると、沿道の爺さんたちは、いまだ、戦時中の詰襟の国民服をナフタリンの臭いも厳めしくぴしっと決めていた。そこで、コンセプトは消費意欲の高い若者ファッションに絞った。ショーウインドーでは、何と、戦争中には考えられないが、シャツがアルファベットを胸につけてポーズをとった。ところが、その若者が次々と島から消えていった。洋品は言いわけ程度、先祖代々の帽子屋に戻った。

商店街には、それでも暫くは馴染の客が寄りついていてくれた。が、やがて潮目が変わって魚がいなくなるように離れていった。一つ、二つとシャッターが上がらなくなり、閉じたシャッターは密かに、時間を、未来を吸いとっていった。今では沢山のシャッターが閉じたままだ。島を離れた人々にとって、商店街は懐かしい風景であり、思い出の通りだった。今や、本当に思い出の中の商店街になってしまった。

「元気会」もまた、禿がたち、肉太り、腹が出、皺が増え、染みが浮き、何より外皮がたるみ、老いていった。時の暴力に抗う術はない。

やがて、仲間の一人が釣りにいったまま三途の川を渡っていってしまった。仲間は釣りには年季が入っていた。ご隠居と繁さんはせめて放生用の魚でも持たせてやろうと、鯛とメジナを秘かに棺に忍ばせた。

四人は互いにもう年だとは分かっていたが、それでも仲間の死を運の悪い、言わば不慮の事故と捉えた。仲間はかねがね釣り殺生の俺の行く先は地獄に間違いない、お前たちは極楽に行ったら何とか救いだしにきてくれ、血の池の傍だ、と自慢していた。そこでとり敢えず、どんな様子か、四人で亡くなった仲間の携帯に電話してみることにした。

「あなたのお掛けになった電話は電源が入っていないか電波の届かない所にいます」と、やっぱり、いかにも不穏で思わせぶりなアナウンスがあった。

「あいつは救難の無線機代わりにいつも電源は入れていた。やっぱり、地下には電波が入らないんだろう」

四人は仲間の不在を確信した。［元気会］は［生きてる会］と看板を替えた。

更に、もう一人がぽっくりと召された。老いて気が弱くなったのか、仲間は占いに、善意の詐欺にはまっていた。最後はどこから聞きつけたのか、狐と朋輩をむすべば家業再興になるとて、庭に小さな稲荷を勧請して日毎の油揚げも欠かさなかったが、察するに、ご利益(りやく)は苦しまずに逝く、ぽっくりだったようだ。

今度は三人とも携帯電話を取りだす余裕はなかった。さすがに、事の真相を、人生の真実を悟った。使える時間が尽きつつある、死が近いということだ。残った三人もいつかは必ず向こうへいく。

死は避けることができない。いつかは時間に捕まる。いつの間にか、取り返しのつかない時間が堆積していたのだ。全く気づかなかったわけではないが、ご隠居は改めて腹をさすると容量の八割がたは老廃物だった。かくして死は他人ごとではなく、百パーセント己の問題となった。主人は自分ではなく死なのだ。今この時にも死は着々とその準備を進めている。いかなる取引も効かない。そりゃあないぞ、痛烈な感情だった。なかなか寝つけず、そして、決まって目覚める明け方、妙に涼しい、巨大な翼竜の影が覆う荒涼とした河原に一人立ち竦んで、トイレを探していた。さらにあろうことか、ご隠居と繁さんの連れ合いの突然の死が追打ちをかけた。

ご隠居は、〝おーい亭主〟だった。連れ合いがいなければ靴さえ履けなかった。連れ合いは癌で亡くなった。ご隠居が驚き狼狽(うろた)えるなか、あっという間に居なくなってしまった。死とは居なくなることだろうか。もっと楽をさせてやればよかったと悔やんだ。

繁さんの連れあいは体が弱く、よく入院していた。繁さんは、いつ失うか、いつ奪われるかと不安だった。連れあいは最期まで「すみませんね」と謝りながら眠るように逝ってしまった。死は眠りと同じものだろうか。妻が不憫でならなかった。

ご隠居と繁さんは魂を失くしてしまった。欠落感に苛まれ、何もかもが虚しく、寂しさが体を抜けていった。死が、すとんと体の中に入ってしまった。入れ替わってしまった。それから、やがて、自らも心の準備をはじめた。老い支度が始まっていった。

これまで、ご隠居は上でも下でも構わないと高を括っていた。ラグジュアリーなリゾートと阿鼻叫喚の業火、針山とかのテーマパークは方便、教えを広めるための方便に違いないと。ところが、さすがに働き者の妻は確実に極楽に迎えられたはずであり、すると、己の行先が急に気になり始めた。遊んでばかりいたご隠居は、自分なりに極楽に往く方法を見つけなければならなくなった。何んとしても、極楽に押し入らねば。老、病、死、お釈迦様を初めて身近に感じた。折角にお近づきになれたお釈迦様をお慕(した)い申し上げるならば、残る一つの門は修行だった。しかし修行は、瞑想はむずかしい、眠くなる。それならばと般若心経を唱えてみるが、一向に悟りに至る暗号を解読できない。そこで、思い余ってとうとう住職に極楽へ渡れるように掛け合ってみた。ところがつらつら考えてみるに、界隈での武勇伝に事欠かない当の坊様本人がどうみても極楽まで辿りつけそうにも思えない。そういうわけで、ご隠居は世塵にまみれ、畏れることなく老い支度を、往生を極めることにした。

　打ち続いたショックもいつかは和らぎ、相対化され、やがては日常が押し寄せてくる。そんなある日、栄子さんが「これから例会毎に一万円ずつ出し合って、最後に残った者が全部引き継ぐというのはどうかしら?」とチャーミングな目を瞬(しばた)かせて財布を取り出しにかかった。老爺二人は最後まで残るのはこのばあさんだと踏んだ。二対一で、丁重に否決した。「生きてる会」は「もういい会」ともう一段ステージを昇った。

　久し振りの集まりだった。三人は鮨屋にいた。

　コップを掲げ、ご隠居さんが乾杯の音頭をとる。

「もういいかい」

「まあだだよ」

繁さんと栄子さんが唱和する。賑やかだ。

宴も酣の頃、「最近、旅行いってないな」とご隠居の間延びした声が問う。「久しぶりでいいわね」と栄子さん。「で、どこにする」

「沖縄のビーチ」、油で揚げたばかりの笑顔をご隠居が突きだす。

「リゾートってのはどうだ。それかいっそ海外、近場でいい」と繁さん。

「あんたらたちねぇ！」豪傑さんが吼えた。「まだ浮かれてんの。これは遊びじゃないのよ。研修よ、ちゃんと終活しなさい」

「だから沖縄へ、研修……」震えながら繁さんがご隠居に合わせる。

「駄目！　沖縄には一度行ったでしょう……それに、あんな恥ずかしいこと。視察に行ったサトウキビ畑を見て、さすがに沖縄のススキは巨大ですねなんて」

お姫様はご隠居を横目に、靴を脱ぎ、椅子の上に正座した。二人は固唾を飲んで、見上げる。

「東北にしましょう。被災地に行くの。まだ大変な状況よ」

姫は判決を言い渡した。

老爺二人は複雑な表情だ。

あきれ顔で栄子さんが付け加える。「あのねっ、東北にだって温泉はあるでしょう」

二人は満面の笑みで頷いた。

久々に若返った老爺二人は、渋る栄子さんをもう一軒と、桃に連れ出した。ソファーに陣取って、男二人はマイクを手に青春時代をがなっている。止まり木に座った栄子さんは、亜紀さんと長いこと話し込んでいた。

島に来てからというもの、亜紀は石や人間に躓かないようにと慎重に歩いてきた。定規で測るまではしなかったが、寸法通りに暮らしてきた。任務が最優先だった。

栄子さんは町で出会うと声を掛けてくれる。先日は、郊外のカフェへと四人で洒落込んだ。

亜紀は早めに着いて入口脇の木陰のベンチにいた。やがて、帽子と靴をピシッと決めた弥次さんと喜多さんが朗らかにやってきた。

そこへ、黒いアゲハチョウが黒塗りのバンの寝台車を降りた。老爺二人は目を疑った。一度目を閉じて、擦って、再度確認した。黒いレース編みのワンピース、つば広の、これまた黒い帽子には真っ赤な手拭いが結んである。緑の模様編みのカーディガンを腕にかけ、黒いレース編みのストッキングをつけ、踵が高い、先の尖った赤いハイヒールが可哀そうなアスファルトを踏みつけていた。

「しまった！　俺もテンガロンハットにしとけばよかった」と悔やんだ繁さんは、やっと、驚くべき商店街の歴史の謎を目の当りにしていることに気づいた。口がしだいに開き、慌てて涎を呑みこむと、ご隠居の肩を掴む。

「おい、あの靴は！　昔、お前の店のショウ・ウィンドーで通りがかる女を、いや男も誘惑していた魔女の赤いハイヒールじゃないか。ある日、ウィンドーからいなくなった。誰のところへ飛んで行ったのか、町では騒ぎになったもんだ。姫の所だったのか！」

「俺も知らなかった。俺が遊んでる間に女房から買ったに違いない。女房も喋らなかった」

二人は幽霊でも見るように、怖々と靴を見つめる。栄子さんは十何年間、魔女のヒールを履く勇気がなかったのだろう。可愛い人だ。亜紀さんが一緒なので、一発勇気をだしたのだろう。

テーブルに着くと、栄子さんが待ちかねたように口を開いた。

「亜紀さん、一緒に旅行にいかない？」

ぽかんと口を開けた老爺二人は、すぐさま、うんうんと頷いた。

亜紀をゲットした［もういい会］一行様はツァープランに線を引きはじめた。暑い夏を避けて秋と決めた。だいぶ間はあるが、その間にプランにしっかりと色を塗ることにした。もういい会のベースカラーはグレーだ。そこへスナック桃の亜紀ちゃんの、桃の射し色が入った途端に化学反応が生じ、プランは妖しく光りはじめた。暮れなずむ界隈の上空に桃色の夕焼け雲が棚引き、艶めかしく輝いた。案の定、この妖しい瑞雲を、吉兆をかつての界隈さるきの面々が見逃すはずもなかった。界隈に久しく忘れられていた賑わいが戻ってきた。

そして、この久々の賑わいは町の政界に一大騒動を巻き起こすことになった。ご隠居さんらは今でこそ昔日の勢いはないとはいえ、それでもかつては町の老舗であり、商工会の重鎮だ。今なおその隠然たる影響力は残っているし、何より選挙の票を左右する。もしこのツァーが、万が一にも［桃］スキャンダルにでも発熱したら、口コミュニケーションと同調圧力が高度にシステム化された小さな島世間のこと、政界地図が塗りかわる怖れがあった。まず議会が動いた。議員の中には、お遍路か湯治だろう、それに豪傑さんが一緒に行くのだから心配はあるまい、との様子見派もあったが、議長は秘密会を招集した。

町長もさっそく危機管理室を立ちあげ、［桃］作戦を発動した。町長の右腕、選挙参謀が管理室に送りこまれた。早速、桃の常連客の一人が俄かにエージェントに仕立てあげられて日参した。ところが一向に情報が入らない。二重スパイではないか？と気を揉みはじめた頃、危機管理室は当然といえば当然のルートから情報を入手した。ホテルの予約はツインが二部屋だった。分析がなされた。人数は四人、全て独身、男性二人に女性二人、女性の内一人はおばあさん。おばあさんとおじいさんの相部屋はない。すると男性二人、女性二人の相部屋となる。分析結果はさっそく町長に報告された。議長にも町長から伝えられ、ひとまず騒動は終息した。


亜紀は多くの男の目を覗いてきた。今日明日の幸せを求めては、明後日（あさって）には男といがみ合った。旅行の話には亜紀は少し戸惑った。男との深仲には懲りていたし、何より任務に支障が生じかねなかった。しかしご隠居さんと繁さんは朗らかで、見かけよりは清潔な感じがした。何より、栄子さんの信頼が嬉しかった。町の政界の騒動は亜紀には伝わらなかった。

亜紀は桃の鍵を閉め、アパートに帰りつく。耳には賑やかなカラオケの音がまだこもっている。冷蔵庫から冷たい水を取りだしてキッチンのイスに座る。かつては、この時間が苦手だった。心が泡立ち、ろくなことは考えなかった。しかし今、亜紀は不思議と楽しんでいる。この島が好きになっている。おじいさんの浜と谷に興味が湧いていた。しかも絵が描けた、描けるようになった。不思議な、宙に浮いた心境だった。暫くここで暮らしてみたかった。任務とは別の自分の人生という次元で。

——それにしても、おじいさんの暮らしはまるで桃源郷だ！

質素で平穏で自然で、それでいて充ちたりている。驚くことに谷と浜の時間はおじいさんが支配している。いや、そうじゃない！　おじいさんはそんなことすら意識していない。浜に時間があるとすればそれは海の干満だ。潮が時間を支配している。毎日々々、潮は満ちたり干いたりまるで生きものだ。負けず嫌いだ！　おじいさんは暮らしを潮に、大きな時計に委ねている。それに、おじいさんがアコウ木の下のベンチに座っていても、盗まれた時間のように全く気づかないことがある。溶けこんでいる。赤石鼻や青牛のように一個のピースだ。誰にも煩わされることなく、誰をも煩わさない。そして音がない。音は自然が紡ぎだすものだけだ。海風のそよぎ、谷をわたる風の群、鳥の啼き声、山道を通る車さえも風の音だ。波のさわめき、さやさやと鳴る山の音、シーンと蒼穹から零れる静寂の響き。絵を描いていると時々、深いそして遠い静けさのなかに、一人、ぽつんと立ちつくしている。やがて谷に浜に亜紀も融けていく。

どうしてあんな生き方をしているのだろう。どんな人生を歩んできたのだろう——。

もう私も三十二、いい年だ。しっかりしないと。

思いは、昔に帰っていった。

亜紀が育ったのは博多だった。

父は亜紀が生れた時からいなかった。母は小さな町工場で事務員をしていた。簿記を独学で学び、パソコン操作の研修を受けては何とか時代についていった。毎月の生活費を紡ぎだし、二人で質素な生活を送った。週末になると、母は一輪二輪の花を買ってきて小さな花瓶で楽しんでいた。贅沢と言えば、細(ささ)やかなそれだけだったような気がする。母の父母は早くに、亜紀が幼い頃亡くなっていた。母は夫婦の晩年の一人っ子だった。母は父のことは一切話題にしなかった。亜紀も心には問いかけていたが、声には出さなかった。母を困らせるような気がしたから。

高校を卒業し、地元の大学の美術学科に入学した。

ほら、いいことがあったじゃない！　母は本当に嬉しそうだった。頑張りなさい！　必ずいいことがあるから。愚痴もこぼさず無心に働く母はいつもそういうのだった。デッサンを繰返し、写生に励み、模写に没頭した。四年生も始まろうとしていた。

そして、あの日がきた。

花冷えの深夜、揺れて弾む救急車の中で、亜紀は必死に母を呼んだ。母は心筋梗塞であっ気なく亡くなった。体の不調を少しは口にしていたが、突然だった。亜紀は茫然とした。音が消え、周りの景色は色を失い、母が満たしてくれていた心は空っぽになった。体も空ろで、地を踏む感覚も失せていた。不安で、怖かった。本当に、独りだった。葬儀の段取りは母が勤めていた会社の人が何とか進めてくれた。人の顔も場所も、色のない何日間が過ぎていった。母がいなくなったアパートはぽっかりと穴があいて、まるで初めて見る部屋のようだった。嗚咽(おえつ)がこみあげ、涙があふれ、しゃくりあげて泣いた。母は本当に、いなくなってしまった。父は、どこにいるのだろうか？　生きているのだろうか？　誰なんだろう。新たな不安が、出生の闇が心に住みついた。母から父のこと、父の親類のことを聞く機会は失われてしまった。母の死はそろそろ詳しいことを聞いておこうと、母との対決を意識しはじめた矢先だった。葬儀に駆けつけた母の遠い親類に、思い切って父のことを尋ねてみたが、誰も何も知らなかった。母の突然の死と、そして、その死によって宙ぶらりんになった父の不在は亜紀の中（うち）に滓（おり）のように沈澱していった。やがて深い喪失感が覆っていった。

　更に、後悔が襲ってきた。自分は一体なにをしていたのだろう！　高校を出て直ぐにも母を助けるべきだった。どうして贅沢にも大学に行ったのだろう。しかも自分の夢というだけで、いざという時に潰しもきかない美術学科などになぜ入ったのだろう。親不孝を感じた。足元がくずれ、後悔は痛みとなって襲ってきた。

　いっそ大学を辞めようかとも考えたが、それはそれで母を裏切る気がして思い留まった。生活と学費稼ぎに、随分と迷ったあげく、スナックでアルバイトをはじめた。友達の誘いだった。昼間は学校へ行けたし、収入もまあまあだった。大人の世界が垣間見えた。次第に背伸びしていく自分にも気づいてはいた。やがてアルバイトはカウンターの中からクラブのソファーに替わった。それでも、学校は何とか卒業した。しかし、昼間の生活には戻れなかった。案の定潰しのきかない学歴だったが、それよりも潜り込んだ夜の生活にずるずるとしがみついた。バブルの後の、長期低迷するデフレスパイラルの中で、世の中の夢と希望もまたその価値を減じてはいたが。

　亜紀の顔立ちの美しさに男が寄った。男が寄るということは、金も付いてくるということだ。亜紀にも分っていた。美しさもまた、負のサイクルを回しはじめた。貢ぐ男も出てきた。それを期待する亜紀が生まれ、亜紀は贅沢と浪費になれていった。自分を浪費で表現するようになった。他愛無い小さな嘘も覚えた。いつしか奔放な亜紀がいた。いいことがずっと続いたっていいじゃない。

そんな亜紀がいた。やがて何人かの男と懇意になった。しかし、男のせいなのか、己の我がなせるのか、ことごとく上手くいかなかった。その内に、金を巡って男とトラブルを起こし、愛憎の修羅場も演じた。

男は、お前は身勝手だと批難した。亜紀の心の底には男の理解できない痛みが、闇があった。男は母に対する後悔の痛みを埋めることも、宙ぶらりんになった父の不在の闇を照らすこともできなかった。

男は、お前は俺の立場をわかろうとしないと責めた。他愛のない会話が一転、声を尖らせいがみ合い、言葉で縛りあった。関係は男と女を越えて唯の煩わしさに転じていった。煩わしさから逃れるように博多を、男を捨てた。転勤する別の男と、成り行きに任せて熊本へ移った。その熊本でもまた、男と揉めた。

亜紀はカーテンを閉ざし、虚空の中で独りだった。ぽっかりと心に穴があいていた。後悔と不安に挑むかのように、周りに挑み、臨み、我を通した。後悔や不安から逃れるためには虚飾の自我が必要だった。自分の中の他人を探しては他人のせいにし、自分の中に自分を見つけては自分に言いわけを、味方をした。自分の中に入りこんで出られなくなってしまった。自分を探すほどに深い沼へ堕ちていった。次第に、自分はもしかしたら業の深い生きものなのではないかと苛むようになった。自己不信に陥り、壊れてしまった。やがて熊本もさ迷い出た。

今度は、今度こそは何とか独りになるつもりで、怯える命を小さなハンカチに包んで、長崎へ向かった。どこでもよかった。羅針盤など持ってはいなかった。列車を下りて改札へ向かうと、線路はそこで終わっていた。もう先はない。終着駅だった。

そして、やっと、どうにか一人で見知らぬ土地に暮らし、我を通す周りが、自分を探す周りがいなくなると、少しずつではあるが別れた男達の分だけ、亜紀は身軽になっていった。何かが進んでいるように感じた。痛みを痛みとして、闇を闇として受け容れはじめた。亜紀はもう自分を探してはいなかった。自分などそんなに大したものではない、正しくもない、自分もまた取るに足りないものならば、他人のせいにし自分に言いわけをする必要もない、ということに気づきつつあった。自分の中に自分はいない、自分は他人との間に、境にあるという至極当然な成り立ちに気づきつつあった。境こそ人生であり、そこで生きることが大切なのだと。やがて、周りとの関係の中で生れる有りのままの生身の自分に向き合い、周りとの距離感を感得し、己をコントロールできるようになった。誰もが主人公であり、誰もが誰かの脇役なのだと。いつしか、周りに馴染んでいった。周りの風景さえも変わっていった。身近な路地に、なぜか気恥ずかしい感じさえするのだった。母の死と父の不在を、孤独を受け入れる強さができてきた。自分のために、脇役となってずっとひとりで生きてきた母が亜紀の心をまた、満たしていた。一輪の花を買ってきてグラスに挿した。母がまた、傍にいた。母は誇りとなった。

そして、亜紀はもう一つの、ずっと前から分かっていた課題に向き合うことになった。自分はずっと夜の生活を続けていくのだろうか。自分はこれからどうすべきなのか。


三カ月後。

亜紀は大波止からシーガルに乗り込んだ。そして、新たな港に降りた。波に揉まれ、潮に流され、ずいぶんと遠くまできてしまった。母が亡くなってすでに十年が過ぎ去っていた。亜紀はまだ旅の途中、旅の空の下だった。母は何かの折、この西海の島のことを美しい処（ところ）だと口にしたことがあった。今、その西海の島にいた。

# 第四章　獺祭(だっさい)

七月も初め。

郷は潮が満ちるのを見計らって海へでた。

芋畑の手前で、枇杷(びわ)の木がパステルな色づかいの房をクリスマス・ツリーなみにたわわに飾り、美味しさを振りまいている。これも豊作というのだろう。ビワの木は、オリーブの木がそうだが、どことなく異国情緒を醸しだす。

浜へ下りると、アコウの木の幹からトカゲが顔を覗かせていた。トカゲは、なぜか罰の悪そうな目を向けてくる。

「しばらくぶりですね」郷は声をかけてみた。

「尻尾を取られて、恥ずかしくてしばらく棲家に引っこんでいた。走ると前のめりになる」としょんぼりとする。首を幹の裏に回してみると、自慢の青い尻尾が半分ほど無くなっていた。顔も地面にぶつけたのか擦り傷がついている。トカゲは誰に食べられたとも非難しなかったが、棲家の亀岩は鳥の休息場にもなっている。秋も深まると、百舌が狩りにやってきて、谷のあちこちで尾を回しては高鳴きし、速贄を見せびらかした。

捥いできたビワを、わんのこじまを眺めながら皮をむく。往還道は満ち潮に消え、鼠の影がゆらいでいる。潮の流れがあるようだ。

「前より立派な尻尾が生えますよ」と慰めて、波打ち際へ降りた。

ゴムサンダルと杖を波が届かないところまで放り投げる。小さな波が小石を齒噛みする。足の指の間に、冷たい水が入りこみ、引く波に細かい砂利が崩れて足裏をくすぐる。軍手をはめ、シュノーケル、水中眼鏡、足ヒレをつけ（足ヒレは右足だけだ）海に体を預けた。重力が消え、皮膚を透かして海が体内に入りこみ、浸透圧が平準する。

ミナが岩の上に這い出ている。ミナは引き潮の時はどこかに姿を消すが、潮が満ちるといづこからともなく不用意なほどに姿を現す。触れるときゅっと貼りつく。大きめのものを剥がしながら左手へ進み、おかずになるほどに採りおえ、漂う。白い砂地が見えてきた。かつてはアマモの林だった。岩礁との境目にほんの少しだが緑の草がゆれる。

わんのこじまへと向かった。今日は釣り人は来てないはずだった。時々叔父と小船できて、水際から岸辺の風景を愉しみながら、長方形の金網のチン篭に魚の頭や骨などの残りものを入れて海に沈める。篭には入り口が大きく広く迎えているが、いざ出るとなると難しい迷路になっている。わんのこじまの付近は、どうやらメジナが回廊として使っているらしく、失望することはなかった。時折だが、五十代の釣りキチと思しきおっさんが、小舟で近くにきては楽しそうに作業を眺めている。おっさんはマグロの養殖生簀の近くにも闖入しているようだった。

わんのこじまの突端まできた。回りこんでいく。鼠は巨岩の集まりだ。巨岩が幾重にも重なって落ちこみ、雄渾（ゆうこん）な海中地形が覗ける。深い裂け目に闇がひそみ、洞窟には魔物が息づいている。緊張感、存在感、孤独感が押しよせる。やがて、ほどけるように青い世界に溶けあい、一体化し、海を所有する。郷はこの孤独な宇宙遊泳が好きだった。だから、よく一人で海へでる。静かに飛翔しながら、墜ちる崖を、蒼い谷を覗く。

沖合で、銀色に光るイワシの群れが反転して暗くなり、また裏返って光る。息を吸いこみ、体をくの字に折り、足をすっと宙（そら）に伸ばす。水のなかに侵入した。四メートルほどで耳抜きをして、さらに沈む。もう一度耳抜きをして水平に遊弋する。陰になった岩肌には赤やオレンジ色の軟体動物が貼りついて、侵入者を見張っている。小さい頃から郷は、何んとも気味の悪い奴らこそは海の主だと確信していた。誰も手出しができなかった。奥の窪みに小魚のキンメモドキが大きな金色の目を光らせ、大勢で身を寄せあって騒いでいる。大物はとっくに姿をくらませていた。もう一度耳抜きして沈み、洞窟の入り口を覗きこんだ。

――何かいる！

心臓が脈打つ。闇の中に、ふと自分のものではない早鐘のような脈動を、パニックを感じた。

ウは、わんのこじまから老人が海に入るのを見ていた。

幸い、今日は釣り人がいない。大岩の上で扇子を何本も注ぎ足した大羽を広げ、尾羽をピンと突きだして乾していた。そこへ美味しそうなイワシの群れが銀色の大玉を運転しながら通りかかった。ウはあわててダイブし、夢中に追い回して食事にありついた。もう一皿と、再びダイブしてイワシを追っかける。ふと殺気を感じて振り向くと、マグロが、小さいくせに呑み込もうと追いかけてくる。尾羽に喰らいついた。

「よせ！　俺は餌じゃない。仲間だ！」ウは必死に逃げた。

気づいた時には、老人がすぐ傍まできていた。ミナを採るだけで、島へくるとは思ってもいなかった。何と深く潜りはじめた。ウは岩の裂け目沿いに洞窟に逃げこみ、岩肌に羽を張りつかせて隠れた。が、いつまでも水の中にはいられない。息継ぎがいる。不安で心臓の鼓動が早くなる。やっと老人が浮き上りにかかる隙を見て、羽ばたいた羽を紡錘形に絞りこみ、ペンギンのようにロケットの如くに水中を飛び、一目散に海面へ跳びだした。ハアー、ハアーと羽で息をしながら首を振った。尾羽が一本無くなっていた。


七月も半ば。

郷はアコウの木の下に座り、海を眺めていた。輝く陽射しに、木陰はいっそう陰を濃くし密に充ちる。夏雲が群れをなし、むくむくと頭をもたげ、輝く白が目の奥に沁みこむ。風が立ち、青い海をさらに碧（あお）く刷（は）いて走る。飽くことがない。小半日はいただろうか。日が落ちて、空がひと際青く映え、やがて夜のとばりも降りた。

とんとんと戸をたたく音がした。

開けると、カワウソが魚を提(さ)げて待っていた。後ろにはウミウとミサゴもいる。

カワウソは魚を高くかかげると、「一杯やりましょう。獺祭(だっさい)といきましょう！」と笑った。

「だっさい？」と郷は訊いた。

「酒盛りです」とカワウソはもう一度笑って、戸をくぐった。ミサゴとウもつづく。

今宵、何かが顕われる、何かが訪ねてくる予感はあった。だから長いことアコウの木陰に座っていた。郷からの誘いだった。

狭い玄関を三匹が並び、塞いだ。更に、不思議なことが起こった。三匹は上がり框(かまち)を踏むと、朧(おぼろ)に、やがて映像のようにくっきりと人形(ひとがた)に変容した。ウは中年太りのニッカ・ボッカ風の和装のオジサンに、ミサゴはほっそりとした洋服姿の若者に、そしてカワウソは中年とも老年とも見極めがたい、年齢不詳の普段着の着物の婦人へと姿を変えた。

あ然として見守るなか、カワウソの婦人は早速に魚を捌きにかかった。

「あんさんは座っていろ」ウのオジサンが肩をたたくと、焼酎壜とコップを取ってくる。

「これで、先にやっといて」

アジのすり身の油揚げを、婦人が冷蔵庫から出してくる。オジサンが焼酎の水割りを掻き混ぜ、取敢えず、三人でコップを鳴らした。

郷の座からは台所が見通せる。水の音がして「いいキュウリだ。美味しそうだ」と独り言が聞こえてくる。と、婦人がゆるりとカワウソに変容した。長く太い丈夫な尻尾で床を押えながら後足で立ち、ウリのように大きなキューリを、皮をむき、縦に割り、種を指爪ですくって取りだした。水かきのある手で器用に火も使っている。とまた、朧に婦人へと立ち還った。

テーブルにはクサブの背切（せぎり）、イサキの塩焼き、キュウリ味噌が並んだ。背切はクサブ（キュウセン・ベラの一種）を薄く輪切りにし、骨髄を出刃の背で叩いて潰し、酢味噌と青唐辛子を砕いた醤油が添えてある。

改めて、四人で乾杯した。獺祭が、酒盛りが始まった。

「おいらは卯之吉だ」とまずはウのオジサンが名乗りをあげた。「日本海沿岸の出だ。若い頃、裏日本を西へ西へと海岸伝いに下ってこの島に来ていた。まあ、渡り鳥だな。ここが好きだ。今も、島と故郷を気の向くままに来たり行ったりだ」

オジサンは如何にも丈夫そうな胸を張ってみせる。

「卯之吉さんは船の乗り方が巧い。人知れずいつの間にか乗っている」

ミサゴの青年がフォローする。

「船は、最近はフェリーだが、便利だ。一度、切符を買いに行ったはいいが、窓口の女性を気絶させてしまった。それからだ」

青年が居住まいを正す。

「わしはクルークハイトと申す。瀬戸内海で育った。離島の研究をしていて、この島には調査で立ち寄った。気に入って住み着いた」

精悍な、黄色い丸い瞳を向けてくる。

——ドイツ人？

郷は目を見張る。

「クルークハイト殿は」と首を伸ばし、厳かにオジサンの卯之吉さんが宣う。「学者であらせられる。離島学の権威だ！　しかも熱血漢であらせられる。殿下と呼ぶがいい。最近、ち と落ちこんでおられる。あのアメリカ海兵隊のオスプレイのせいだ。知っての通り、オスプレイとはミサゴのことだ。ミサゴ種族は古くから、白い帽子が象徴するように学者と賢者の家系、平和主義者だ。何も軍用機にオスプレイの名を冠することもあるまい。ホバリングができるからと言って事実誤認もはなはだしい。ＭＶ—22だけで済む」

「あの国の心はキリスト教原理主義だ。神が人々を個々に、バラバラに解体してしまった。聖書のみが真理であるとして世界の他者を否定する。内でも外でも、聖書を左手に銃を右手に片時も手放そうとしない。何事につけても裁判、訴訟に持ちこむ。親が子を、子が親を訴えてはかろうじて互いの絆を舐めあっている。原理主義の異文化の世界だ！」

殿下はさらりと仇を討った。

「私は花という」

婦人は可愛く、名乗った。

郷も名乗った。三人はただ頷いただけだった。

「花さんは梅酒が好きだ。殿下はウィスキー、スコッチだ。おいらは焼酎でいい。魚はこちらで用意するから、あんさんには酒を頼む。こちらは買物にいけないこともないが、普段の姿がいきなり出てくると面倒でな。それから、三人は時が満ちたらやってくる」

卯之吉さんが獺祭の会則を宣言した。

「……」郷は了解した。

殿下が胸の内ポケットからナプキンを取りだし、純白のシャツに当てる。と、ミサゴに変わった。胸から腹へと真っ白な羽毛が流れる。鋭く曲がった嘴に背切りをはこぶ。確かに、頭の白い毛冠は賢者がかぶる帽子さながらだ。背中の黒褐色の長い羽は白く細く縁取られている。

「あんさんは団塊世代だろう」、そろりと、卯之吉さんが訊いてきた。

「おいらと殿下は二回り(ふたまわり)上だ」

「(そんな?)そうですか……」

「花、さんは?」郷は遠慮がちに訊いた。

「私はずっと年寄り」、そして、すらりと言った。「明治の末の生まれでな」

「もう十年もすれば、長寿番付のトップに躍りでる！　そしたらお祝いだ」自分のことのように自慢すると、卯之吉さんはウに戻った。

花さんも静かに笑うとカワウソに変身した。老齢にもかかわらず黒褐色の肌は、もとい、剛毛はつやつやと滑らかに光り、円(つぶ)らな、光を吸いこむ黒い瞳はまるで娘さんのように明るい。先が丸ぼそな尻尾を静かにずらしている。しかし、寄る年波はさすがにヒゲの弾力を奪っていた。

郷は、今さらながらに考える。

鳥や獣の姿で戸を叩き、目の前でかくも大胆に変容するとは、それほどまでに信用されているということなのだろうか？

あるいはこの身もまた、彼彼女らと同類ということなのだろうか？

やがて変容は治まった。鳥と獣の姿をキープしている。こちらの方が安定するらしい。

「ところが今度」、とクルークハイト殿下はけしからんとばかりに嘴を振った。「環境省は日本カワウソを絶滅種と断定した。きちんと調べもしないで尚早だ。現に、ここに花さんがいる！　四国の宇和島方面でも目撃情報が相次いでいるというのに……」

殿下は憮然として目を閉じた。

「花さん、親類からの便りはどう？」卯之吉さんが白い頬をむける。

「ない。あの四国の須崎の瞬からも、途絶えたままだよ」

殿下がシャカッとレンズを開いた。「あの新聞の、あの写真の青年は花さんの親戚なのかね？」

「甥になる。私の弟、弦というのだが、冒険が好きな子だった。世界が観たいと、ある日、島を出て行った」

「どこへ行ったの？」緑の瞳を卯之吉さんは輝かせる。

「当時は、大分の津久見から、この島に突きん棒漁のバレン船が大勢来ていた。弦は密かにバレン船に忍びこみ、海を渡ったのだよ。バレン船は私たちカワウソの大切な移住船だった。今ではもう見ることもないが」

「バレン船で？」

郷は身を乗りだしていた。

「思い出したかね！　小学生のお前様は飯をご馳走になっていた」

「あの船で！」

「そう。私も心配で港までついていった。若い船乗りは親切そうだった。ほっとしたよ」

花さんはコップに少し口をつける。

「六、七年ほどたって、まだほんの若者がこの浜を尋ねてきた。一目で分かったよ。弦の子だ。鼻の膨らみ方が瓜二つでね。韓（かん）と名乗ったよ。なんと宇和島から津久見へ渡り、バレン船に乗ってきたという。韓の話では、弦は津久見の保戸島（ほとじま）に入港するや、上げ潮を待って一気に豊後（ぶんご）水道を渡り、日振島（ひぶりしま）づたいに宇和島本土のテングサが干された海岸へ無事上陸したそうだ。リアス式海岸が複雑に入りこむ宇和島は仲間が大勢いることで、私たちの間では評判だった。かつては、この島と宇和島を津久見のバレン船が結んでいたのだよ。玄は宇和島で結婚し、二人の子供をもうけた。その一人が韓ってわけだよ。韓には兄がいて、それが瞬だが、須崎へ嫁探しに行って住みついたらしい」

「韓は、今、韓はどこにいるの？」我慢できないとばかりに、卯之吉さんは一瞬、オジサンに変身した。

「あれは……」三人は固唾を飲む。「あれは弦よりもっと大胆な冒険家だった。ある日、朝鮮半島が見たいと言いだした。島伝いに船を捕まえては北上し、対馬へ至り、抜荷の密航船に潜りこみ半島へ渡ったよ」

「なんと大胆な！　翼も、俯瞰図も持たないのに」

白い冠を震わせて呻ると、クルークハイト殿下も一瞬、青年に姿を変えた。そして再び目を閉じた。

「韓からも頼りはない。でも、半島では今でもユーラシアのカワウソが頑張っている。古より、半島はこの島国と大陸の架け橋だ。韓の決断は正しかったのだよ。そうやって私たちは子孫を残す。遥か遠い昔からの慣わしだ。しかし、この国ではもう無理かもしれない」

花さんは憂いに沈んだ。一瞬だが、婦人が顕われた。

やっと、郷は気がついた。

どうやら、三人が人形に変容するには何かのタイミングあるらしい。どうも、感情のゆらぎが関わっているようだ。心の琴線がふるえる時なのだろうか？

「花さんはずっと昔から」と卯之吉さんが静かに声をかける。「この浜にいるの？」

「私はずっとここで暮してきた。時には水路調査に出たが、海を渡って遠くまで行くことはなかったよ。

水路調査に出たのはまだ若い頃だ。調査は三人で一組だ。一路、南へと七方の浜を過ぎ、町の港の沖を大きく回りこみ、黒い海岸を横目に、白い浜と平行に、断崖絶壁の岬を巡り、静かな大きな広い入江へと入った。遣唐ノ浦だ。白い帆掛船がまだ沢山いたよ。その分、海や港は明るかったものだ。浦で暫く休養をとることにした。とは言っても、そう長くもいられない。浦には別の一族がいる。我々は争いを好まない。争いを避けるには交易が一番だ。私たちは相手からよく見通しのきく場所に、贈り物の大きな法螺貝の殻をおいて立ち去った。その夜、浦で不思議なものを見たよ。孕(はら)みはじめた月が白く輝く光の中、三つの山の稜線が重なるように滑り落ちる水辺で、古(いにしえ)の、冠をかぶり、袖の広い華やかな装束を着た貴人たちが楽しそうに酒を酌み交わしていたよ。明くる日、昨日の交易場所に戻ると、法螺貝のそばに碧(あお)く光る小石が置いてあった。相手からの贈り物があるということは、相手も法螺貝が気にいったということだ。私たちは法螺貝を持ち去って交易を無効にすることもできるが、そんな無粋なことはしない。碧い石をもって立ち去った。こうして、互いに顔を合わせることなしに交易が成立し、平和が維持されるのだよ。

　もう一日だけ休養して、今度は浦に流れこむ川を遡ることにした。上流へ、水源を目ざしてひたすら登っていく。七合目辺りまで辿った時、頂上を越えるか、左へ回りこむか激論になった。結局、慣例通りに第三の選択肢、右へ回りこみ、反対側の川の源流へ出た。今度はそこを下るのさ。長いこと下って、隣の峰々から発する川との合流地の落合を過ぎ、やがて大きな淵に入った、……そう、お前様ももう分かったようだな、あの小学校の傍を流れる川の上流の翠淵(みどりぶち)だよ。淵で二日ほど休息して、入り江へ出る。そして最後の難所、隣島との魔の早瀬を一気に抜けるのさ。わんのこじまが見えると歓声をあげたものだ。三週間近い長い旅をへて無事に棲家へ帰った。そうやって空間を把握するのだよ、大人に成るということだよ。棲家はあの赤石鼻の先の、岩場を廻りこんだ絶壁の先にあった」

「赤石鼻を廻りこんだ先の？　……あそこは河童が……そういうことか！」

　扉が開き、郷の謎が解けた。

「行き止りの絶壁を海中から廻りこむと」、と花さんは微笑んだ。「縦長の細い隙間が開いているんだよ。大人の人間は潜れない。私たちもやっとのことさ。その隙間を入ると広い岩場にでる。海から見えることはない。背後も崖になっていて近寄れないし、海中の細い入り口の先もまた絶壁だ。人間は寄りつけない。一族はそこに棲家を構えた」

花さんは尻尾を少しずらし、郷の心を覗くように、新しく行を改めた。

「お前様はお化けが出る竹藪を覚えているだろう」

「……やっぱり！　お化けだったんだ」

「棲家は、ベースになる［泊り場］は、ちょうどあの竹藪の崖の下に当たるのさ。私たちは他にも幾つものキャンプ地を持っていた。縄張りが、なにせこの浜から長浦を経て岬の先までと広かったからな。大潮の夜、岬の先は遥か遠くまで干上がる。潮溜りには多くの魚が取り残された。あちこちから仲間が集まったものだ。私たちは、獲った沢山の魚を、祭りの魚をみごとなまでに並べたものだよ。本当に賑やかだった。かつて、この島々には海に千匹、川に千匹のカワウソたちがいたのだよ」

郷が幼い頃、谷の浜辺から隣の集落に通じる山径があった。山径は海岸沿いに、椎の木の林の中を海蛇がうねるように潜っていて、ほぼ中間に境界となる孟宗の竹藪があり、曲がりくねった径の曲り角が竹藪の中に消える。何とも無気味で幽玄な空間だった。竹藪が幽かな緑の光を辺り一面に充填し、笹に紛れて、大竹の陰に、妖しげな人影が見え隠れした。怖くて一人で行くことはなかったし、連れ立っていても一気に駆けぬけた。

「あそこなら誰も近づかない！　お化けは、今もいるの？」

「幽霊は人に憑き、お化けは場所に憑く。あのお化けは平家の落武者だよ。この島にも何騎と落ちてきたらしい。討っ手もしつこく手を弛めない。お化けは深手を負い竹藪まで来てこと切れた。お前様たち一族が去り、山腹に山道が付けられ、あの山径を使う者はいなくなった。一人になってしまって寂しかったのだろう。仲間のいる、あの七方の浜へ越していったよ。持ち場を動くのはルール違反だが、仕方あるまいよ」

「申しわけないことをした。怖かったけど気にもなっていた。懐かしいキャラクターを失った……」

「その落武者は使えるぞ」卯之吉さんがSの字に畳んだ首をすっと伸ばす。「島興しに持ってこいだ！　島中の落武者を説得して、島のあちこちに霊感スポットをつくるんだ。落武者に古の源平合戦を、平家物語を語らせるんだ。体験型の観光で売りだせる」

羽を広げて、熱っぽくプレゼンする。三人は黙して、考えこんだ。

はらりと、花さんが沈黙を脱いだ。

「今、あの竹藪には山犬が住みついている。穴を掘って、何とも立派なねぐらだ。……なに、さすがに崖を降りることはできないよ」

郷は山犬の遠吠えを思い起こしていた。

「花さん」とコップを飲み乾しながら、卯之吉さんがいう、「花さんはいつから大蛇の穴に住むようになったの？」

——もう、三杯目だ！　ペースが早い。

郷は少し薄めにつくってあげた。

「私は自立してから、ずっと今の所さ。私たちは人間と着かず離れずに暮らしてきた。時々、人間と遭遇したよ。人間は私たちがカワウソだと知っていても、河童と呼んでいた。人間は河童が好きだ。私たちをフォークロアの、伝奇の世界の住人とみなした。ロマンが欲しかったのだよ」

花さんはまた、尻尾を少しずらす。

「私たちを、生きた現実としてのカワウソを受け入れてくれる人達もいたにはいた。この浜がそうだよ。家船（えぶね）の一家もそうだった。この浜にもよく来ていただろう」

「英雄さんの……？」

郷の記憶の底の沈船が、英雄さんの顔がラムネの泡のように浮上してくる。

「そう、家船の一家はよく泊り場の前の海で潜り漁をしていた。私たちも漁（すなど）った。互いに認め合っていたよ。時々、売りにならない雑魚を放ってもらったものだよ。あんなことになる前まではな。時の流れは早いものだ。やがて経済の高度成長下、開発はどんどん河岸を、海岸をコンクリートで固めていった」

花さんの瞳に憂いの翳（かげ）が、よぎる。

「水の透明度こそ変わらないように見えたが、海も汚れていった。川はもっと惨（むご）かったよ。川に流れこんだ農薬の毒はエサの川魚や蟹や蛙を死滅させ、私たちの体を痛めつけていった。かつて人間は私たちの毛皮を求めて狩った。やっと、止めたのも束の間、私たちの住環境は破壊され、生存は脅かされていくばかりだった」

「人間は、人のものを欲しがる動物だ」、しんみりと、卯之吉さんが挿(はさ)んだ。

「人間は」、と遠い目を花さんは虚空に投げた。「それでも相変わらず、カワウソを伝奇の生きもの、河童として見ていた。河童は川や海辺ではなく、人間の心に、社会に住んでいたのだよ。この態度はカワウソにとっては致命的だった。元々、実在しない、生きてはいない存在だったのだよ。だから、滅びつつあることが理解できなかった。気づいた時には、もう手遅れになっていた。私たちカワウソは想像上の動物ではなく、れっきとした一つの種なのに。島をくまなく探し回ったが、失望するばかりだった。この島では、もう私一人だけになってしまった」

婦人のつぶらな瞳には深い無念が、滲んでいた。

おもむろに、殿下が目を見開く。

「この島は小さい。負荷に対する生態系の許容量が如何にも小さすぎる。一気に崩壊する。花さんたちは哺乳動物だ。食物連鎖の上位にいる。少しばかりの自然界のゆらぎが命取りになりかねない。人間というのは厄介な生きものだ。壊して、壊して、壊しつづけて、反省した時にはもう遅すぎる！」

替わって、青年がいた。

暫し、沈黙が流れた。

「そうそう」、と卯之吉さんが、首を伸ばして、話題を拾った。

「ほら、あの茶髪の、おいらが獲った魚をいつも欲しそうに眺めている亮一、この間清二と釣に来てただろう」

「（あの青年だ！）」

「ところが、帰りに何とコマセで汚れた岩場を洗っていた。これまでは清二に任せっきりだった」

「町の波止場で長いこと道路工事をしている。あそこで働いてるんだが、いや何とも働き者だ。後片付けも黙々と一人でやっていた。年寄りの仲間も労わっていた。感心した」

殿下は防波堤の灯台から見ていたそうだ。

「清二と」と花さんが笑った。「いいコンビだ！」元気になった。

もういい会と亜紀さんの、今町一番のホットな話題を、町の政界の空騒ぎを、卯之吉さんが面白可笑しく、首を振り、羽振りを交えて披露する（きっとオジサンは夜陰にまぎれて界隈をさるいているに違いない）。青年は目を細め、朗らかに笑う。なんだか懐かしそうな瞳だ。酒が、肴が旨い。心が発露し、言の葉が発光し、生が感応する。話題は尽きなかった。三人は見事な酒の使い手だった。

夜も更けて帰っていった。

「お前様に逢えてよかった！　長生きはするものだな。ありがとうよ」帰りしな、花さんはふり返った。

帰りは別々だった。卯之吉さんは浜へ、花さんは森の大蛇の懐（ふところ）へ、クルークハイト殿下は月明かりのなかを山へと飛翔していった。

三人が訪れるようになって、郷は長い午後が楽しくなった。浜と谷に三人の息づかいを、視線をいつも感じた。仲間がいた。以前にも増して、ゆったりと、時間が流れていった。のびやかに、ふくらむように。

# 第五章　弥生

七月も終わり。

郷は、夢に目が覚めた。飛んでいる夢だった。両手を水平に広げ、北京から広州へ向かって飛んでいた。肋骨（あばら）が深い谷を刻む恐竜の背骨を、太行山脈の脊梁を縦断する。遠くに洛陽の町が見える。光るのは川だろう。右手を上げて左に旋回する。黄河だった！　随分と昔に北京から広州便に乗ったことがあった。刺激に溢れた美味しい旅だった。薄れていく記憶が、忘却の彼方へ追いやられまいと忍びこんだのだろう。山犬の遠吠えを聞いたような気もする。まだ、外は暗かった。

郷は、小さい頃から空を飛ぶ夢をよく見る。体を投げだし、両手を斜め前に伸ばし、掌に集中して上昇気流をつかみ、無重力の空間をどこまでも浮遊する。ホップ・ステップ・ジャンプを高く遠く跳ねながら、遥か空中を遊ぶ。体の重さはまったく感じない。重力を脱した肉体が、意識が舞う。魂が夜の放浪に、旅に出る。レム睡眠は、かくも精妙な自己変容の映像を創りだす。ある種の自己修復機能だろうか。

若い頃は幽体離脱もお手のものだった。頭が冴えて眠れない床の中で、五感を研ぎ澄まし、虚空の四十万(しじま)にのばす。天井を、逃げていく鼠の足音が走り、身をくねらせて這う青大将の幽(かす)かな擦過音が追う。天井板の節を無心に見つめ、同化する。肉体から脱けでて全く重さを失い、意識のみになった自分が、天井から布団に寝ている自分を眺めている。天井にいるのが本当の自分、存在だ。いや、重さがないのだから、存在でもなく、時間だ。揺すっても起きない時には、天井を捜せば郷はそこにいた。

もう眠れそうにもなかった。老体に日の出でも見るかと言い張って、暗いなかを、昼間の動線をたどり、浜辺へ下りた。薄闇の向こうにたっぷりと蠢(うごめ)く流体があった。あふれる満潮の大潮らしい。アコウの木の下にベンチを探る。空には薄墨がかかっている。やがて、水平線にオレンジ色の帯があらわれ、漸(ようよ)うと明けてきた。陽が昇り、空が金色に輝き、海が黄金(こがね)にたゆたう。辺り一面、金色に染まり、差し出した手も黄金だった。茫然と眺めていると、眩しくたゆたう流体に生きものの動く影があった。周りの金色よりも濃い影は、跳ねるように、くるりと向きを変えた。一瞬イルカと思ったが、人間だった。こんな時間に泳ぐとは。影は青牛(あおうし)の背に跨った。青牛は海中にあって、影は水の上に、人魚のように上半身をさらしている。女性のようだ。

逆光の眩しい光の中を、やがて影は岸へと戻ってきた。ふと、妙な感覚におそわれた。浅瀬で立ちあがり、渚の石を踏みくずす。金色だったが、裸だった。

娘は、気づいた。

「あっ」と声を詰らせて、横向きにしゃがみこんだ。

金色の時が止まり……張りつき……まだ、……止まっている。

「すみませーん！　服をおねがいします」

声が開いた。

時間が気づき、刻みはじめる。

郷が周りを見ると、ベンチの端にTシャツなどが脱ぎすててあった。まとめて取ると、眩しい光芒に眼(まなこ)をめくり、凝らし、射られながら引寄せられていった。黄金のしずくが飛び散る渚に、まだ原罪を負うことなく、生まれたままの無垢な、金色に輝く桃が打ち寄せられていた。金の桃は寄せる黄金の波の反射を、ゆらゆらと映している。神々しいまでに美しい！　眺める誰かを自分が見ていた。我に返った。

「ここにおきますよ」

と置いて、ベンチへ戻った。

やがて、娘は木の下へやってきた。

「すみませんでした……」

恥ずかしそうに笑った。

丸顔で、目じりが少し下がっている。見るからに優しい顔立ちだ。

「小屋で……シャワーを浴びてもいいですが」

小さく声をかけた。

「いいえ。ありがとうございます」
娘は、会釈して小道を登っていった。途中でふり返って、また会釈し、そして消えた。

金色の空に次第に青が射してくる。

青が金を奪っていく。空と海の余韻を眺めている……。

……潮の中に、子供たちが顕われる。大潮は干いても満ちても非日常の光景を創りだす。大いに満ちて浜辺の際まで溢れた水を見つけると、なぜか泳ぎたくなる。あふれる水は泳ぎを誘う。胸元からこぼれる乳房のように心までもふくらませ、幸せな気分にしてくれる。

当時、町へ行くにはこの長い海岸を歩いていくしかなかった。大人たちは月に一度くらい、櫓漕ぎの伝馬船で町へ買い物にでた。時々だが連れていってくれた。大川の河口が満ちるのを見計らって舟を出し、河口に着けて、石段を上がるともうそこは商店街の入口だった。潮が引くと舟は動けない。その間に用事や買い物を済ませた。

町は賑やかだった。黄色にまぶしく輝く、大きなインドリンゴやバナナが山盛りになって店先で呼んでいた。浜でこそ子供達には知らされていなかったが、バナナは一本一本ではなく、何と大きな房になっていた。町には何でも、男の子の赤い服だってあった。別世界だった。

潮が満ちるのを待って帰りの櫓を押しだす。潮の流れによっては、沖ノ島々の岸に沿って流れる追い潮に頼んだ。櫓は軽く舟足は速い。舟べりから覗く、透明な水中の景色が美しかった。

郷は最も幼い記憶をたどっても、既に泳いでいる風景がある。水中の、青牛の背は取りついたり乗っかったり、休憩するのに手ごろな岩だった。メジナの稚魚が岩の周りで暮らしていて、小さな口で侵入者の足を突っつきにきた。お昼頃、大型の貨客船がちょうど沖にかかる。水にもぐって耳を澄ますと、いつもは無音の水中に、カラーン、カラーンとスクリューの不思議な音が転がってきた。製造場には、浜と舟を渡す歩み（歩み板）があった。魚を入れた篭を滑らして運べるように、人が歩けるように全面に板が張ってある。その歩みを持ちだして海で遊ぶ。子供が乗っても沈まないほどの浮力があって、竿を使って乗りまわす。跳びこんでは泳ぎ、また歩みにもどり、いつまでも遊んだ。

小学校に上がる前だった。満潮の午後、三、四人で泳いでいた。ひと泳ぎし、波打ち際で宝石を拾う。青いもの、緑のもの、茶色のもの、ガラス破片が波と小石に洗われて角がとれ、輝く石になった。水に濡らすともっときらきらと光って高価になった。裸だった。いつも、素っ裸で泳いでいた。男の子も女の子も。沖合に、櫓こぎの大きな舟が二艘通りかかった。町から来た海水浴や釣の遊びと見えて、大人子供が大勢乗って賑やかな声が水を渡ってくる。やおら、船の中から子供たちが指さして笑いはじめた。最初は分からなかったが、どうやら、裸で泳いでいるのを笑っているらしい。見あげると青い空に入道雲が湧き、下を向くと小さくちぢこまっていた。

明くる日から、子河童たちはパンツをはいて泳ぐようになった。文明との出遭いだった。年代記的にいうと、一九五三年夏、郷が六才の時、文明は舟に乗って浜へやってきた。

弥生は目が覚めた。

「弥生」と呼ぶ、懐かしい声を聞いた。暫く、会えるのは夢の中だけだから、目をつぶっていると、瞼のうらに結んだ。目じりから涙が溢れていた。まだ外は暗かった。ふと、小島のある海岸が浮かんできた。

三月初めの頃だった。通りすがり、小島が見えたので緑に包まれたトンネルの小道を下っていった。小道だが、地面を掘り下げて両側に土壁を立ち上げ、段になっているところには自然石が敷かれてあった。古いがしっかりとした道だった。丸い明るい出口が見えてきて、踏み出すと、海が寄せ、磯浜が広がった。小島も優しく佇んでいる。

浜辺からは、赤い藪椿の花でびっしりと埋められた谷が切れこんでいた。海風に押されるように、手前の巨岩を手で撫でながら恐る恐る入っていくと、地面にも赤い花が一面に敷いてある。赤く微笑む花は樹によって、色合い、大きさ、形がそれぞれに異なった。蕾は凛(りん)として、何か存在を、意志を秘めている。まるで凝縮された未来を閉じこめていた。木にもたれていると、メジロがあわててやって来て花に顔を埋め、頬を黄色く染めるとまたあわてて飛び去った。黄色い花粉、蜜が光る。驚くほど甘かった。

赤と緑の静かな世界にひとり囲まれていた。帰ろうと振り返ると、胸がキュンと鳴りプリンのようにゆれた。三月早春のやわらかな青い海が、赤い花と光を跳ねる濃い緑葉の間から燦(きら)めいていた。幸せそうな、のどかな春の青い海が覗いていた。和(なご)やかな浜の春に、弥生は包まれていた。花の赤、光る葉の深緑、輝く海の青、島の春の色の取り合わせ。あれから行っていなかった。

暗い小道を用心深く踏みしめ、浜へでた。陽はまだ海の下で空は暗くぼんやりしている。暗い光がかろうじて何かを掴んだ。ベンチだった。足元には水があった。急に、泳ごうと思った。目の前の、あふれる水の中に、いるような気がした。一瞬躊躇したが裸になった。泳ぎは得意だった。沖へでると、空が白けてきた。漂っていると、太陽が昇ってきた。清冽なまじりっ気のない光が刺す。辺り一面が金色に輝き、体も金色にくるまれた。かきわける水中の手まで金色だった。掌を光りが透りぬけていく。仰向けになって浮いたり、沈んだり、黄金の液にひたっていた。足が岩にふれ、あわてて向きを変えた。手で探ると大きな岩が、水中にひときわ濃い金色の牛の背があった。手をついて跳箱のように跨る。手で水をすくうと金色の雫になってこぼれた。涙が流れていた。

数滴の涙が広大な海に無限の分子となって広がっていく。私だと分かるだろうか？　きっと分かる！　弥生は祈った。


依然として白骨は彷徨っていた。

捜査は警察が掴めていない不明者や音信不通者の聞込みに移っていた。地取り班が組まれ、町を村を浦を訊ね廻る。竹刀と道着は、当然、現場の浦を担当した。急な狭い坂道を上り下りし、波止場のビットに腰かけては缶コーヒーを手に漁師の作業を眺め、集落の外れの畑に婆さんを尋ねて話し込み、浦の一軒一軒をつぶして回る。島からは大勢が都会へ出た。全く音信のない者もいたし、代が代わって、つつがなしの便りなど取り合うこともない家も多かった。島にも不機嫌な核家族化が進んでいた。しつこくあれこれと時間をかけたが、白骨に結びつく手掛かりは掴めなかった。

一方で、相も変わらず情報は署のガラスドアを開ける。十数年前のことだが、本土から脱サラの中年男が農業がやりたいと村を訪れた。島を出たある家の農地を粗末な家とともに借りることになり、真面目に二、三年励んでいたが、ある冬に突然いなくなったとのご注進だ。

道着は農協を訪ねた。男は隣の島で終(つい)の棲家を探しあて、島の女性と結婚し、半農半漁の充実した日々を送っているようだった。子供も二人いるという。念のために道着は、脱サラを一大決意し、島に渡って来た人たちの情報を求めて男を訪ねていってみた。大きなウチワサボテンが生えた石垣に囲まれた古い家だった。主人は漁に出ているというので、船の名前を訊いて港で待つことにした。

港は小さかった。上空を、トンビが悠々としつこく回っている他は人っ子一人いない。立ち竦(すく)んでいると、トンビがピーンヒョロと、目障りだと笛を鳴らした。そこで、仕方なく道着は岸壁を歩きはじめた。端まで行くと、器用に身を翻して下の磯に飛び降りる。水辺をぶらぶらしていたが、やがてお目当てのものを見つけたのか、しゃがみこむと水中に手を突っ込み、ミナを拾いあげた。小石を取りあげてミナの殻を割り、海水で洗うと口に入れた。

「まったく！　何でも食いやがる」

卯之吉さんは水中から、道着の大きな影を見上げていた。と、目が合った。道着が水の中を覗き込んでくる。卯之吉さんは慌てて沖合まで離れると、しらっと頭を浮かせた。

道着が口をあけて見つめきた。

卯之吉さんは頭をくるりと潜ると、水中で羽を組んだ。

——意外に勘の鋭い奴だ。

やがて、道着は磯を横切り岬の林の中に入っていった。小径に突き当たると、岬の先っぽへと辿っていく。突然、道端の藪からバタバタと大きな鳥が飛びたった。驚く道着に、鳥は遠くに落ちると、ケーンと、何だよと大きく鳴いて正体を教えてくれた。道着は初めて本物の、血のような赤い顔と濃い緑のキジを見た。

「なんで、今日は鳥ばかりなんだ」ぼそっと道着がこぼす。

行止りに、小さな鳥居を額(がく)にして、古ぼけたこれまた小さな社が座っていた。道着は引き返した。このまま港に出れるだろうと、見当をつけて歩いて行く。岸壁では子供達が小アジを釣っていた。いつの間にか、道着は子供と交代で竿を握っている。やがて、男の乗る海丸が帰ってきた。凪も海からよろよろと吹いてくる。道着は竿を返すと船の方へ向かった。赤銅色に焼けた男はどう見ても島人だった。道着は辺りを確かめ、小さく名乗り、手帳を見せて要件を伝えると、早速に活間を覗きこんだ。一緒に家に戻ると、嫁はその日暮らしで何もありませんがと詫びながら、魚を捌きにかかった。成り行きにまかせて、美味しい魚をたんまりとご馳走になった外は、取りたてて収穫はなかった。夜は駐在所まで歩いていって宿を乞うた。道着はその場しのぎの、行き当たりばったりの、漂うように流れる島時間を楽しんだ。

数日してある日の午前。

また、現れた。

昼間は戸を開け放している。外では夏の陽射しが踊っていた。

開けた戸がコンコンと叩かれた。

「おじいさん、いますか？」

郷は上がり框（かまち）に立った。

驚いた。吃驚（びっくり）した。この間の娘さんに違いなかった。

こんなこと！

「今日は！　この間はすみませんでした」

目じりを和ませて、娘は挨拶した。

「上がりますか？」郷は小さく声をかける。

「おじゃまします」、と娘は微笑んだ。

アイスコーヒーをつくり、窓際にもどる。乙女は海を眺めていた。

グラスを受けとると、「三崎弥生です」とまた、目尻を下げた。

おじいさんも名乗った。娘は不思議がらなかった。何かを考えていた。

「私、春に、ここへ来たことがあるんです」急に、娘は声を弾ませた。「椿の森に入ってみたんです。花がいっぱい咲いていて、赤い花の間から青い海が見えて……」

「ああ、谷が一番きれいな季節です。秋になると今度は実を採るのに大変だ」

「おじいさんはここで、ずっと暮らしているんですか？」

「いや、小さい頃ここに住んでいました。この五月に帰ってきたばかりです」

「とっても素敵な谷と浜！　今日、来るの、ちょっと恥ずかしかったけど、あのぅ……これからも遊びにきていいですか？」

「どうぞ、……大歓迎ですよ！」

娘は嬉しそうだった。笑うと目じりがもっと下がって、もっと優しい顔になった。

弥生さんは台所に立った。おじいさんに昼食を作ると言う。

おじいちゃん、包丁これだけ？　ああ、出刃しかない。梅干ある？　流しの下。ここの缶詰使っていい？　どうぞ。

弥生さんの調理は手馴れたものだった。トントントンとリズミカルに出刃の刃先を入れると、薄く均一なキュウリの輪が無骨な刃から逃げてくる。驚いて刃にしがみ付いたままのもいる。親からきちんと調理技術を受け継いだらしい。冷しそうめんとカリカリに炒めたソーセージ、そしてキュウリとシソの味噌冷汁。冷しそうめんにはトマトのスライスが二、三枚とパイナップル一切れがのっかり、氷と大きめの梅干が溺れていた。ガラスの器は汗をかいている。小さな杯に何か入っていた。

「食前酒！」と、下がった目じりがくすっと笑う。「パイナップルの汁です。残りは冷蔵庫にあります。乾杯！」

「ん、乾杯！」慌てて、じいさんも杯をとった。

開け放たれた窓から、満潮の海を眺めながら、二人並んで仲睦まじく食べた。

台所から、食器を洗う水音を跳ねのけて元気な声が届いてくる。「おじいちゃん、浜に行きませんか？　こんなきれいな海があるのにもったいないもの」

水の音がやんだ。

「水着、着てきました！」嬉しそうな声が吹いてきた。

郷は、折角なので泳ぎながらクサブを釣ることにした。糸に少し重い小石を結び、針をつけ、イカの切り身を刺す。水中眼鏡で覗きながら、岩陰にエサを垂らす。留守のようだ。次の大岩に移る。陰から、クサブが緑地に赤い刺青のサイケデリックな小さな顔を突きだす。汐の流れでエサが離れ、一度引っ込んだ。近づけると、目の前で一気に食いつく。糸をたぐる。右へ左へ、いやいやしながら上がってきた。穴を探す。エサを近づけると、アラカブ（カサゴ）が鰓（えら）を踏ん張った大きな赤ら顔の上半身を這い出してきた。大きな出目を上目づかいに、追いかけてきて喰らいつき、穴へ戻ろうと暴れる。釣りあげた。弥生さんは大はしゃぎだった。潜ってミナも採った。一度、海から上がった。ヒモには何匹もの獲物が通されている。弥生さんはまた、海に戻った。遥か沖合まで、わんのこじまの近くまで遠出していた。しっかりとした泳ぎっぷりだった。

シャワーを終え、弥生さんは壁際に張りついた本棚に向い合っている。

「おじいちゃん」、と突然、訊いてきた。「この教会の写真集、教会に詳しいんですか？」

棚には、数冊の写真集がスクラムを組んでいる。

「少しぐらいは……」

「私、この島の生まれではないんです」と思いがけない、真剣な眼を娘は向けてきた。「時々、一人で教会巡りをするんです。おじいさんも一緒に行きません！」

「こんな年寄りとですか？」

「だめです！　……一緒にいきましょう……、私の、……大きなお尻を見た罰です」

あわてて、乙女は顔を赤らめた。

郷はぼう然と、発熱した娘を見つめる。

「このお尻が証人です！」今度は目尻を下げて、にこっと笑った。じいさんも釣られる。

「おじいさん、一緒にいきましょう！」

手を、弥生さんは合わせた。

そういうことになってしまった。

確かに、金色に輝く大きな桃をまじまじと眺めていた。神々しいまでに美しかった。オリンピアな金色の桃が証人だと言われれば、郷に抗う術はなかった。

こうして、桃と杖の、奇妙な、教会巡りが始まった。


八月に入る。

白い、日本一美しい砂浜の海水浴場にはカラフルな豆粒が撒かれ、木陰では子供たちがスイーツのあずきバーをしゃぶり、町のかき氷屋さんは涼みの客でいっぱいだ。青い波の上に赤い氷の文字が躍る旗の下で、アッパッパのお婆さんがピンクにブルーにグリーンにイエローと、鮮やかな蜜で色づけされたかき氷を前に、どの色から攻めようかとスプーンをくわえて睨んでいる。港も賑わい、シーガルは得意げに観光客と写真におさまる。どこも夏ばかりだ！

今日も暑い！　溶けるように熱い。朝早くから、センセンミンミン短いバカンスを喧（かまびす）しく死に物狂いに謳歌していたセミも、白い陽が空いっぱいに膨らんで中天に座りこむと、木陰でじっと動かない。外へ出るとやっぱり空が焦げていた。頭の天辺がひりひりと干乾びていく。浜へ降りるとサンダルの下の石も焼けていた。小石をジャッと水の中に蹴り入れると、ジュッと鳴いた。郷は杖を上げて応えると、ミイラになる前に小屋へ戻った。

窓の外は依然と高熱の殺菌照明を浴びて白く光り、無菌の沈黙が座っている。うつらうつら新聞を眺めて時間をやり過ごす。

背筋を、ゾクッと冷気が撫でてきた。外を見ると、空が見る見る真暗くなり低く圧し被さってくる。風が泰山木をゆらし、冷気が体をつつむ。海からロゴロゴと遠雷が先払い、空気の焦げるにおいが微かに漂う。巨大な暗雲の中に明りが沸き立ち、蠢(うごめ)く。天神様のお出ましだ。それも一つや二つじゃない、徒党を組んでやってくる。

ヒェ――ッ！と叫んで、「早苗姉(ねえ)がヘソ取られた」と注進して、雄太が一目散に浜から小屋へ逃げてきた。早苗も跳び込んでくる。二人を追って、白い簾(すだれ)がゆれながら、艶(なま)めかしくめくられながら一気に谷へ雪崩れ込み、塞ぐ。大きな水の塊がドドーと屋根を、地面を打ちすえ、全ての音を消す。わんのこじまが波打つ水の幕に隠れ、谷の亀岩は水しぶきに湯煙を立てて火照(ほて)った甲羅を洗っている。稲妻が切り裂き、龍が海へダイブする。電荷が吹きつけてきて体毛が逆立つ。ゴロゴロゴロと天が壊れ、ドーンと地を叩き、容赦なく水を打ちすえる。やがてスーッと静かになった。天と地のドラマ。気分は爽快だ。

夏は一気に駆け抜ける。

海の水は温かくなり、イラ（毒クラゲ）が岸近くへ寄ってきて泳ぐにも苦労する。盆鮫(フカ)が出て危ないからと、大人は海へ入る童（わらべ）に顔を曇らせる。かの山の麓の、かの川に沿う田んぼでは早生米が黄金に色づき、刈り取られ、干される。

お盆がやってくる。墓という墓に木と竹で組んだ棚が組み立てられ、何段にも家紋が描かれた盆提灯が提げられる。百を超える提灯に明りが灯り、賑やかな墓山が現出する。子供たちは花火に興じ、色鮮やかな光と音が飛びかう。

お盆は日本の古い祖霊信仰だ。毎朝、仏壇に膳を供え、花を替え、二股大根が取れたといっては捧げ、貰い物があれば先ずはうやうやしく毒見をしてもらい、月毎に墓に参り、掃除をし、そちらの暮らしはどんな具合ですかと語りかけ、こちらは相変わらずです、と大酒呑みの旦那の愚痴を聞いてもらい、手を合わせては祀る。やがて、死者は残された者たちの中へ取り込まれ、居場所を与えられ、祖先霊となる。すると年に一度、時空がずれ、生死の境があいまいになり、穴があき、祖霊が、先祖が帰ってくる。お迎えの団子を盛り飾り、途（みち）に迷わないように縁側に火を灯す。先祖は足音もなくそっと帰ってきて、涼しげな秋の七草の提灯を前に座っている。現世からも、都会へ出た一族が戻ってくる。祖霊を招き、一族を呼び寄せ、共に過ごす。色鮮やかな五色の紙兜（かみかぶと）をかぶった念仏衆が鉦（かね）を叩いてにぎやかに踊りまわり、夏が逝く。

山犬は、今年も藪にひそんで、逝く夏を眺めていた。息をひそめていると、リッリッリッ、リッリッリッと早くもコオロギの集（すだ）く音が聞こえてくる。山に沢山の明るい白い燈が灯り、輝く白が飛び散り、音が耳をつんざく。幸福な、短い夏が終わる。

# 第六章　亮一

亜紀は暗い中を起きた。

トーストを焼いてコーヒーで流しこみ、道具を担いで外階段を下りる。浜へ通う内に、真剣に絵を描こうとする自分がいた。心の奥の忘れられていた欲求が、浜にふり注ぐ光に、谷を往く風に目覚めたようだった。思いにまかせるとある構想が浮かんできた。今日はその構想を確かめる朝だった。日の出前に浜辺へでると、期待通りの満潮だった。デジカメを取りだして、光を待つ。

徐々に、空が明るくなって黄いろみはじめる。太陽がチッと頂きを覗かせると、光がサァーッと放たれた。すかさずチカッと熱の衝撃波が頬をかすめる。と、思いもかけず背後の山の樹々が騒めきはじめた。眠りから目を覚ました。欠伸をするもの、背伸びするもの、四股を踏むもの、皆にぎやかに起きだした。

海が空が雲が金色に輝き、黄金の矢が大気の水蒸気に触れ、膨らみ、靄になって蜜柑色に煙る。澄明な波に光が纏いつき、踊り、暴れ、走る。不可思議な大気の振る舞い。夢中になって観察し、デジカメに収めた。

「雄太。早くっ！」

雄太の尻をたたきながら、まだ眠っているシャッター街を急がせる。のんびりしていたら遅刻する。

「学校休んで、浜に行きたいな」

「何言ってんの、真っ黒な顔して。夏休みに毎日浜で泳いだじゃない、ほら、急いで！」

早苗が横断歩道で振り返えると、雄太は帽子屋さんのウインドウに鼻をくっつけて誰かと話している。鼻の先では、豹柄のリボンを巻かれたストローハットが70％ＯＦＦの値札を持って焦っていた。

「もう！　雄太、学校サボったら不良になるとよ！」

早苗は雄太を肩車するや、駆けだした。

清二は一人だった。

おやじは漁協で寄合があった。庭先で海を睨みながら、おやじはただ頷いた。エンジンを駆けて舫いを解き、港の口へ進む。今日は蓬莱瀬まで足を伸ばすつもりだった。遠い昔に、山頂の神社の狛犬の眼が突然赤くなったと思ったら、ゴオ——と地響きとともに島が村人ともども海中へ沈んでしまった、という伝説の瀬だ。北上すると、じいさんの浜とアコウの木が見えてきた。じいさんはまだ浜へは出てないようだ。代わりに、白いサマードレスが輝いてきた。

——あの絵描きさん、こんな朝早くから描いてるのか！

沖合を、逆光の中を漁船が光る浪を曳いて往く。

亜紀は渚の大きな岩に腰を下ろし、構想を具現化していった。視点をアコウの木の天辺におく。いや、浜に近すぎる。後ろのタブの木の梢を選んだ。まず、浜全体を俯瞰したデッサンを仕上げた。そして、再びタブの天辺にある眼を持って、わんのこじまを五つに面取りすると、素早く、しかし丹念に描き込んでいった。

春ん婆瀬、その先の重なり合った瀬、赤石鼻、水中に黒い翳をつくる青牛、浜際の、季節外れの、赤紫の穂を尖らせた葛（くず）の花、置いてきぼりにされた浜昼顔の桃色ラッパ、ハマユウの侘びしそうな白い滴（しずく）、近くの平たい石から座っている大きな岩、ゴロタ石の重なりと、まだまだ大勢が順番を待っていた。

クルークハイト殿下は、奥山の巨（おお）タブの木から深い斜面に身を投げた。

翼をすぼめて滑落し、Gの加速を纏うと、翼を広げてベクトルを水平に変換し、谷沿いに滑空する。草むらで山犬が身を伏せた。浜辺に白いサマードレスが光る。「おっと」、と左へ旋回し、尾羽で空気を押えてブレーキをかけながら、風切り羽で気流を抱き、わんのこじまの上空へと舞いあがった。鼠の背中から、大きな二人が、手をかざしてくる。長浦を空高く流れ、俯瞰する。光る海を翳になって漁船が行く。瀬戸の岬で急降下した。鋭い目を海面を滑らせる。海面すれすれを、卯之吉さんの長い幅広の翼が羽ばたいている。何やら慌てているようだ。

窓の外に、泰山木に山鳩の番が憩っている。枝葉の間から、斜めに洩れて射し注ぐ光の筋を浴びながら、浄められながら、胸をふくらませてデーポッポーと低重音の喉をこもらせる。

「おじいちゃん、準備できた！」

元気な声で弥生さんが飛びこんできた。

「できてるよ」

「亜紀さんが浜にいるみたい、ちょっと行ってくる。おじいちゃん、そのシャツ素敵よ」

――……どうして……亜紀さんは……。

郷は、じっと考え込んでいた。

弥生は浜へ跳びだした。

「おはようございます！」

慌てて、白いサマードレスがターンした。

「あら、早いわね。どこか行くの？」

「はい！　隣島へ、教会巡りへいくんです。おじいちゃんと一緒に」

仲良しね、と笑いかけられ、はいと微笑んで返し。傍によってスケッチを覗く。気をつけてねと見送られ、いってきまーす、と大きな声を弾ませた。

清二は海を睨んだ。

いつもの海だ。気になるものはない。右舷に大島を見ながらマグロの養殖生簀を遠巻きに回りこみ、岬の先へでた。隣島が迫り、瀬戸が口をあけ、潮が急に速くなる。西へ取舵(とり)をとり、朝陽を背に、速潮の蒼い帯が幾筋か走る紺碧の急流に乗りいれた。岸辺には逆流の帯が見える。船の横腹をドッと奔流が叩く。潮が湧きあがり、起伏し、渦巻く。舳(へさき)が沈んで飛沫があがる。海中を強靭な尻尾を持った巨大な何かが泳ぎ廻っている。眼を凝らし、乗り切る。左舷に浜が見えてきた。小石とゴロタ石で埋まり、家が三軒へばりついている。淀みに入る。入江が口をあけてきた。水深のある入口には巻網船の基地が座り、対岸にはレンガ造りの古い教会が佇んでいる。奥を派手なフェリーが滑っていく。右舷に隣島の港が見える。港から坂道が斜めに走り、中腹には白い教会が海を見おろしている。

――あの棒には用心しないと！

竹藪から、小さな車を見送った。棒をついたじいさんと娘が出かけていった。人目も憚らずのろのろ歩き廻って媚を売る輩(やから)とは大違いで、物心ついてからというもの己の丈よりも短い草陰に身を隠し、藪に溶け込み気配を消す術を磨いてきた。山犬は竹藪を駆け上がると、山道脇の藪に身を潜めた。

——いい天気だ！

枝葉を洩れくる陽の矢を浴びて蹲り、目を細め、あくびをかみ殺す。と、聞きなれた車の音が伝ってくる。耳を尖らせる。カーブを曲がった。暫くして、黒っぽい大きな車がわざとゆっくりとやってくると、いつもの男がおりた。身じろぎもせず身を潜ませる。奴は背が高く痩せていて、日に焼けて、髪は白く短く、眼の光が鋭く、頬骨が鋭く威張っていて、なにより愛想の欠けらもない。大きなメガネを取りだして、両手で持ったままかけた。

この手のこわもての野郎には用心しないと——。

山犬は尻尾を後足の間に収めると、気配を消して退散した。


郷は走る。

海岸通りへ降り、再び山道に入り、明るい谷を縫いあがり、小高い峠を越え、暗い谷を迷いくだる。切れ込んだ入江が、一面の水が光ってきた。

弥生さんの視線が輝く青をひと泳ぎする。

「入り江に沿って走るのって、大好き！」弥生さんは目じりを下げる。「水辺っていいな！」

小学校の石垣の校門から校庭に整列する子供たちを覗き見し、中学校を坂の上から横目で眺め、三々五々と集うゲートボール場をふり返り、古い民家の表札を盗み読みし、フェリー乗り場に着いた。カソリック系の施設の少し手前の波止場だ。ピンクのシャネル・スーツに身を包んだ小型のフエリーに乗りいれた。隣の島までは二十分だ。静かな入江を滑るフェリーの舳先では、卯之吉さんが羽を胸の前で抱いて大きく息をしていた。

清二は瀬戸を抜けると、北へ面舵（おも）を切った。

右手に、隣島の小高い山が現れた。この小山の頂が奥に聳える高山と重なり合う、その海域が目ざす漁場だった。岸に近ければ奥の高山は見えない。岸から離れて丁度二つの山の頂が落ち合う所、そこに海底から蓬莱瀬が駆けあがっていた。瀬戸が潮の干満につれて急流となり、その巻添えをくらって潮が瀬の周りを巡る。いい釣り場だ。

船には勿論ＧＰＳと魚探が装備してある。ＧＰＳで位置を確認すればことは簡単だが、清二はそうは思っても必ず山立てをし、山立てで割りだしてから器機を操作した。おやじの教えに清二は素直に従った。おやじは水底の岩のように静かで、魚のように無口で、息をしているのかどうかさえ怪しかったが、海には、漁にはうるさかった。おやじの教えはもう一つあった。人様に迷惑かけるな、口癖だった。

群青の大海原の中に清二は一人、糸を垂らした。遥か水平線の上を、幾つもの旅雲が一列に並んで、青空の下の澪（みお）を歩いて往く。

早紀は待合室にいる。

午前中は体が不自由な爺様を病院へ同行する。爺様は雄一の遠い親戚筋にあたるらしい。

爺様は先の戦争にいった。南方に輸送船で送られる途中で敵の潜水艦に沈められた。生き延びたのはわずかだった。それから転戦、さらに運のいい僅かな者が生き延びた。島には戦死の公報が届いた。英霊の伝達もあり、葬式もすませた。

八月十五日、天皇の重苦しい嘆息が遠く近くに流れて、国は敗けた。ほどなく、軍艦 が相模湾を埋めつくした。サングラスにコーンパイプといういでたちの征夷大将軍が厚木に降り立ち、丸ノ内に幕府を張った。それから暫くして、爺様、若者は還ってきた。港から街道と海岸を何時間も歩き、家が見えた時にはすでに夕暮れだった。まだ電気もきていなかった。

青年は懐かしい戸を叩いた。

「母さん！　俺だ、帰ってきたぞ。俺だ、俺だ！」

動転した母は、戸を絶対に開けようとしない。

「母さん、ほんとに俺ばい！　負傷したが足もちゃんとある。だいぶ抜けたが髪の毛もある」

母は息子の名を呼ぶと、「早よ、墓へ帰れ。迷わないで墓にもどれ。可愛いお前だが化けて出たって何んにもいいこたない。成仏しろ。母さんもすぐにいく」そう拝むばかりだった。

逢魔が時の、薄暮の中に、痩せ細った体に土色のカサカサした皮膚を被せ、足に水虫を飼い、一銭五厘の若者は死の淵から還って来た。甦った。

雄一から、早紀は聞いた。今、髪の毛はない。

帰って来た若者は、賑やかに芋焼酎を飲んだ。笑い話の名手である。時折、酔いつぶれて周りを困らせた。死んだ仲間に申しわけないんだなと周りも察していた。

今朝、迎えのタクシーの運転手はいつもの運転手さんではなかった。それかどうか、爺様は多少ご機嫌がうるわしくない。

隣に座っている老夫婦は、じいさんがばあさんの付添いらしい。ばあさんは、何やら管を鼻から飲む検査のようで、緊張している。ばあさんの名前が呼ばれ、じいさんがそっと肩を押して送りだした。暫くして、爺様の名前も呼ばれ、診察室の中に消えた。また、しばらくして、先ほどのばあさんが無事、晴々と戻ってきた。

じいさんが迎える、「よう頑張った頑張った。心配じゃった」

「何ばね?」ばあさんがじいさんを見あげる。

「お前様が暴れだささんかと……」

「こんなこつには暴れん」

老夫婦は兄妹のように帰っていった。

爺様も終え、早紀が一緒に玄関先に出ると、いつもの運転手さんが待っていた。爺様が尻から滑りこむ。早紀は爺様のシートベルトを厳重にチェックする。

「毎度ありがとうございます!」運転手は丁寧に、笑顔を見せて、爺様に声をかける。「爺様は今や貴重なお客様です」

「骨董品ということか」

「はいな、爺様! あっ、いえ」

「信じるかどうかは分からんが？」と、わざと面倒そうに爺様が返す。「俺は双子だ、運転手。お主の知っているのは、もう一人の片割れの方だ！」

爺様は、まだご機嫌斜めのようだ。

「勘弁して下さいよ、爺様！　その、二つあったのが、一つは昼寝をしている間に孫に取られたっていう額のホクロ、爺様に違いありませんや」

「双子だから、ホクロも同じ所にある。俺も一つは婆さんに食われた！」

「はいはい！」と早紀が〆(しめ)て、行く先を告げるや否や、

「ほれ、運転手！」

「はいな、爺様！」、ともうはじまった。

始まりは、去年の暮れのある寒い午前だった。こんな風に。

「ほれ、運転手！　お主の、この自己紹介の趣味だが「ドライブに子育」ってのは、本当は「ナンパに子作り」だろうが？」

運転手は急ブレーキを踏んだ。

「爺様、何でわかりました！」

「当たり前だ。何んにもなしにドライブする奴はおらん。それにだ、運転手！　子育てするにも先に子をつくらなゃならん」

運転手はかぶりを振って、観念した。

「昔はこんな自己紹介、名前さえもなかったんですがね。最近は、コンプライアンスとかなんと

かで、女房に相談したところ、「犠牲者は私一人でたくさん、今さら遅いけど本当のことを書きなさい」って迫られましてね。それで爺様のいうように、「ナンパに子作り」って昔の趣味を提出したところ、上司が勝手に「ドライブに子育」って書き換えたってわけですよ」

運転手はやおらアクセルを踏みこんだ。

「これでも、こう見えても爺様！　若い頃は私も太陽族という奴でして。懐かしいですな！」

小さなピーナツほどに彫りこまれた目を、運転手は輝かせた。

島には笑いが転がっている。なんでも笑いにしてしまう。個人放送局も多数アンテナを立てていて、笑いは一気に広がり、尾ひれが生えて泳ぎ回る。だから、島中に脳内快感物質エンドルフィンが満ちている。その分だけ過疎の、高齢の島は救われる。老いに、死に対抗できるのは笑いだけだ。

車は信号に停められた。婆さんが二人、横断信号が点滅を始めてから慌てて駆けこんでくる。

「元気なのは立派だが、そんなに死に急ぐこともあるまい！」

早速、爺様が憎まれ口をきく。

「年寄は何でも勿体ないんですよ、爺様！」運転手は帽子を取って、残り少ない髪に風を通しながら、振り向いた。「長いこと、勿体ない、勿体ないって生きてきましたからね。早く渡らないと、点滅する数が無くなってしまうんじゃないかと勿体ないんですよ！」

「ん……運転手！」、やおら、爺様が身を前へ乗りだした。「お主のそのはげ頭！……大木金太郎にそっくりだな」

運転手は愛おしそうに髪をなでつけ、帽子を丁寧に被り直した。

「古い話で、爺様。若い頃から頭の正面がうすくて、昔そう言われて、よくからかわれましたっけ」

「そうだろう。お主は金太郎とボボの試合を見たか？」

「見ましたけど、爺様……、その、そのお話はご婦人の前では……」

「何をいう！　あの歴史に残る死闘を語らずして何をか言わん」

爺様が、口から唾を飛ばして、暴走をはじめた。

「金太郎の頭突きにボボは血を流して向かっていった。金太郎はこれでもかこれでもかと仁王立ちのボボに頭突きを食らわす。ボボも血を噴きながら、金太郎にココバットを返した。世紀の大一戦だった！」

「おじいさん！」早紀は、爺様の腕をとる。

「爺様、私は知りませんよ！」

運転手は、急いで射程外にハンドルを切った。

昔々、プロレス華やかなりし頃、大木金太郎とボボ・ブラジルの壮絶な試合がテレビ実況された。金太郎は金、ボボとはこの地方では女性の秘部、地母神のことだ。金太郎の頭突きに、ボボが血を流して立ち向かう。実況アナウンサーが、金太郎とボボと流れる血を、これでもかこれでもかと絶叫する。壮絶な戦いだった。島の男女は狂喜、錯乱した。その数年、島は豊作に恵まれた。

爺様は運転手の頭を見て、元気だった昔の記憶を呼び覚ましたのだろう。

爺様を、ふと、疲れがおそう。脳裏にまた、戦の庭の記憶が刺さる。倒れてからとみに……、お前は生きていたのか……、シワだらけの手の甲を、じっと見つめる。

――骨に皮をかぶって……みんな飢えて死んでいった。マラリアにやられて衰弱し、蝿に真っ黒にたかられて死んだ。二十歳過ぎの身空で……。

動けないものは自決を迫られ、拒めば処置された。おぞましい世の中だった。敵は鬼畜米英だと教えられたが、最大の、本当の敵は、懐かしい故郷だった。無理にも冗談いうて、……笑いこさえて……必死に命をつないだ。毎日のように、塹壕に死霊がやってきた、……呻いては生きのびた……口をきかなくなり、うわごとが聞こえなくなり、死んでいった――。

早紀の介護の仕事は大変だ。介護は感情労働だ。人間の感情が、自我が剥きだしに襲いかかってくることがある。自尊心を砕かれることも。それでも、早紀はこの仕事が嫌いではない。爺さんと運転手さんの奇妙な交流、運転手さんは爺さんの葬式にはきっと駆けつけて、ジョークの一つも零すに違いない。早紀は利用者に笑いを、驚きを、何か新しい発見や情報を見つけようと頑張っていた。

途中、少しゆれた。

フェリーは瀬戸の早瀬を乗りきり、小さな浦に静かに三角形を切っていく。重油の、あの船酔いの臭いがうっすらと漂う甲板に出た。山の中腹に教会が見える。車を下ろす。海辺を走り、坂にかかった。左手に、白い教会が現われた。正面に立つと、外観は四階建に見え、さらに高い尖がり帽子がのっかり、帽子の天辺には十字架が片足でバランスをとっている。

入ると、白亜の空間に包まれた。息を飲む！　天井が高い、遠い。奥行きも深い。中央の身廊も、両側の側廊も蝙蝠天井だった。正面最奥部まで進むと、祭壇の頭上には一段と高く白いコウモリ傘が開いていた。ステンドグラスを透ってきた、うす桃色とうす青色の淡い光のゆらめきが、白い壁と柱を染める。ほのかな色のゆらめきは、まっこと、天使の囁きだ。弥生さんは指さして、吐息をついた。正面に向かい、祈りはじめた。

　これまで幾つもの教会を二人で巡った。日曜日には、レースの縁飾のある白いベールをかぶった信徒のお婆さんたちと一緒のこともあった。弥生さんは、どの教会でも必ず祈りを捧げた。大勢のツアー客が互いに写真を撮り合う人気の教会を巡っても、弥生さんは静かに祈りを捧げていた。

　再び車を走らせる。切り通しを過ぎると平地が現れ、入り江が浮かんでいた。浅くて広くておだやかだ。地図で確かめると、海への出口で巾着のように締まっている。傍らに殉教の跡地があった。明治元年の迫害によって、小さな小屋に大変な数の信徒が押し込められ、多くの信徒が殉教した。弥生さんは隅々まで歩きまわり、熱心に碑文を読んでいる。この地に充ちた、悲痛な慟哭が聞こえてくるのだろうか？

「生きるってことは、辛いことなんですね」

　弥生さんはしみじみと呟いた。

　海への出口がどんな様子になっているのか、弥生さんは実際に現場を確かめたくなったらしい。入江沿いに水を眺めながら、長閑な陽射しの中を走る。そろそろお昼だった。車を停めて岸辺に座った。郷はおにぎりを広げた。

「いただきます！」と二人して手を合わせた。

おにぎりと一緒に、光と風と水のきらめきを食べた。きらきらと光るお米は美味しかった。トンビが上空を廻っている。何度廻っても円が少しずれる。気になっているらしくまた廻る。トンビの目は丸く大きく明るく、興味津々だ。嘴は美しく曲がり、肩甲骨を盛りあげて翼は見事に風をつかむ。


幼い頃、郷はトンビとは遊び仲間だった。吸いこまれるように静けさが渡る浜と谷の空の下、一人で太い孟宗竹で組んだ干し棚に寝転んで、イワシや小アジの煮干をかじりながら、トンビやカラスからは干した煮干の見張番をした。煮干には小エビや小さなカニが混じっていて、口に放りいれると小さな甘さが浸みだした。カサカサになった竜の落とし子のミイラも集めてまわった。誰の言うことも聞かない横着者のカラスは、棚に降りるとピョンピョンと跳んでは、堂々と盗み、挙句にカアーと笑ってバカにする。トンビは輪を描きながらやってきて、空中にふわりと止まり、羽を左右にクラッと揺らして気流を離すや、急降下してあっという間に掻っ攫う。急降下する直前に、「ほう、ほーう」とおらぶ（叫ぶ）のがこつだった。谷と浜を我がものに、高く舞い、低く滑空するトンビに郷は憧れた。翼を持つものは自由だ。なんとも軽い。心も軽いことだろう。


白骨はまだ警察の施設内に居候のままだった。

「あなた！」

「ん……何だ？」

「あんまり犯人を捕まえちゃダメよ！」

「んん……どういうことだ？」

「私、定年後は、この島で暮らしたいって思っているの」

「それがどうした？」

「だから、あんまり憎まれたくないから。敵をつくりたくないの」

「………？」

「まあ、できればって話！」

今朝、糟糠の古女房はいつになく、老い支度の所信を表明してから、いつものように竹刀の背中に火打石を鳴らした。

――女房はひょっとして、犯人は捕まらないと暗に言っているのだろうか？

あいつはとにかく勘がいい。父親が亡くなった際も、あなた、義父（おとうさん）大丈夫？　と台所から覗いた。

そしてすぐに電話が鳴った。お告げを聴いたらしい。それに特別手当が出るといつも嗅ぎつける。

これはもしかして、お告げだろうか――。

そんなことが気になりながらも、竹刀が早めの、今日は久々に五十円高いランチを楽しんで署に戻ると、老人が焦っていた。これは重大な情報だと意気込む。十年ほど前、町で髪も髭もぼうぼうの浮浪者らしき輩が長いことうろついていた、と肩をせりだす。ある日、突然姿を消した、事件に巻き込まれたに違いない、と膝を乗りだす。鼻の下に黒子（ほくろ）があった、と顎も突きだす。竹刀はこの際もう一度、時折、島外から流れ寄ってくる者が頼る土木建設会社を当たって見ることにした。ある会社の事務所で社長と話し込んで帰ろうとしたら、鼻の下に黒子がある年寄りの作業員とばったりと出くわした。思わず黒子を取ろうと伸ばした手を、辛うじて引込めると、その手で竹刀は首の後ろをさすった。

もう、昼過ぎだ。

――いつまで寝てるんだ！

朝早く、急いで食べた青草を奥のハチノス胃から取りだして、反芻しながら柵から見張っている。亮一はのそのそと二階から起きてきた。今日は現場がない。ぐずぐずしていて親父と顔を合わせると、親父が気まずくなるだろう。

そっと玄関をでた。

「モウ、モ――ウ、モ――ウッ、モッ」牛小屋の柵から、親父の飼っている黒い島牛が涎を垂らして、騒ぎたてる。

「黙れ、シーッ！」と指を口に立てて、そそくさと車に乗り込んだ。

牛も飼い主が分かる。亮一が言いつけられて、散歩がてらに草場へ連れていくと、道に糞ばかりする。後でスコップを持って掻きに戻ることになった。親父が連れていくと我慢した。

「なめやがって！」まだ、亮一は呪われていた。もう何代も前の牛だったが。

土木会社の事務所に顔をだすと、安さんもきていて、一人ぽつんとコーヒーを飲んでいた。声を投げると、鼻の下の黒子を見せて手を挙げた。

「若いのにブラブラして！」事務の女性が睨んでくる。

「そっちこそ仕事取ってきてよ」

「社長に言って！」と予定表をめくる。「……あさってからは、あら結構長い。三日もある」

「お姉様！」と猫なで声で、亮一が鳴いた。

「何よ！」

「これからもよろしくお願いします」

「そう！　最初からそう言いなさい」席を立って、コーヒーを淹れてくれた。

亮一はコーヒーもそこそこに、「リストランテ・地産地消」へ駆け込んだ。波止場に、二年ほど前にオープンした大きなログハウスだ。駐車場も広い。建物の右端に切ってある入口を入ると、正面には広いガラス張りの窓が海に面し、左手を厨房が占めている。お昼ももう終わりで空いていた。奥ではおばさん達が五人、にぎやかに女子会を締めようとしている。黒い私服を着たウエイトレスの李(リー)さんが正面中央の、そこだけ出窓になっている特別席を指し示してくれた。亮一が腰を下ろすと、李さんがにっこり笑いながら、笑った分だけ膨らんで、お冷を持って、腰でリズム踏みながら押し寄せてきた。亮一の頭のなかには最近、李さんが住みついている。

　李さんはとても大柄だ。背も高い。丸顔で海のように大きな目、小さい口元。寒い所の出身なのだろうか、肌は薄い桃色、頬は鮮やかな薔薇色をおびてつるつるすべすべで、フレッシュな生気を漲(みなぎ)らせている。亮一の視線は、頬から滑り落ちる。

「イタリアン風カツレツ！」と高校の世界地図を、地中海に浮かぶ長靴を思い浮かべながら亮一は洒落込んだ。

「はい。今日はお休みですか？」

「仕事がない。ここで雇ってくれないかな？」

「駄目です！　亮一さんを雇ったら私が首になります。世の中はうんと厳しいです！」

両手をきちんと前に揃え、いかにも仕事熱心な顔つきに戻って、大きな声でオーダーを通した。

「李さんはいつも黒い服ばかり着てるけど、……黒色が好きなの？」

「いいえ！」

「じゃあ、どうして？」

「痩せて、見えるから」

李さんはこともなげに白状した。

亮一はぽかんとあけた口から、何とか二の句を絞りだした。

「……そんなこと言って、黒い色ばかり着てると、今にダークサイドに落ちるぞ」

「何、ダークサイドって。暗いってことですよね。黒い服を着て、暗い所に行ったら見えなくなる……消えてなくなる……死んじゃうってこと？」

「ちょっと日本語、難しかったかな？」亮一はアゴを崩す。

「分かってまーす！」と李さんが笑う。

「あのロング・ロング・アゴウで始まる遥か未来の物語、スターウォーズの耳が尖ったギョロ目のヨーダの口癖でしょう。『恐怖は怒りに、怒りは憎しみに、憎しみは苦痛に、そして苦痛は暗黒面につながる。恐怖はダークサイト、暗黒面につながる』私、この言葉大好きです。不安や恐怖は誰にもあります。私も固くないです。生活、恐さで一杯です。でも恐怖を誰かのせいにして、怒ったり、憎んだりしては駄目です。あの、天真爛漫だったのに、アナキン・スカイウォーカーみたいに暗黒面に落っこいちゃいます。私の座右の銘ってとこです。黒い服ばかり着てると性格も暗くなって、世の中を悲観的に眺めて人生を損する。だから明るい色も着なさいってことでしょう」

「……十二分に分かってるじゃないか！」

「二は余分です！」

「その余分な二つ分まで、もっと分かってるって意味だよ」

「あ、そういうこと！」

李さんは慌てて二を取り戻すと、亮一を見つめる。

「……あのぉ宜しかったら、ダークサイドに落ちないように明るい色の服をプレゼントして下さいません！　それから……」

「ん……」、つるつるの頬から落っこちまいと、亮一は息をつめて見つめる。

李さんも勇気を掻き集める。辺りを見回し、親密な小さな声で囁いた。

「亮一さんの……フォースも下さい！」

李さんの頬がぽっと燃え、面映ゆそうに、赤く熱に膨らんだ耳たぶを摘まんだ。

亮一の目玉も転げ落ちた。心臓もパニくり、一オクターブ高い声でアゴを鳴らした。

「フォースは……俺も、まだ手に入れてない。それに……島には、おしゃれな服はないだろう！」

亮一は、明るい服を島のファッション事情でつつみ隠し、核心のフォースは棚上げにした。

「シェフが、何でも地産地消にしなさいって！」

悪戯っぽく李さんは微笑むと、お尻で調子をとって去っていった。二人は未解決の懸案事項を残した。

この店はちょっと不思議だ。

名前の通り、材料はできるだけ島で獲れるもの、地産に限っていた。丸太で組まれた壁には、アンセル・アダムスとかいうアメリカの写真家の、モノクロームの写真が架けられ、波止場の山小屋を念入りにプロデュースしている。輝く雄大な岩山、ハーフドームとかいうらしい、繊細な若葉が薫る木立、広大な石ころの河原、光り輝く川、自然への礼賛と畏敬に充ちている。魅入ってしまう。

魅入った亮一はある日、モノクロームの岩山の風景に色を付けてみようと思いついたが、すぐに頭が痛くなってやめた。ところがある晩、生ジョッキを呷(あお)って眺めていたら、前景の木々の白く輝く葉っぱは、もしかしてビール色に輝く紅葉なのではないかと看破した。すると徐々に、その山岳風景が天然色になっていった。シェフも写真が趣味らしい。しかもこれまたモノクロームの、浜辺の風景だ。小さな額に入って、目立たない所で、アンセルに賛歌を贈っていた。

メニューはもっと奇抜だ。イタリアン、和、中華ときた。素材の味を引き出すには引出しは多い方がいいとの作戦らしい。但し、各々、メニューの数はその日によって少なめに厳選してある。美味しくて、値ごろで、町でも評判だ。

従業員はシェフを含めて三人、全て中国人だ。シェフは中国からの留学生だったということだが、長崎の中華街、新地でアルバイトをしていて島の女性と知り合ったらしい。李さんと、もう一人のコック見習いの青年も留学生だったとの噂だ。日本で何とか暮らしたいのだろう。

辿り着いてみると、きらきら光る青い水を貯めこんで、巾着は本当に締まっていた。

次の教会は車では行けない。一旦フェリー波止場へ戻り、海上タクシーに乗り込んだ。ボートは風を切り、波しぶきを飛ばし、島をぐるりと廻りこみ、二十分もすると小さな波止場に停車した。驚いたことに、教会はすぐそこに、小さな漁船や小舟が舫(もや)っている低い石積の岸壁に一緒にいた。しかも、水の上に建つ教会は、意外にも和風の二階建ての民家だった。裏山の緑を背負ったその水辺の佇まいは、癒やしの一言につきる。

入るとまた驚いた。息を殺した！　頭上高く、幾つもの木造のコウモリ傘が身廊と側廊を覆っていた。壁と柱は白く、天井の傘は板目の肌を直接に見せている。ステンドグラスの向こうに海が覗く。質素な堂内に射しこむ陽の光の移ろいは、光と翳をゆらめかせ、聖霊の確かな偏在を感じさせる。和風の民家を外から見て、この神聖な蝙蝠天井の堂内を思い描けるだろうか？　この教会は、実はさっきの坂の途中の教会を新しく建て替える時、丁寧に解体されてこの地に移設されたのだった。島の中でも、外界と遮断された小さな信仰の水辺は喜びに溢れたことだろう。

「生活がどんなに辛くても、どんなに苦しくても、ここへくればいやされる。勇気が生まれる。そんな感じ！」

弥生さんは呟いた。

足を投げだすと水に浸かりそうな岸壁に、膝を抱えて座り、時間を流す。

弥生さんは海を見つめながら、また呟いた。

「平和で優しくて美しい。少し寂しい時もあるけど、素敵な島！……おじいちゃん、越中富山の薬売りって知ってる？　先日、夜勤のナースステーションにいたら、婦長さんが子供の頃の話をしていたの」

「ああ、私の小さい頃、浜にも来てた。大きな風呂敷包を背負って。風船、薬の匂いがする紙風船がお土産だった。一晩二晩泊まっては近在を回っていた。夜には、大人たちは都会のニュースに興じていた」

「薬屋さんは、毎年島へ来るのが楽しみだったのかな?……あれ、鶚の鳥！」

弥生さんが沖を指さした。

卯之吉さんは頭をくるっと、潜って消えた。

海上タクシーに乗り、フェリー乗り場へ戻った。浜通りで、畳屋さんが窓を開け放して、太い長い針を刺しこんでいた。波止場のビットに座り、貫けるような青空に白い筋を引く雲を、清(さや)かに見える島々を、眺めながらフェリーを待つ。気づかれないように、青に白い筋がほどけていく。乾いた風が逃げていく。秋が天にいた。死ぬのにもってこいの日だ。

もう午後も遅い。

花さんは暗い洞(うろ)から、日永(ひなが)一日、木漏れ日のきらめきを、妖しいうつろいを、無常を愉しんでいた。短い四肢を伸ばして背伸びをし、前足で顎の下を掻く。よっこいしょと森の斜面にでた。夫婦は仲良く草を取っている。竹藪から山犬が現れ、直ぐに消えた。斜面を降り、椿林をぬけ、亀岩の陰から辺りをうかがい、浜へ出て海に入った。水かきで掻き、長い尻尾を優雅に動かし、扁平な頭を、目と鼻と耳を水面すれすれにのぞかせて水を切り、わんのこじまへと漕いだ。丈夫な尻尾を大きく打ちながら潜る。夕餉の支度にかかった。


叔父と浜江さんが谷の畑にいた。

弥生さんは一目散に浜へ駆け下りていく。

叔父が神妙な顔をして寄ってきた。

「山犬が竹藪から出てきた。何か手を打たないと！」

木橋の辺りの竹藪を指す。

山犬はまだほんの子犬の頃、二、三度姿を見たという。捨てられたのだろう。近づいたら逃げたそうだ。普通は子犬は逃げない。むしろ寄ってくるはずだ。よほど人間に恐い目にあったのだろう。しばらくは食べ物を外に置いておくと、朝にはなくなっていたが、やがてそのままになった、と叔父は不思議そうに首をひねる。


いつの間にか、亮一は漁港にいた。

清二の船を探すが、ない。「漁か？」と呟くと防波堤に向かった。これまで気付かなかったが、防波堤の右手沖合には白い海底が広がっている。竿を出すと、コンクリートの上にそのまま仰向けに寝転んだ。周りが消え、途端に独りになる。やがて、小径に分け入っていった。

李さんのでっぱったり、へっこんだりしたりっぱな体型がまぶたを覆う。

——李さんはいつまで島にいるんだろうか?

尖閣を巡る騒動以来、島も騒がしくなった。一緒の海で、隣り合わせで漁をする漁師にしてみれば死活問題には違いない。

国境の島か——!

亮一は中国人の留学生の青年を思い浮かべていた。大阪で、亮一がいつも寄るコンビニで夜働いていた。夜も遅く、入口付近のカウンターに座っている内に言葉を交わす間柄になった。昼間は別のアルバイトをしているらしかった。学校へ行く暇はあるのだろうか。ある晩、彼がカウンターへやってきた。

「学校はどう?」と声をかけてみた。

「授業料が高くて、行く暇はないよ。男は駄目だ。女はいい。夜の街には給料が高くて働く所が一杯ある。女は金がなくて悪くなる。男は金があると悪くなる。私は金も暇もない」笑うと、両手を開いてマイッタをした。

亮一が使った店に限らず、夜のコンビニで働いているのは外国人ばかりだ。白く明るい照明に照らされたカウンターを挟んで、外国人と日本人のカタコトの日本語が行き交う。

亮一は高校を卒業すると、大阪へ就職した。

毎日々々営業へ出て、毎晩々々残業だった。車の中で缶コーヒーをちびり、カラスがハトを追い払った公園で、カラスを追い払ってコンビニ弁当をかっ込み、夜も遅いコンビニでカップ麺を啜る。残業代は出ない。それに見合う手当てもない。残業は能力がない自分の証拠とされた。ノルマは厳しく、達成しないと深夜まで説教され怒鳴られる。週一の会議では驕り昂ぶる幹部に吊るしあげられ、悲惨だった。発言は、反論は一切許されなかった。例え発言したとしても、テーブルの向こうに届く前に怒鳴り声に消された。そして最後には必ず、お前たちに本当に期待しているんだ、と決まって優しそうに声を掛けた。感極まって涙さえ見せてくれた。一緒に入った仲間は五人、十人と辞めていった。亮一と同じように地方から、それなりの希望を持って出てきた新入社員だった。会社は、親も島も山も懸命に育てて送りだした若者をモノとして扱った。同僚の話によると、予め大量に採用して棄てていくのだという。会社の名前も何度か変えられているとも言っていた。

亮一は理不尽な命令にも「ハイッ」と外へでて、できるだけ知らん顔を決めこんだ。しかし、ノルマを達成するために心は次第に刺を生やし、営業トークはやがて詐欺同様の手口になっていった。当然、クレームがくる。厚顔な直属の上司はクレームがきて一人前だと取り合わない。売る商品もよくよく考えてみれば、人々の生活に必要という程のものでもない。

たまに、憂さを晴らしに盛り場に出かけた。黒服の呼込みが熱心に啓蒙に寄ってくる。午前にもなるとキャバクラ嬢が闊歩する。それを狙ってゾンビ風の金髪ホストが蠢(うごめ)いていた。若いのに女から金を巻きあげてるのかと思うと情けなかった。しかし酔いが醒めてみると、自分の仕事も似たり寄ったりだった。若い女か、年寄りかの違いだけだった。もっと情けなくなった。悔しかった。ある日、そうやって生きていくことに嫌気が、嫌悪感が頂点に達した。無理矢理に、首を覚悟で旅に出た。

なぜか、中国は広州だった。誰かがテレビで「食は広州にあり！」なんて言っていた。しかも新鮮な海魚が食べられると。確かに美味かった。海魚を丸ごと蒸して食べる、こんな食べ方があるって初めて知った。その広州である男を見た。亮一はぶらぶらと街の通りを歩いていた。三叉路の分かれ道にぶつかった。三叉路は不安だ。二者択一を迫られる。方向感覚を狂わされる。戸惑った末に、風が吹き抜けてくる路地を選んだ。吹く風をアゴで切りながら闊歩していると、やがて大通りに出くわした。そして、そこで、信じられない光景に遭遇した。

その自転車に乗った、大きな若い男は左足が、膝から下がなかった。髪はぼさぼさ、だが髭は剃っていた。汚れたランニングシャツと半ズボン、しかし、眼は明るく、強い光を放っていた。誇りが見えた。頑丈な自転車の後ろの荷台にはガラクタが山と積まれていた。生活の糧に集めて売っているのだろう。片足では自転車はこげない。男は太くて長い木の棒を左手に握り、右足とその棒を地面に強く突いて自転車をこいだ。広い車道を、クラクションが鳴り響き混雑する車の洪水をものともせず、悠然とこいで消えていった。茫然として後姿を見送った。亮一は薙ぎ倒された。人はこんな境遇でも真摯に生きている。自分の仕事が恥ずかしくなった。自分へ、会社に怒りが湧きあがった。人を騙すことは人生を騙すことだと。

このままだと腐ってしまう――。

腹が据わった。旅から帰ると、島に戻った。コンビニの中国人の青年は、休みなのか辞めたのか、店に行ってみたがいなかった。

——あの都市が日本に対して暴動を起こすとは！　国と国って一体何なんだろう。李さんはどう思っているんだろう。

亮一は、ギアを静かにローに落す。

いや、個人は個人だ。生きてるのは個人だ。それぞれだ——。

いい鯛だ！

大きさも揃っている。淡い紅色に青い粒が光り、輝く。顔を真っ赤にして、長い胸ビレをたたき、大きな目で睨み、口を開け犬歯を見せて脅してくる。漁はまあまあだった。これなら油代も十分である。遠くまで出るのはいいが、漁がなかったら油代が赤字になる。漁は経験と仲間内の情報と勘が頼りだ。

町の漁協市場へとディーゼル・エンジンを駆る。瀬戸で、隣島から島へ向かうフェリーとすれ違う。

——青い海と空、緑の島々、ピンクのフェリー。全くここはどこだ！

水揚げして港に戻ると、亮一が防波堤に寝転んで、竿は一応胸に抱えて出していた。相変わらずまったく釣る気はなさそうだ。

「どうしたぁー」と港内に進みながら怒鳴る。

亮一はさっさと竿を引きはじめた。船を舫(もや)っているとやってきた。

漁は？　まあまあだ！　どれ見せろ！　もう市場に卸してきた。なあんだ。今夜呑みにいくか？　いくいく、それできたんだ。

清二はそれなりにめかし込んで、めかし込んだなりの足捌きでやってきた。今日は浮き浮き気分だった。亮一は波止場のビットに片足を乗せ、体を前に倒してマドロスポーズを決めこんでいた。地球儀を前にすると必ず手で世界を回すように、ビットがあると、人は不思議と行動を誘発される。座り、登り、飛び降り、跳箱にして跳び、足を乗せ、軽く蹴る。脳みそが遊ぶ。人はホモ・ルーデンス、遊ぶ人なのだ。

清二の母が玄関の石垣の傍で頭を垂れていた。亮一もポーズを解いてぺこりとした。


「早苗、雄太。お風呂早く入りなさい！」早紀が台所から呼ぶ。

「ちょっと待って！　今、早苗姉が地球を護ってるところだから」

「早くしなさい！」声が、大きく近くなった。

早苗はゲーム機を置いた。「はーい」

「あーあ！」と口を尖らせて雄太も立ち上がる。「お母さんが地球を滅ぼしちゃった」

雄一は居間で新聞を広げている。

真っ直ぐに、雄太は雄一の胡坐(あぐら)に乗り込んだ。「今度の土曜日、浜に泊まりに行っていい？」

「私も行く。バスで行くから。いい？」雄一の腕を、早苗も抱える。バスは街道を走る。途中、停留場で降り、山道を長いこと歩くことになる。

雄一が笑った、「行ってこい。堅採り（かたし）の最中だ。忙しいぞ！」

「忙しいの？　じゃあ、学校休んで明日から行く」

「雄太！」台所から大声がした。

「雄太、バスで行こう」早苗も大きな声をだす。

「ヘイ！」子供二人は陽動作戦にでた。台所をじっと見つめる。

「乗っけていくから」と早紀の声が、期待通りに曲がってきた。「言うこと聞いて、ちゃんと手伝うんだよ。寝るのは上のおじいちゃんの所よ！　……早くお風呂入りなさい」

「あら！」、李さんは、溢れんばかりの嬉しさをはち切れんばかりの大柄な器に盛って、迎えてくれた。

「今日二度目！」

「何だ？」と清二。

「昼だよ。俺だって洒落た昼飯ぐらいは食う」

亮一は澄まして、メニューも見ずに「小アジのグリル、アラカブのハーブ煮込み、ああサザエも、つぼ焼き。……おまえ、何にする」とさっさとテーブルに並べにかかった。

「お魚ばかりでなく野菜もいかがですか？」李さんが微笑む。「旬の野菜のキャンペーン中です。お嫁さんは食べてはいけない美味しいナスもあります！　あっ、それに島牛のさっぱりと健康にいい赤身も。サイコロで転がすととても美味しいです」

「いや、俺は牛はいい」と亮一。

清二がキャンペーンに応じた。「じゃ、俺はナスの挽肉餡かけ、と丼飯」

ビールを注いでコップを合わせる。涼しげな塩キューリを口に放り込む。席は半分以上埋まっていた。ガラス窓の向こうでは、防波堤の灯台が赤い灯を点けては消してと正しい道を指し示し、警戒を怠らない。

――島は平和だ。異常なしだ！

清二がさらに視線を巡らすと、やおら右奥に照準が合った。竹刀と道着が額を寄せ合わせている。竹刀は手帳を覗きながら、右手で首の根をさすり、音量を落として何か呟いている。道着は右足を左足の腿に窮屈そうに乗せて半跏に座り、右手を頬にあてながら竹刀の口に相槌を打つ。と、顎の先を手でつまみ、周りをチラとふり返った。

――そうでもないか？

島は小さい。互いに面は割れていた。噂に違えず、大食漢の道着の前には大きな丼が二つに大皿が三枚！　今晩にもここの誰かがブログで呟くに違いない。

「失礼します！　小アジのグリルです」大きな海の目を笑って、李さんはまだ嬉しそうだ。

「生でも食べられるほど新鮮です。さっきまで沖の太平洋で泳いでいました！　レモンとオリーブオイルでお召しあがりください」

天然の品質管理をPRすると、急いで下がった。忙しそうだ。

亮一は小アジを口に放りこむ。「美味い！」と満足そうに、「やっぱ！　島の魚はいい！」と大きな声で、清二に代ってフロアに向けてＰＲした。

その声を合図のように、竹刀と道着が立ち上がり、レジへと向かう。皆の、観客の目が追う。李さんが駆けつける。道着が李さんに口をパクる。李さんが頷き、真直ぐに道着を見つめて何かを訊（たず）ねる。道着が笑いながら何かをパクる。竹刀が道着を睨んだ。

やがて、てんこ盛りの丼飯と挽肉餡かけのペアがやってきた。

「よろしかったら！」、と李さんの口元が美味しそうにゆるむ。「餡をご飯にのっけて召しあがってはいかがでしょうか？」

早速に四角いアゴが尋ねる。「さっきの刑事は白骨のこと何か話してなかったか？」

「お客様の情報はお教えできません」と李さんは腕を組んで「当店は……うーん……」と腕を組み直して、「かたいお店です！」と口を真一文字に結ぶとくるっと回った。

清二は餡を飯にかけて流しこんだ。あっという間に平らげて、手を挙げる。李さんがやってきて、空の丼に目を見張った。

「旬の野菜の……アラカルト」清二が糸の目でメニューを読みあげる、

「はい！　八種類もの野菜を一口大に切って、油で素揚げし、甘酸っぱい浸しにつけてあります。美味しく楽しんで頂けること請け合いです。キャンペーンにご協力頂きまして誠に有り難うございます！」懸命に、ここぞと、李さんは日本語の勉強に余念がない。

「いつもながら見事な食いっぷりだな！」亮一が清二のコップにビールを注ぐ。「ところで、アマモを植えるって話はどうなった？」

「ああ」と言って、清二は小アジをつまむ。「準備中だ。来年の春先になる」、とビールで話を飲み込んだ。

「来年？」と亮一の不満そうなアゴが訊く。

「アマモは春に育つ、そして秋には枯れて海の養分になる、そしてまた春がくると芽をだす。ものにはサイクルというものがある」

コップをゆっくりと乾して、清二は大人を見せた。

「……そうなんだよな」、と亮一が四角いアゴをしみじみと頷く。

「ん、どうした？」

「俺の家はいまだに百姓だ」亮一は公然の秘密を明かしはじめた。「専業農家ってやつだ。周りは皆兼業でどこかに勤めてる。収入もそっちの方が多い。俺んちは爺さんの代からタバコを作ってて、まあだから専業やれるんだが。田んぼもまあまあ、それに道楽で甘やかした牛まで飼ってる。まあ考えてみれば牛も気の毒だ。差しはステーキに、バラは牛丼に、幾つもある胃と腸は焼き肉とモツ鍋に、おまけに舌まで抜かれ、骨も砕かれて何かに使われているに違いない。プレスリーが、……俺の親父だが、甘やかすのもわかる気もする」

「それでお前は牛肉がいやなのか？」

「ん……」亮一は頭の中で何かを調合している。「それ、もしかして、俺、潜在的なトラウマってことか？」

「まあ、その甘やかされた牛と仲良くするんだな」

「……タバコ、……タバコ作りは面倒だ」、亮一はタバコ作りのレシピの開陳にかかった。「何しろ、手間暇がかかる。種なんてもの凄く小さい。セロハン紙で包んだら顆粒の風邪薬と間違って飲んでしまう。その芥子粒（けしつぶ）ほどの種を苗床に蒔き、芽が出て二、三センチに伸びたら、また、別の苗床に移す。一カ月ほどしたら育ったその苗を初めて畑に移植する。花芽が出ると、花に養分がいかないように摘みとる。すると今度は、脇芽が出てくるからそれも摘みとって茎が分かれるのを防ぐ。茎を一本にすることで、大きくてニコチンがいっぱいで元気な厚い葉っぱが育つってわけだ。丈が伸びるのに合わせて、ニコチンの少ない下葉は除去する。台風にも気をもむ。勿論、被害が出れば補償はあるが、それは結果だからな。大人の背丈ほどに育ったら、葉っぱを摘みとる。乾燥室で寝ずの番をして乾かして、ＪＴに渡す。タバコ畑のプレスリーは、『お前を育てるのはタバコを育てるよりも苦労する』とガキの俺によく言っていたもんだが、それぐらい手間がかかる」

「ん、……お前、そうだったのか?」

清二は残りのビールを亮一のコップに注ぎ、瓶を高く掲げて振る。

「草取りも大変だ。親父がまだ若い頃、親父の親父は『一合枡（ます）に土をすくうと三杓（しゃく）は雑草の種だ。農薬が危ない、毒だと騒ぐ都会人には分かるまい』って、よく愚痴ってたそうだ。ところが、家で食べる野菜には農薬は使わない。当たり前だ。散布した途端に虫がバタバタと死んじまう。恐いに決まってる。

その内に、春になっても田んぼにはお玉じゃくしも小ブナもいなくなってしまった。蛍の光も消えちまって、おかげで七月の夜がめっきりと暗くなった。やがて農薬はそれを使う百姓にも刃（やいば）を向けはじめた。ホリドールの登場だ。手が荒れ、顔がむくみ、散布中に意識を失って、中には畔で倒れたまま意識が戻らない。よく効くということで、自殺にも使われ始めた。〝飲んでよく効くホリドール〟口の悪い連中はそう呼んだ。おやじはずっと後になって、しみじみと、誰にともなくそんなことを呟いていた。人の世は矛盾に満ち充ちている……お前、乾燥させたばかりのタバコの葉っぱってどんな匂いか知ってるか？」

「そんなに強烈なのか？」

「……ん、ありがとう……」李さんがビールでコップをてんこ盛りに満たし、にっこりと慌てて下がった。「……ところが、バニラのようなチョコのような、甘いうっとりする匂いだ。あの匂いを覚えると、製造したタバコなんぞまずくて吸えたもんじゃない！」

「それでお前はタバコを吸わないのか？　律儀な奴だな」

「米作りもタバコと同じだ。愛情がいる。モミを蒔いて苗を育てて苗代掻いて田植えして、草を取って水を管理してやっと刈り取る。一年で一作品しか作れない。二十歳で始めて六十五で引退するとして、生涯かかっても四十五作品だ。芸術作品並みだ。この間、テレビで歯ブラシを造る工場をやってた。自動式で流れ作業、次から次へと物凄い速さで歯ブラシが出てくる。超大量生産だ。味気ないな」

「ん……何だ、お前、百姓になりたいのか？」細い目を糸に眇めて、清二が訊く。

「島の百姓に未来はない！　おやじを見てると、タバコやコメの売上は苦労した割りには余り報われたもんじゃない。一体、百姓って何なんだろうなって考えっちまう。それにこのご時勢、タバコを作ってると、その内きっと死刑になる。ＴＰＰとか言う黒船もくるって噂だし」

「ああ、漁協も反対の狼煙を上げてる。この間、組合長が新聞の切抜きを持ってきた。日本の農林水産業がＧＤＰに占める割合はたったの一・三％、百分の一だって話だ。農民も漁民もほんの少数者ってことだ。この自覚がないと先には進めない。しかも農林水産業の生産の九七％は国内消費、輸出はたったの三％にすぎないらしい。ＴＰＰで海外からの輸入が増えるなか、逆に輸出を増やすのは簡単なことじゃない。現実が重すぎる。確かに日本の産品は美味くて安全だ。しかし質が高いからといって外国が買ってくれるなら、とっくに商社が乗り出してるはずだ。なにより、その道一筋の百姓や漁師はこの国ではとっくに滅びつつある」

「あの軽トラック」と亮一が思い出したようにアゴをしゃくる。「お前の家も使ってるあの白いやつ、なんであの大きさか知ってるか？　狭い農道の幅にぴったりと合ってるんだ。軽トラに合わせて農道を整備したのか、農道に合せて小さな軽トラを造ったのか、どちらが先かは知らないがぴったりだ！」

「プレスリーも乗ってるのか？」

「愛用車だ。ところがアメリカさんは、本家のプレスリーはあのでっかい昔ながらのピックアップトラックで、二車線のあぜ道をかっ飛ばしてる。小さな軽トラとでっかいピックアップ。農道の幅が違うってことだ。これってどう考えても農地の規模の反映だろう。競争するには規模が違いすぎるってことだ。取分けこの島の狭い農地じゃ競争にならない。至る所が休耕地になって荒れ放題だ。山あいは段々畑に棚田だ。機械は入らないし、土地の集約の仕様がない。別の生き方を探さないとな。この狭い島でできることは地産地消を徹底的にやることくらいだ。しかし、漁業はそうはいくまい。島の周りには広大な東シナ海がある。世界でも有数の漁場なんだろう。お前は頑張るしかない！」

清二は頷いた。

先祖伝来の海だ。俺にはこの海しかない――。

磯と醤油の香りを振りまきながら、つぼ焼きが歩いてきた。

「熱いです！　お口とお鼻にご注意ください！」

亮一が竹串で刺して、恐る恐るシッポに食いつく。無事を確認した李さんは急いで下ったが、すぐにもまたやってきた。

「本日のメイン！　アラカブのハーブ煮込みでございます」

白い大皿に丸ごと一尾、華やかに大きなアラカブが登場した。李さんも自信満々の様子だ。

「ハーブと白ワインとオリーブオイルのソースでトロリとなるまで煮込んであります。それに隠し味に、お店の感謝も入っています！」

亮一がまず目ん玉をほじくって、口に入れる。満足そうだ。

清二がいう、「お前、魚も、人間の水死体を食う時は、まず柔らかい目玉から喰いつくって知ってるか？」

「マジ！」

亮一は白い球を口から引っぱり出して、手のひらに置いた。

「スイシタイって、何ですか？」李さんが二人を掻き分ける。

「水の中の死体。水の中で死んだ人間さ」と亮一。

李さんが目を丸くして、慌てて厨房へ駆けこんだ。何やら、興奮した中国語が聞こえてきた。

「ところで」、と唐突に、亮一が箸の先でつまみだした。「じいさん元気か？」

「俺のおやじか？」

「浜のじいさんだよ！　この間一人でわんのこじまへ行ったんだ」

「占いでも観てもらったのか」

「じいさん、占いするのか？」

清二は辺りを見回すと、声を低くした。「じいさんは小さい頃、あの浜で子イルカの白いぴかぴか光る頭蓋骨を拾ったんだと」手招きして更に顔を近づける。「どうやって流れ寄ったのかは分らないが、その寄神様の頭に手をかざすと、人の運命が判るんだと」

「マジか！」

「…………」

「ん……？　お前！」

アゴが四角く構える。

「……竿だしてぼんやりしていたら、じいさんが、ほら春ん婆瀬とかいう岩場の方へ出かけるじゃないか。けっこう距離あるよな。あのゴロタ石の浜を杖ついて、しかも今時浦島太郎みたいな竹竿を担いで、何度も何度も休み休みして、それでも楽しそうにふらつきながら少しずついくんだ。そしたら春ん婆瀬を登ろうとするじゃないか。杖と竿を岩の上に放り投げて、腕の力だけでよじ登った。凄い腕力だ。それから岩場を一歩ずつゆっくりと探って、嬉しそうに踊りながら竿をだした。マジ踊ってたぞ」

清二も頷いた。

「俺のおやじも感心してた。俺のおやじは素潜りの名人だ。若い頃、漁協で舟遊びにいったらしい。じいさんもたまたま島に帰っていて一緒だったそうだ。あの立杭岩で、おやじがヒサ（石鯛）を突きに潜っていると、隣にじいさんがいたそうだ。あそこは十二、三メートルはある。アワビの大寝床や大アラのトンネルと一緒で、ヒサの穴は一家の秘伝だ。突いてもまた別のヒサが住みつくからな。じいさんは素潜りもやる。で、魚は？」

「魚を釣りにいったんじゃない。修行だ。おにぎり食って、あの大岩に竿を枕に仰向けに寝転がって、心静かに波の音を聴きながら目を瞑（つぶ）っていると、暇でつまんなそうな、ネジが二、三本ゆるんだ自分が見えてくる」

「またねてたのか！　よく海に落ちないもんだ」

「ついでに、メジナが引っ越さないようにエサをやってきた」

「じいさんは？」

「それなんだよ。帰りに浜までくると、じいさんが水辺で釣ったクサブを捌いてた。四、五匹はあったな。勿論、よい子の俺はそばまで行って挨拶をしたさ。そしたら俺に、『青年、釣はどうでないか」

「そしたら、『だいぶ前ですが、波止場で見かけましたよ。いい働きぶりでした！』ってくるじゃないか」

「ふむ」

「正直に首を振った」と亮一は首を振る。

「で？」と清二は皿を寄せて、アラカブを裏返す。

「ふうーん、……で」と清二はアラカブの身と骨の間に箸を入れる。身は姿ごとコロリと外れた。

「もちろん頷いたさ」と心配そうに、亮一はアラカブを見つめる。

「まったく！　ほら」、清二は皿を亮一の方へ押しやった。

亮一は早速箸をだす、「……俺に青年って呼んで、おまけに、いい働きぶりでしたときた。やっぱ、あのじいさん変だぜ。それにあの浜もだ。じいさんが来てからあの浜もなんか変だ。こう、何か、なつかしい気分、ほら布団からでたくない時があるだろうが、あの温かい気分だ」

「それはな、浜に人がいるからだ。じいさんが住んでるからだ。浜も生き返ったんだよ。人がいないとただの石ころの浜だ。浜だって賑やかな方がいいに決まってる。人を呼んでるんだよ」

「言われてみればそうだな！」、四角いアゴを、亮一は丸くなでた。

「それで防波堤でボーッと考えこんでたのか。ボーッとするなら竿はいらないだろうが」

「あんな辺ぴな寂しい港で、竿も持たずに海を見つめていろ、自殺すんじゃないかと通報されちまう」

「まあそうだな。漁師三軒にあのでっかい港だ。寂しすぎるよな。夏になったって子供一人泳いでない。マスコミじゃ、庭先漁港って呼んでる」

「なにそれ？」

「個人の、漁師三軒だが、港も個人の庭の一部みたいなものだってことさ。確かに俺もそんな感覚がする時がある。庭だと思って歩いてる。草が生えてると、ついむしっちまう。うまい言葉だ。せめて町の漁港の、あの広い埋立地に加工工場でもありゃあ賑やかで活気もでる。漁港ってのは漁船が市場に水揚げして、すぐ隣に水産加工場があって、鮮魚や加工品をその周りの人々が消費し、一部は他の町に出荷するってのが本来の姿だ。政府も六次産業化なんて打ち出しはじめた」

「六時産業化……？　何だそれ、朝早くからどうするんだ？」

「一次産業×二次産業×三持産業＝六次産業ってことだ。要するに、漁師や漁協が魚をそのまま売るんじゃなくて、加工して高く売ろうってことだ。まあ農家が米を売るよりも、炊いておにぎりにして売ると高くなる、それと一緒だ」

「ん、……待てよ」亮一はサザエの殻をのぞき込んだ。「これ、このつぼ焼きもそうだ！　醤油たらして焼くだけだ。李さんに幾らで仕入れたか聞いてみるか？」

「この島じゃ、漁師が水揚げしても工場がない。地産地消といっても、人口は減る一方で買い手もいない。市場が小さすぎる。長崎に加工品を出荷するにも距離がある。距離はコストだ。結局この島の小さな市場では工場は建たない。で、島の外に市場をつくるにはどうするかだ」

「それぐらい俺にもわかる」と亮一は得意のアゴを突きだした。「ネット販売だ！　しかも鬼サバや、ごんアジのようにブランド化して」

「しかし安定しない。先が読めないんだ。消費者をつなぎ留めるには次から次へと新奇な仕掛けがいる。消費者はその仕掛けを楽しんで、消費したらすぐに飽きる。移り気だ。今や産業の七五％は第三次産業だって話だ。世の中はサービスと消費をめぐる競争に明け暮れている。その内、日本全国の各地のサバやアジにブランド名がつく。イワシやキビナゴも名前を欲しがってるって話だ。そう簡単に競争に勝てるわけがない。工夫して知恵をださないとな。一番厄介なのは皆が魚を食わなくなった魚離れだ。大変な時代だ。お前の魚好きは勲章ものだ！」

「俺たち青年は大変だ！」二人は息巻き、乾杯する。

やがて、野菜のアラカルトも平らげた。李さんがドアを開けて、見送ってくれた。

「おやすみなさい！　フォースと共にあらんことを！」

李さんは海風に乗せて、バラ色の笑みを、魔法の粉をふりかけた。


夜も遅く、誰が磨いたのか、丸い月がくっきりとあばたを見せて輝いている。李さんはアパートに帰りついた。

パソコンを開く。ネットが家族だった。

李さんは一人っ子政策の申し子だ。両親は文化大革命の辛酸をなめた。

「可能な者から裕福になれ。そして落伍した者を助けよ」

李さんの人生は、全てはこの先富論から始まった。「可能な者」とは誰だろうか？　勿論、「真面目に努力する者」のことだ。そう思ったし、そう信じた。だから日本語を懸命に勉強し、両親のなけなしの貯金を旅費にして日本へ来た。豊かになるために！

日本の大学を卒業するにあたって、母国での就職を模索した。母国にはまともな、日本でいう平等な就職選考なんてものはなきに等しい。奔走した両親から届いた言葉は、何とも大きな金額の賄賂だった。年収の何年分。日本に残った。

「可能な者」とは誰だろう。今では誰も疑わない。権力を握っている太子党であり、コネを持つ金持ちの冨二代のことだ。

毎日々々、将来のことを考える。両親は老いていく。

パソコンを閉じる。貿易実務の本を開く。

秋の一日が過ぎていった。

# 第七章　早紀

狭い横丁の赤提灯に次々と灯が入る。

亜紀もスタンド看板のスイッチを押した。ピンクの桃の字が弾けて、パトロールしていた白猫があわてて跳びのいた。界隈を、老爺二人が手をつないでさるいてくる。扉を開ける。

「亜紀ちゃんいる、る?」

ご隠居と繁さんがハモった。

二人とも帽子と靴をピシッと決めている。

最近、あちらへいくまでに帽子を被り切らないし、靴も履き尽せないだろうということで、二人は互いの商品を自由に使える条約に調印した。この相互条約は秘密条約でもあったのだが、そこは栄子さん、どこから聞き及んだか二人の許を訪れた。栄子さんも加盟したいと、早速ソファーの上に正座する。ご隠居は歓迎の意を表明した。あわてた繁さんが肘でご隠居の張り出した腹を突っつく。ご隠居はハタと思いいたった。しどろもどろに、歓迎をご辞退申しあげた。

二人が栄子さんの商品を利用できるのは一回限り、死んだ後だ。しかも死人に口なし、提供を申し出ることも叶わない。

栄子さんの家は代々葬儀屋さんを営んでいる。先代は大きな堪忍袋と真っ直ぐな舌を持った、実に温厚で実直な御仁だった。港に人を迎えに行くにも、街へ買物に出るにも、必ず霊柩車を乗り廻した。天が貫けるような雲一つない青空の日などは、「今日はいい弔い日和で！」などと頭を下げたものだった。時折、商売に困ったことが起こると、幼い一人娘に「どうしたものかな、栄子」と声をかけるのが習いだった。そういうことで、栄子さんは婿養子を迎えた。婿殿はこれまた同じ白黒縦縞の鯨幕業界人で、これで家業はまずは安泰と思われた。ところが先代が亡くなると、男の本性が目覚めてきた。連れ合いは浮気性で酒飲みの遊び人だった。栄子さんがどんなに一生懸命働いても感謝することがなかった。感謝という大げさな心ではなくとも、人の助けを感じることができなかった。実がなかった。栄子さんは商売に懸命だった。何かに、誰かに感謝し、自分を一段低くして身を粉にして働いてこそ商売は成りたった。我慢であり、ある意味では修行であり、信仰だった。連れ合いは商店街やお寺関係の渉外にかこつけて遊び回る。スナックやクラブでちやほやする女と仲良くなっては、「離婚する」と口を尖らす。自己愛が強く、自分で積み上げる自己の嵩が周りの見積るそれを凌駕した。物事が上手くいかないと必ず他人のせいに、誰かの悪意の、呪いのせいにした。栄子さんもまた、そんな夫の言い分を認めて、誰かのせいにして、味方になって与(くみ)してあげることには躊躇した。連れ合いは本当の自分を捉まえることができなかった。やがて勘違いの人生に慌てはじめた頃には、既に酒が内臓を蝕んでいた。老域に入る前に癌を患って亡くなった。やせ衰え、痛みに責められ、壮絶な最期だった。

島は、長閑(のどか)で美しいだけではない。

強欲な土地侵入、嫉妬の歯ぎしり、放漫な成上り、強情な口先、怠惰な芋焼酎。人の世には業(ごう)をまとい、盾にして生きる人間がいる。この島にも、諍(いさか)いを、悪意をまき散らしては隣人を傷つけ、祟り、家族を滅ぼす幾多の業が生まれては消える。魂を貫く美しい白い砂浜も、時折襲う凶暴な台風も人の業の前では無力だった。業とは行いだ。良い行いとは他人の立場に立てることだろうか？　これがなかなかに難しい！　何しろ、行いを志向するのは欲動する自我なのだから。

栄子さんは連れ合いが亡くなった後、しばらく叔父の寺に籠(こ)もった。結局のところ、何はともあれ、夫の側に立って夫を庇(かば)ってやればよかった、自分が多少の正義感で連れ合いに不本意な人生を送らせてしまったのではないか、と畏れたのだ。それでも考える。夫を庇い、他人のせいにして生きてきたならば、人生は、商売はどうなっていただろうか？　そしてまた、余りにも身勝手で強情な夫に、心の奥深く小さな修羅を灯したこともよぎっていく。時折、白々と寂寥が襲った。

夫が亡くなって何年かたち、栄子さんは時々黙って島からいなくなった。島の向こうに男がいるんじゃないかと噂も歩きはじめた。仲間は姫が男を攫(さら)って、担いでくるのを今か今かと待っていた。その元気な足繁さに、仲間も満更でもないと感じていたのだった。仲間も知らなかったが、栄子さんは都会の同業組織を訪ねては勉強に励んでいた。葬儀の業態は自宅やお寺から会館へと大きく移っていた。自前の会館を持たないと生き残れない。業界再編の中、栄子さんは商売を何としても守るつもりでいた。

「亜紀さん！」ご隠居はカウンターによじ登ると、すっと封筒を滑らした。「これスケジュール表」

「あら、決まりました」亜紀は濡れた手を拭いて、封筒を開く。

「はい、大丈夫です。ご一緒します。宜しくお願いします」しっかりとお辞儀をした。

ご隠居が嬉しそうに身を乗りだす。

「姫がいやに張り切っててな。食事や宿に粗相がないようにしないと喰われちまう。姫は鳥が食べれない、なあ、繁！ 昔、商店街の皆で、グルメツアーということで上海まで出かけた。姫も一緒だ。通訳にノー、チキンと言って注文した。ところがどうだ、鳥の大皿料理が二つも出てくるじゃないか。俺がノー、チキンと指さすと、通訳はチキン、ノー、ダッグね、ピジョンよ、と何んともスマートな答えだった。さすが四千年の食文化だ！ 姫は腕を組んでダッグと睨めっこだったな」

繁さんも朗らかに笑う。

「まあお互い年だ。姫も寂しいんだよ。ここんとこ、亜紀ちゃんにご執心だ」

「姫に亜紀ちゃん取られちゃったな」

「まあ」亜紀が笑う。

「優しくしてやろうよ。それに五人仲間も今のところはあちらは二人、こっちは三人と綱引きには勝ってるが、いずれ俺達の内の一人が、今度は祭壇に飾られる。姫んとこで世話になる。そして姫とどちらか一方が［もういい会］を引き継いで、いよいよ［まうだあ会］に突入する。だが向こうは三人、形勢逆転だ。あっという間だ。それに、お前もだが、女房をあんまり待たせるわけにもいくまい。最後は五人でもって、あの世でまた［のん気会］でも立ちあげるさ」

「繁、一つ忘れてないか？」

「……お、そうそう、長いロープを棺桶に入れとくように言っとかないとな。あいつを地獄から救けださないと。世話のやける奴だ」

「まあ、救助プランはお前に任せておくとして……」、ご隠居は自分も当然のごとくに極楽に往くつもりらしく、腹をさする。「姫の商売はこれからも繁盛だな。ただ後継ぎがいない……おお、このキュウリまただな。今も作ってるとは頭が下がるな」ご隠居は味噌をつけて、口に放りこむ。

「ナスもあります。焼きましょうか？」


白骨がようやく喋りはじめた。

長引く事態に捜査会議が開かれた。一人目が白骨にもう少し捜査協力させるべきだ、と意気ごむ。二人目が誰か白骨に添い寝して名前を聞きだしたらどうだ、と呟く。三人目が人相学の権威に観てもらおう、どういう立場の人間かぐらいは分かるんじゃないか、と宣う。四人目が人相学は頭蓋骨に肉が付いてないと無理だ、と反論する。三人目がそれなら考古学者はどうだろう、と提案する。四人目がそんなに時代を遡ったら教育委員会に捜査権を取られるぞ、と怒鳴る。一人目がもっと白骨に徹底的に吐かせろ、と再度意気ごむ。竹刀の頭の中では、女房のお告げが歩き廻る。あうだこうだと、真剣に一生懸命知恵をだし、再度、足元、即ち白骨が発見された浦を洗うことでお開きとなった。

竹刀と道着は、留守がちな家には夜討ちをかけては迷惑がられ、朝駆けしては驚かせ、夫婦ゲンカの真っ最中に跳びこんでは下駄を投げられ、何度もしつこくより徹底した聞き込みを敢行した。そして、とうとう一人の男が浮上した。

この浦は、最近は定置網漁で食っているが、昔は素潜り漁も盛んだった。大荒れの冬の季節風が、海鳴りを轟（とどろ）かせて海底を耕すおかげで、アラメやクロメなどの藻場に恵まれ、質のいいアワビが岩陰を這い回っていた。島の方言でアラと呼ばれるクエの銛突き漁も盛んで、特に若い漁師は腕を競い、大きさを見せびらかし、市場にも出すこともなく浦中で食べ騒ぎするのが習わしだった。

銛を突きたてたはいいが、獲物が鰓（えら）を大きく張り出して穴からでてこない、その内に無理して息が続かなくなり、たまたま銛に結んだひもに足をからめて死んだ者もいる、と昔話に夢中になっていた老人が、ひたすらじっと我慢の竹刀に、そう言えば、ある家の悪タレの兄の姿を何十年も見ていない、とやっとのこと本筋に戻った。

当該の悪タレと称された男の実家は、これまでの聞き込みに心当たりはないと答えていたが、竹刀と道着がもう一度訪ねていくと、家を継いだ随分と年の離れた弟は、今度も病の寝床から、兄は若い頃から家を飛びだしては困らせていたこと、最後に島へきたのは確か長崎大水害の年で、ふらっと帰ってきたが、町のビジネスホテルに一週間ほどいてすぐにも博多へ戻ったこと、今は音信などあろうはずもなく、それもまた至極当然のことと、無関心なとろりとした淵のような目をのぞかせた。どうして長崎大水害の年だと分かるのかと問うと、行方不明者が沢山でたので浦でも多少騒ぎになった、そんな時だったので何となく覚えている、とのことだった。大水害の前か後かと聞くと、前だ、春だとの答えだった。計算すると三十年前になる。竹刀は気合が抜け、ぼう然とする。気を取り直してDNA鑑定に進もうとすると、弟はそれは無理だと呟きこんだ。兄は連れ子で、もう親族はいないと弱々しく首をふる。何か特徴は？　と聞いていくと身長は合致した。その他には、と時間をかける。弟の連れ合いは夫の体に障ると気をもむが、歯とか、何でもいい、指輪は？　と兎に角粘った。すると、しぶしぶと指輪が転がりでてきた。竹刀は色めきたつ。兄はちょっと変わった指輪をしていた、真鍮の、ちょうど指にはまるナットをヤスリで削って磨いたものだ、俺にだってこんな立派なものがつくれるんだ、といつになく誇らしげだったという。竹刀が「どうして？　そんなもの！」と疑問符に感嘆符を足して大いに不思議がって見せると、当時、船員の間で、長い漁場の時間を潰す流行りだったという。

実は、当局は秘密の暴露を期待すべく、マスコミには流していなかったが、真っ裸の白骨は唯一、指輪だけをはめていた。しかも、弟の話と全く合致する指輪を。指輪については、署内でもちょっとしたミステリーになっていた。鑑識からは、真鍮のナットで造られていて、しかも既製の販売品ではなくどうやら趣味の手作りのようだ、との報告が上がっていた。そこで誰もが最初は、工員の線を張った。島中の工場というか作業所に行方不明者がいないか聞き込みがなされたが、無駄だった。ナットなんだから相手のボルトに訊いてみようということで、建築会社を当たったが、これも外れてお手上げとなった。結局、よほど暇のある奴に違いないとの結論に至っていた。当たらずといえども遠からず、そういうことで、断定はできなかったが、白骨はこの男、兄として捜査は進められることになった。兄について、慎重に聞き込みを入れ、白骨に肉付けしていくと、その悪タレぶりが見事なまでに完成した。

白骨の男が最後に島に姿を見せたのは三十年前だ。その後、島で男の姿を見た者は今のところ見つかっていない。三十年前の事件なのか？　白骨は三十年も眠っていたのか？　納屋の管理状況がもう一度詳細に聞き取られたが、三十年前にはもうほとんど使われていなかったことが改めて確認された。しかし、犯行が三十年前と断定する確証はない。それ以降の可能性も残った。

殺人罪は死刑に相当する。近年、時効の見直しが二度行われた。直近の二〇一〇年四月二七日の改正では、殺人や強盗殺人など、法定上限が死刑に相当する十二の罪については時効が撤廃された。そして、この〈時効の撤廃〉は、改正法施行時に時効が成立している事件には適用されないが、時効が成立していない未解決事件には遡って適用することとなった。この事件が三十年前となると既に十五年の時効は過ぎているので、〈時効の撤廃〉は適用されない。罪は問えない。しかし、犯行が一九九五年四月二八日以降となれば、時効は成立していないので、〈時効の撤廃〉は適用される。即ち、罪は問えた。いずれにしても、捜査は三十年前からスタートするしかなかった。

白骨が見つかった納屋は、巻き網船に雇われた船乗りを除いては、多分に地元の人間しか知らないはずだ。おそらく、浦に土地鑑のある者の犯行と考えられた。

「おい、動機は何だ？」竹刀が道着の面を割る。

「怨恨ってとこでしょう」

「金目当て、強盗の線は？」

「それはないと思います。兄はいつも素寒貧（すかんぴん）だったようですし、それに、むしろ脅す側ですよ。兄は根っからの…」

「悪人ってか」竹刀が合の手をさしだした。「これでお前の善悪の悩みも解決か」

「いえ、そんな……」

「猟奇も、模倣も、陰謀もなし。怨恨だな」竹刀は頷いた。

「……？」道着は、短い首を竹刀に回す。

一方で、兄は三十年前に帰ってきた時、多少怯えていたように見うけた、と弟は証言した。家を出て、島と博多や長崎を行ったり来たりしており、身を持ち崩して、その世界とも何らかのつながりがあるようだった。仲間内で何らかの揉めごとがあって、島へ逃げてきていたとも考えられた。怨恨とトラブルの双方で捜査は進められることになった。

県警本部と福岡県警に照会がなされ、竹刀が海を渡った。暴力団関係の資料を丹念に調べたが、収穫はなかった。時間も流れすぎていた。

ワアーッと駆けっこしながら、早苗と雄太が跳びこんできた。

「泊まりにきた！」嬉しそうに、雄太が勢いこむ。

早紀もビニール袋を提げて「兄さん、お願いします！」と威勢よく顔をだす。

「二人とも手伝ってこい！」

叔父と浜江さんが朝から谷で堅（藪椿の種）取りに大忙しだ。早苗と雄太はタオルを首にまき、軍手をはめて跳んでいった。郷も立ち上がる。この西の島は東の伊豆大島と並んで、藪椿の二大産地である。藪椿はすでに堅い実の皮がはじけて、中の種がこぼれはじめているのもある。枝を傷つけないように実をもぎ取り、高い所は竿で注意深く叩き落とし、地面に落ちたものも篭やザルに集めて一カ所に積みあげる。雄太は叔父の後にくっついて回っている。早苗は一人でできるところを見せたいらしく、離れて黙々と実をもいでいた。杖はブルーシートに座りこんで、不良品を探しては外す。

「帰りまーす、お願いしまーす！」早紀の声が谷に降りてくる。

「バイバーイ！」子供たちの甲高い声が高い空に貫けていく。

上空を舞っていたトンビが「ピーンヒョロ！」、と攫っていった。

頃合いを見て、浜江さんが風呂敷を解いた。雄太がのぞきこむ。おにぎり、卵焼き、ソーセージ、鳥のから揚げ、タクワンが広げられた。パイナップルの缶詰もある。雄太が手を伸ばしにかかる。

「まだダメ！」早苗が伸びすぎた手をたたく。「雄太！　左手で右手を捕まえてなさい」

「へーイ！」

早紀から泊まりにやると電話があった翌日、叔父夫婦は町へでかけた。浜江さんはお出掛け用の花柄の白いブラウスに、花柄の紺のモンペを選んだ。叔父は床屋に、浜江さんはパーマネント屋で髪を染めた。そのあと、二人で久しぶりに、入り口脇のウインドウの中に座った二匹の招き猫が一匹は右手、もう一匹は左手を挙げる欲張りな寿司屋へ入って、贅沢をした。スーパーでソーセージと鶏肉と卵を買って帰った。

秋の日差しを浴びて、子供たちはにぎやかに手をのばす。

「谷の奥まで採るとなると、まだ二日はかかるな……天気が持ってくれればいいが？」

叔父がおにぎりを手に、羊が群れだしている空ゆきを仰ぐ。

「自分で植えといて」卵焼きをもぐもぐと浜江さんが笑う。

叔父はこの谷を藪椿の森にするつもりらしい。山と海に自然体で向き合って生きている。山と海と共に呼吸しあう。

早苗と雄太がそわそわしている。

もう、潮もだいぶん干いている。郷は午後から二人を磯に連れていく約束だった。アコウの木の下で、釣竿をつくる。前もって伐(き)ってあった竹に糸を結び、打ち上げられた浮力がありそうな小枝を捜してウキにし、ごくごく小さな胴ができるだけくびれた小石をオモリに結び、針をつけてあげた。

「おじいちゃん、これで釣るの？　本当に！」早苗が驚きをかくせないでいる。

「ほんまにこれ？」雄太も心配そうだ。

「ほら、行くぞ。ミナを拾ってこい、エサにするぞ」

　ゆっくりと、のんびりと、小石を踏みくずし、大岩を回りこみ、休み休み春ん婆瀬に向かう。子供二人は途中で小石を投げたり、水際まで行ってミナを採ったりと、杖に合わせる。

　ミナを石で割って針につけ、竿を出した。直ぐに早苗の針に喰いついた。

「おじいちゃん、喰ったよ！」

　竿がしなり、あっちこっちと走る。小さな魚も命がかかっている。黄緑の、縦に赤い破線が九線も走る大きめのクサブが上がってきた。オスだ。早苗は針をはずして小さな潮溜りに放り投げた。クサブは小魚だが、引きが強く子供には好敵手だった。

　雄太も目の色が変わった。「エサ、取られた！」あわててエサをつけて放り込む。

「やった、やった！」

　黄褐色のメスのクサブを釣りあげた。

　早苗がじっと、息を殺して座っている岩場を見つめている。そうっと手をかざすと、パシッと岩を叩いてアマメ（舟虫）を捕まえた。

　浜に古くから棲む部族だ。十四本の足、大きな目、長い触覚、黒褐色の鎧を着こんだ、扁平で細長い小判型をした三、四センチの海浜に屯する一大勢力だ。かつて、漁師は罠を仕掛けてこの部族を大量に捕獲し、釣りのエサとした。

　浜辺に、ホンダワラの藻を間に挟みながら小石を積み上げ、三角錐の砦を築いてひとまず退散する。すると、春ん婆瀬の岩陰から大きな目を光らせ、長い触覚をふるわせ偵察していたアマメがぞろぞろと、押し合い踏みつけ、割り込み先回りし、無人の砦に食料の藻を奪いに潜り込む。明くる日、三角砦の裾の周りを浅く掘って砂を敷き、外堀を巡らす。罠だと知ったアマメは籠城を決め込む。堀の一角にわざと脱出口を開け、そこへ竹で編んだエサ篭の細口を当て、石を少しずつ剝ぎ取っていく。砦が落ちる！　慌ててアマメは逃げ出すが、砂に足をとられて堀を超えられない。剥がす石から手を伝い、腕を気味悪く這い上がり跳んで脱出する勇者も何匹かはいるが、一族郎党、エサ篭の中にぞろぞろと自ら這入って捕虜になる。

早苗は驚き暴れるアマメを針に射し、海に投げ込む。

「食ったよ、雄太。また食った！」

二人は夢中だ。

六匹を釣ったところで食いが止まった。クサブは縄張りがあるようで、ある程度釣ったらいなくなる。反対側に移ったが、二匹釣って止まった。粘ったが引きはない。「アラカブがいないかな?」と、しきりに雄太がぼやいている。

竿を引いた。早苗は潮溜りからクサブを掴み出して、小枝に通した。大漁だ。春ん婆瀬を降りて、岩場が重なり合う磯に場所を替えた。目ざす潮溜りがあちこちに、にぶく光っている。網とバケツも早苗に持たせてあった。二人は水の中を覗きこんでいる。

「何にもいないよ」と雄太。

しばらく、二人は無言だ。

「あっ、見っけ！　いる、ほら雄太、そこ！」

「どこ?……どこ、……あっ……しめしめ」

半透明の小エビは、見えるようになるまでは少し時間がかかるが、一度見つけ方を覚えれば後は簡単だった。二人は代わる代わる夢中になって網で追っている。

「あっ、さかなあー!」雄太が素っ頓狂な声をあげた。

メジナの稚魚が、何匹か、隠れ家から追い出されたようだ。追いかけまわして、やっと一匹すくいあげた。愛しいほど小さい。早苗がバケツを覗く。

「持って帰っても死んじゃうから、後で逃がしてあげんね」

「ヘイッ!」弟は律儀な声をあげた。

二人はあっちこっち潮溜りを騒がせていた。


卯之吉さんは岩の上で、羽を乾かしていた。

平らな岩盤に、丸鏡ほどの小さな潮溜りを見つけた。そばへ行って覗きこむ。なんと美しい羽だろう。背中を回し見する。黒地に、緑とも青とも見える鱗(うろこ)模様が浮きでている。首から胸につづく、この光沢のある深い緑地のビロードはどうだ。横顔を写す。白い頬、黄色い口元、緑のつぶらな瞳、なんと外人ぽいことか。一人で悦にいっていた。なかなかのナルシストだ。

子供の声がして、あわてて岩陰に隠れた。首を長くして覗くと早苗と雄太だ。様子を見にいこうと海へ飛びこんだ。

「早苗姉(ねー)。あれ!」雄太が沖を指さす。

「あっ！　鶺の鳥」

「鶺の鳥の頭にチョウチョがとまった。鶺の鳥の頭にチョウチョがとまった」

節をつけて、雄太がはやす。郷が目をやると、卯之吉さんが岸近くまできている。はやし声に、卯之吉さんはきょろきょろして見せる。

「鶺の鳥の頭に火がついた。鶺の鳥の頭に火がついた。はーやくもぐらないとハゲになる」

はやしは一気にエスカレートし、卯之吉さんは慌てて、潜って消えた。卯之吉さんらしいパフォーマンスだ。

暫くして引き上げた。のんびりと、ぶらぶらと、アコウの木まで戻ると、大勢の赤トンボが上空を舞いながら待機してくれていた。郷が小石を高く放り上げると、落ちる小石を目がけて、トンボの群が一斉にサ――と急降下して追ってくる。何で、何でと騒ぎながら、早苗も雄太も小石を投げあげる。トンボはルール通りに二人が飽きるまで遊んでくれた。早苗が枝に通した獲物を雄太に渡すと、一目散に叔父のところへ駆けていった。バケツを持って早苗も追う。

谷の斜面、鉄砲ユリのある草むらで何かが動いた。山犬だった。もう、ユリの花はとっくに終わっていた。薄茶色の短い毛で、手足は長く、顔も長く尖っている。痩せていた。顔を下げ、首を曲げ、じっと横目に眇めている。郷は少しずつ、近づいていってみた。犬はピタリと動きを止め、躊躇していた。亀岩を廻りこもうとしたら、突然駆けだして藪の中に消えた。

――何とかしなければ！

花さんたちを襲ったら大変だ。どうしたものか？

——いつもは、人間は遠くから石を投げつける、……寄ってくるとは？

竹藪のねぐらの穴に戻って、山犬は考えていた。

飯でも探しにいくか。気をつけないと……最近どうも様子がおかしい——。

谷とは反対の方向に向かった。山犬はいつも腹をすかして飢えに怯えていた。切れ切れの微睡み（まどろみ）に、ぐっすりと眠ることもなかった。安全で美味しくて体にいいたっぷりの飯を盛ってくれる、好きなだけ眠らしてくれる、散歩に連れていってくれる、ウンチも拾ってくれる、心寂しいパトロンはいなかった。


谷では、今日も朝早くから堅（かたし）採りがつづいていた。

陽も高くなって（用意しておいた朝ごはんを二人して食べたらしい）わぁーと姿は見えないが、移動物体が浜へ駆けていった。と、声がやんだ。静かだ。狼が、食べた？

浜には、子供二人にとっては、都会仕立ての憧れの亜紀さんがいた。

「おはよう！」

「おはようございます」と、照れながら二人は返した。

満ち潮だった。乙姫と太郎は渚に座って、もぞもぞしている。早苗は思い切って、「見ててもいいですか？」とはにかむと、亜紀さんの側へ行った。

「どうぞ」

「わぁー！」と早苗は目を丸くした。雄太を手招きする。

亜紀さんは叔父と浜江さんが堅採りの作業をしている光景を、三分の一ほど浜とわんのこじまを入れて、描いていた。童（わらべ）は一心に見入る。

筆が、とまった。ややあって、筆が、宙に何かを描きはじめた。

「二人一緒に、描いてあげましょうか？」

早苗を、亜紀さんが見つめてくる。

早苗はぽっと赤くなった。雄太は早苗を見あげる。

「だいじょうぶよ！　ほら、あそこに座って」波打ち際の大きな岩を、絵筆が指した。

二人はおずおずと腰をおろす。早苗は面映（おもはゆ）そうに、雄太は早苗の肘を引っぱっている。

「好きにしてていいのよ」と亜紀さんが笑いかける。

視点をほんの少し下げ、心なし顔を見上げるぐらいの位置においた。そのほうが戸惑いやお澄ましや恥ずかしさや、表情が生きるはずだ。次第に表情が柔らかくなってくる。二十分ほどかかった。

亜紀さんは「はい、どうぞ！　さしあげます」と微笑んで、筆をおいた。

早苗が寄っていく。

「ありがとうござい……わぁー！」

美味しいものを目の前にした時のように、目が輝き、口元がゆるみ、そしてきゅっとしまる。雄太も覗きこむ。

「！……　！」

絵の中の自分に、あんぐりと口をあけた。

「ちょっと、そのまま待ってて！」突然、亜紀さんは声をかけると、リュックからカメラを取りだしてきた。

「写真、撮っていい。自由にしてていいのよ！」

素早く、二人並んだ構図を位置を変えながら、あるいは近づいて十枚ほど撮った。亜紀の意識の表層を、風が刷いた。さざ波が広がり、何かが、浮かびあがってくる。子供の絵を描いている、亜紀はふっと気づいた。風景の中に人を描きこんでいる。

これまで、亜紀の絵には人はいなかった。人を描くことは、何かしら、自分を覗くことでもあった。亜紀は今、風景ではなく浜辺の人々の営みを描いていた。このあどけない子供達もまた、大人になっていく。人生が待っている。写真を撮ったのは、早苗と雄太を本格的に描いてみようと思ったからだった。亜紀は子供たちのなかへ入っていこうとしていた。驚きだった。


目の前に、幼い姉弟が恥ずかしそうに戸惑っている。

男は双眼鏡を首に戻した。腕を組んで、しばらく海を見つめていた。鋭い眼が右を睨んだ。車の音が曲がってくる。足早に立ち去った。

雄一と早紀の姿が見えると、絵を持って、早苗と雄太は駆けていった。叔父夫婦は笑いながら眺めている。早紀はぽかんと口をあけたまま、立ちつくした。雄一も驚いている。

いつの間にか、雄一の腕は十本になっていた。猫車を五台押して谷の奥へ走った。三人の老人と、そのうち一人は杖をついている、遊び気分の子供二人、雄一がその気になれば五人分の働きができる。

弥生さんも、転がるように降りてきた。嬉しそうに目じりを下げると、谷の奥へと去った。

早紀は小屋を掃除すると言って、絵を抱いて向かった。

兄さんの暮しは簡潔だ。兎に角、余分なものが一切ない。掃除機もかけてあるし、台所も片づいている。早紀はトイレと風呂を、とりわけ風呂の床が滑らないように念入りに水垢をこすり、兄さんが苦労するだろうと、秋日和の堅採りの谷を眺めながら窓ガラスも拭いた。窓際に座って、一息いれた。

「私の子供たち!」

早紀は絵を取ってながめる。海を背に、はにかむ二人、えくぼが踊っている。仲良さがあふれていた。

早紀には身寄りがなかった。

孤児だった。

生まれてすぐに、島のカソリック教会系の施設に引き取られた。島の外から預けられたということだった。

小学校の頃、何かにつけ、男子とよく喧嘩をした。男子はほんのかけ言葉で、乱暴ではあったが他意はなかったと思う。しかし、孤児を指摘されていると、早紀は感じた、反応した。施設の子供が少しでもからかわれていると察したら、出張っていった。余りにも過剰だった。周りからは「早紀姉（ねー）」と呼ばれて、一目（いちもく）おかれた。

ある日曜日、早紀はたった一人の友達ミッちゃんの家へ遊びにいった。ミッちゃんには母がいなかった。弟と父と三人で暮らしていた。「おじゃまします」と土間の玄関を入っていった。母の不在、家の中は灯りが消えたように暗かった。ミッちゃんの悲しみに触れた。

雄一とは中学二年生の時に出会った。雄一は早紀をそれとなく気づかってくれた。雄一の家族が島へ帰ってきて、転校してきた雄一もまた環境適応中だった。思春期が訪れると、早紀は少しずつ腕のコブを見せることもなくなり、周りに馴染んでいった。雄一の存在も大きかった。島の高校に入ると早紀の世界は大きく広がった。小中学校は村の子供ばかりだったが、高校には町を始めまだ行ったことも見たこともない島のあらゆるところから通ってきていた。枝に繋がれていたサナギの背中が割れて、ひとひらの蝶が舞い立つように、早紀はふっくらと膨らんだ時空にダイブしていった。雄一は高校でも遠くから見つめてくれた。見守ってくれていた。早紀は誇らしかった。


ブルーシートに早紀は重箱を広げた。ご馳走だった。

早紀が浜を指さす、「早苗、亜紀さん呼んできて！」

亜紀さんもお昼の輪に加わった。早紀は絵のお礼を言う。亜紀さんは、もう一枚の絵を叔父に差しだした。叔父は魂消（たまげ）ていた。浜江さんは長いこと魅入っていた。堅取りの老夫婦が海辺の椿林の中に在った。谷の生業（なりわい）が、確かな人生の一コマが切り取られていた。皆でにぎやかに食べた。楽しかった。谷は幸せだった。

亜紀には用事が、調査があった。予定の時間をすぎていた。長浦の方向に車を向けると、島の北側の下見に走った。

――早紀さんは……。

亜紀は、車のなかで呟いた。

ひと段落して、潮が干くのを見計らって、早紀は早苗と雄太を引き連れて、わんのこじま巡りへ探検隊を組んだ。往還道を渡るのは子供二人には初めての冒険だった。岩場を抜け、赤石鼻にでて、海割れをはしゃぎながら鼠へ向かう。取っつきは平坦な岩場だが、やがて大岩の群れに阻まれる。回り込み、雄太の手を引っ張りあげながら越えていく。岩と岩のすき間をぬける。また、大岩をよじ登る。巨岩が肘をついて寝転んでいる。脇の下に、隙間が、人一人がすり抜けられる斜めの穴が覗いている。一瞬だったが、赤鬼と青鬼が肩を組んで通りすぎた。這ってぬけると、視界が開けた。とうとう、海に突きだした大岩に到達した。爽快な風に汗が逃げる。子供たちは息を切らして座りこんだ。十メートルを超える巨岩や岩盤が展開している。左手にはクロマグロの養殖生簀が溺れていた。秋日和の澄んだ視界が、日頃は見えない遥か遠くの島々を招き寄せては並み重なり、さらにその遠く、水平線には小指でなぞったような幽(かす)かな眉が引かれ、島は一段と大きく賑やかに見えた。子供達は岩盤を下りて水の中を覗きこみ、大岩を登って天辺に立つ。

早紀は膝を抱いて腰を下ろした。水平線を見つめる。

早紀は高校を卒業すると、施設は島に留まって手伝うよう希望したが、博多へ出た。フェリーと桟橋を、何十本もの色とりどりの紙テープが結んだ。早紀はシスターたちと何本ものテープで繋がっていた。フェリーが離れ、テープが切れ、舞った。

博多へ、母を探しに行ったのだろう。早紀が生まれたのは博多だとの噂だった。

早紀は母を見つけることは、不可能なことは分かっていた。どうしても島を出ると決心した時でさえ、そんなことは幻想に過ぎないと思っていた。それでも、諦めきれなかった。せめて、母がいるかもしれないという博多で暮らしてみたかった。今からでも、少しでも、母との物語を始めたかった。博多へでて、初めはスーパーに勤めた。しばらくして結婚式場の面接を受け採用された。半分は諦めていただけに嬉しかった。慣れない都会での生活だったが、母がこの町のどこかにいるかもしれないと思うと、勇気がでた。ふと気づくと、レジの行列に、街角に、式場の着飾った夫人に、母の眼差(まなざ)しをさがしていた。

一年が過ぎ、三年が経った。母は、この町にいるのだろうか。覚悟はしていたが、捜しようがなかったし、やはり永遠に出逢えそうになかった。心もとなかった。

お母さんどうして！　なぜ預けたの、何があったの――。

狂おしかった。

夜遅く疲れきった帰宅途中の地下鉄の、誰一人として見知ることのない混雑の中で、ふと気づいた。人の心は奥深いところで孤独なのだろうか？　深夜、救急車のサイレンを聞きながら、ふと思う。人間って、本当は一人なのではないのだろうか？　一生懸命お世話もし、幸せそうに結婚したはずのカップルが、すぐに離婚することもあった。たとえ母に逢えたとしても、母がいたとしても、やはり人は孤独なのではないのか？　そう考えることもあった。それでも寂しさは募った。ひりひりと焦燥感に苛（さいな）まれた。誰かと繋がっていたかった。

高校を卒業すると、道はそれぞれに違っていく。早紀は雄一とはぐれてしまった。

雄一が恋しかった。逢いたくてたまらなかった。

いてもたってもいられなかった。

三日ほど会社の休みを取って、早紀は長崎へ、雄一に会いに行った。雄一の電話番号も住所も交していなかった。大学の前で二日待った。今日会えなかったら一度博多へ戻って、しばらくしたら島へ行って雄一の家を訪ねてみよう、と思い直していた。

「早紀じゃないか！」声が肩を叩いた。

ぽかんとした雄一が、隣にいた。

早紀は涙があふれてとまらなかった。雄一は周りを気にすることもなく、肩に手を回してくれた。

次の日も、一日中、雄一と過ごした。島へ帰ろうと思った。帰って結婚しよう。そして子供を生んで、いっぱい可愛がって、いい母親になろう。絶対に、子供に悲しい思いをさせない、そう決心した。島へ帰って、教会系の介護施設に勤めた。母親に会えたのかどうか、周りも尋ねなかったし、早紀も口にしなかった。一年後、雄一も帰ってきて島の役所に勤めた。しばらくして、一緒になった。

早苗が誕生し、雄太が生まれ、家族ができた。仕事仲間にも恵まれ、谷と浜もあった。島は故郷になった。早紀は赤い糸を手繰りよせた。新しい物語が始まった。

いつの間にか子供らは、山を上っていた。

斜面の木の根にしがみつき、「早苗姉！　尻押して」と山へ山へと這入っていく。鬼は、奥へ奥へと退散する。

「帰るよーっ！」

見上げて、大声で早紀が呼ぶ。

子供たちはまだぐずぐずしている。

「早く、潮は待ってくれないわよ！」

「早苗姉(ねー)、……帰ろう」

青鬼と赤鬼は顔を見合って、ほぉうーっと雲のような大きい吐息をつき、筋肉隆々の胸を熊手のような手で撫(な)でおろした。万が一にも、頂上まで子供らがきたら、もう隠れるところがない。手ごろで、眺めもいい、久々に気に入っている島なのに去らなくてはならない。

鬼は桃太郎との死闘を制した後（鬼が勝った）、思うところがあり、大事な金棒は鍬に打直して百姓に渡し、遥かな時を島々を巡り暮らし、この二百年ほどは、わんのこじまへ越してきて、二人で静かに過ごしていた。桃太郎の、最後の、今際(いまわ)の言葉がよみがえる。

「実は、俺は桃から生まれたのではない。婆さんと爺さんが川上から流れてきた桃を食べて若返った、それで生まれた」、桃太郎は喘(あえ)ぐと、虚空(そら)を見据えた。桃から生まれたならば、吾ら鬼と同類の物の怪(け)、妖怪だ。死んでも、いずれまた、生き返る。桃太郎は人の親の子だった。殺してしまった。掟を破った。深く恥じたのだった。

三人はまた、岩を登り、岩壁を伝い、島を廻り込む。再び往還道に出ると、水が左右から押し寄せ始めていた。早苗と雄太が駆けだす。

三人も堅採りにかかった。雄太の頬はまだ紅潮している。雄一の仕事ぶりは実に見事だった。叔父はこれなら今日中に片づくと、満足顔だ。皆一生懸命働いた。夕方、堅採りは終わった。

これからしばらく天日に干し、実の皮が自然と弾けて開くのを待って種を取りだし、その種を搾油場に持ちこむ。和製オリーブ油と称される絶品だ。酸化しにくく純度が高い。その純油は燃料不足の戦争末、飛行機の燃料に供されたともいう。

その晩、音も軽やかに戸が叩かれた。

コンコンと、音は宙(そら)に昇り、星になった。

卯之吉さんが意気揚々と戸を開けた。若武者のようなヒサ（石鯛）を掲げて見せると、オジサンに変容した。花さんと殿下もつづく。若武者はさぞ無念であったろう。四人で弔い、頂くことにした。オジサンも器用に出刃包丁を滑らした。三枚に下ろし、血合いを除く。石鯛の皮は堅く弾力がある。皮の方を火に当てて、氷水につけると身がチリリと縮まる。刺身にする。硬直前の身は柔らかくしっとりとしている。青年は焼酎と梅酒と赤いキャップのスコッチJ＆Bを並べる。コップが楽しそうにカチン、カチンと響いた。獺祭が始まった。皆で若武者に手を合わせる。三人は鳥と獣の姿に、安定した。

「にぎやかな二日間だったな！」喉を気にしながら、卯之吉さんが切りだした。

声が少し、しゃがれている。刺身を嘴に放りこむ。長い喉を塊が降りていく。

「卯之吉さんの頓狂には、雄太も遊んでもらった」

「どうもおいらの種族はおっちょこちょいで、奉仕の精神が旺盛だ。そういうわけで、紐につながれては鮎を獲り、召しあげられてもサービス業に精を出している。雄太に付きあって、あわてて潮を飲んでしまった。喉がひりひりする」

「あの絵描さん」、と殿下の黄色い目が和む。「これまで風景ばかしを選んでいたが、昨日は治夫婦や早苗や雄太を描いていた。風景は人間が入ると趣がかわる。特に子供がいると生きてくる。物語になる」

花さんが重ねる、「人間を描くということは畢竟（ひっきょう）は己と向きあうことだ。よいことだよ。昔は、この浜でも子供たちが大勢遊んでいたものだ。賑やかな時代だった。子供を見ていると、手をつないでみるとよく分かる。あの溌剌とした生命（いのち）は未来だ！」

花さんは瞳に笑みをたたえ、尻尾を少しずらした。語り始めた。

この海は、浜は豊かだった。東シナ海は豊饒の海だった。アジ、サバ、イワシ、キビナゴ。巻網船が囲いこみ、鮮魚船に積んでは一目散に、市場へ、加工場へ、製造場へと運んだ。この浜にも、わんのこじまを目指して、大漁旗をひるがえし、何艘もの鮮魚船が集ったものだ。浜には製造場と、孟宗竹で組んだ広い干し棚が長々と羽を広げていた。谷も同じように大きな干し棚に蓋われ、製造場には魚を茹でる大きな四角い釜が幾つも構えていた。沖に停まった鮮魚船まで、団平船（だんべせん）を漕いでアジやイワシやキビナゴを降ろしにいく。浜は魚の入った竹の大篭で埋まったものだ。何日も何日も、夜に昼を継いで、海水で洗い、釜で茹でては棚に干す。釜の火は消えることがなかったよ。あっちの村こっちの村から人々がやってきて働いたものさ。何十人もの人だった。イリコ、干物、鰹節、スルメ、天草、何でも加工した。本当ににぎやかな時代だった！　お前様が小さい頃だ。

郷は還っていった。

――夜にはカーバイトの青白く輝く火があちらこちらを照らし、赤々と燃えさかる釜には海水が煮えたぎっていた。生きのいいイワシや小アジを四方を細板で囲った四角い金網にのせ、それを何段にも重ね、魚の油が染みこんで黒々と光る天秤棒で釜の中へおろす。茹で加減を見て、一気に揚げると湯煙がもうもうと舞い、干し棚まで担（にな）いでいって、金網をパッと逆さにひっくり返して干す。スルメはブランド品だった。生乾きの身を、小さな砂利を詰めたビール瓶を転がしながら丁寧にプレスする。足の吸盤がプチプチと音をたててつぶれる。子供たちにはもってこいの遊びだった。そうやって、一手間かけて一級品に仕上げた。毎日のように、魚ばっかし食べていた。英雄さんと、大篭からオオバイワシを四、五匹つかみ取って、七輪の火でじゅうじゅう焼いては、ふうふうしながら、旨い旨いと喰ったものだ。時々、島の外から流れ者が寄っては、しばらく働いては去っていった。もう、顔も覚えていないが――。

花さんが郷の心に、感応した。

昔は流れ者が多かった。寄り方もそれぞれだった。今でも何人もの顔を思いだすよ。喰うに困った者、こんな浜の果てまでは追ってはこれまいと身を隠すヤクザ者、漂泊に魅入られた通りすがりの放浪者、それぞれのわけを、思いを抱えてこの浜に呼び招かれるように寄ってきた。身寄りがなく預けられる者もいた。主は、そんな人々を快く受けいれていた。時には、事業に失敗して浜をさ迷う者もおった。

　郷を懐かしさが襲う。煮干をかじりながら、干し棚に寝転んでいる。郷の原風景、原初の時間。

　やおら、クルークハイト殿下が羽を一本抜いた。教鞭を取りだした。殿下の出番だ。熱血教室が始まった。

　今から一万年ほど前、氷期が終わり、海水面はしだいに上昇していった。縄文海進と呼ぶ。海が入りこんで、谷や山あいは溺れ、入江や浦が生まれた。この島の創世記だ。こうして、島は磯浜と砂浜に縁どられた。縄文人は逃げるのが下手な貝を食料にした。たくさんの人々が住んでいたと推測される。島中の至る所に見つかる貝塚跡がその証拠だ。やがて稲作が伝わると、山がちな島は先進性を失っていった。

　そして、戦後、この島を取り巻く海はまた、活況を取り戻した。縄文時代に次ぐ最盛期だった。実に豊かな海だった。そしてある日、その東シナ海から魚が消えた。

卯之吉さんが、羽を乗りだす。

「アジやサバが人間の乱獲に抗議して、集団自殺したってのは本当なの？」

殿下の先に回りこんだ。

殿下は、白い毛冠を逆立てる。

　本当だ！　漁師は知らなかった。しかし、一部の水産関係の専門家は事の真相を突きとめた。衝撃だった。ある種の生物が人間に抗議して自殺する。これが続いたらどうなるか。人類の未来を左右する、人類の存在そのものが問われかねない一大事だった。国民には秘密にされた。政府はやっと重い腰をあげ、漁業資源の保護管理に乗りだした。

すでに、SF作家のアーサー・C・クラークはあるSF小説の中で、有史以来人類が生きてきた過程で、他の生物へ振舞った過剰な暴虐さが絶滅の罪に値するとして、人類の代表が太陽系外へ連れ出され、動物たちの審判法廷に引き出される場面を描いていた。結局、人類は、カニス・ルプス・ファミリアリス（家庭に属する狼）の学名どおりに、家族の一員でかつ忠実なる友である犬と、人類の高栄養価の血を飲料とし、その際、ウイルスを唆（そそのか）して密かに殺人を楽しむ蚊の弁護によって絶滅の罪を免れた。人間の存在にも、二つは効用があるというわけだ。審判法廷とは何か。宇宙の摂理だ。宇宙の摂理とは、取りも直さず、生態系の謂いだ。

卯之吉さんが突っこむ。

「生態系を壊せば反撃にあう。花粉症がそうだ。今はただの花粉症だが、その内に進化して、人間を永遠に眠らせてしまうに違いない。おいらは心配だ！」

殿下が、右の翼をあげて、受けた。

温暖化が、気候変動が問題なのもそこにある。この惑星が今動いている全システム、即ち地球規模の生態系を狂わせ、海面上昇、異常気象、生物種の絶滅といった予測不能な事態を引き起こしかねないからだ。このままだと、この巨大なリスクからはさすがに人類も逃れられない。裁かれるのだ。何億もの人々が移住を強いられ、彷徨（さまよ）うことになるだろう。

核もそうだ。神話の昔、プロメテウスは神から火を盗んだ。火という最新のテクノロジーを手にした人間は、烈火を飼い馴らして青銅を鉄を生みだし、地球上に広がり、他の生物を圧倒し、地球を壊し始めた。現代の火は核だ。真理を追求し、その成果を確かめずにはいられない物理学者と無情な国家意思が、神も手出しできなかった核の原理を、技術を手に入れた。テクノロジーには特異点と呼ばれる闇が潜んでいる。そこを超えると制御は困難だ。人類に害を為す。今も尚、新たな勢力が火を盗もうとしている。この国が原発に未練があるのも、畢竟は核開発の潜在能力を残しておくためだ。原発は国際政治のカードだ。核は地球という生態系を一瞬にして滅ぼす。人類は裁きの前にいる。如何に宇宙が広いとはいえ、生命がかくも輝ける惑星を手に入れることは難しいだろうに。

　教室は熱をおびていく。

　この浜には、谷沿いに、照葉樹林の里山や奥山から小川を伝って養分が流れこむ。海は森の恩恵をこうむっている。川こそは自然の、本来の道だ。土地は川の流れに沿い、流域として捉えないと本質は見えないものだ。川によってつながれた海と山は無縁ではなく、一体だ。だから、ただの海ではなく里の海、里海（さとうみ）と呼ぶべきだ。

　家があり、庭がある。庭の畑では治叔父が先祖に供える花を育て、自分たちの食べる野菜をつくる。庭の先には段々畑や棚田の野良が広がる。今ではもう放棄されて久しいが、昔は野良にでて耕作に勤（いそ）しんだものだ。野良の向こうは野辺だ。死んだら行くところ、今でも墓がある、昔は、恋する二人の密会場所でもあった。

「おいらが遊ぶわんのこじまは野辺なの？」卯之吉さんが羽を挙げた。

そう、野辺だ。少しばかり未知のところだ。昨日、早苗と雄太が探検へ出かけた。野辺の先には里山がつづく。薪を採り、キノコを狩る。

郷の尻がむずむずと動く。松の木の下を這いまわり、松葉の積もった斜面を滑って遊んだスリルを思いだしていた。子供には大きい篭を背負(しょ)って、薪採りにいった。なかでも、脂を含んだ枯れた松葉や松の小枝は竈(かまど)の火付けに欠かせなかった。

殿下の嘴はよどみなく、滔々と流れる。

薪採りは大切な仕事だった。昔は、何せ唯一のエネルギーだった。地形から読むと、段々畑の縁(ふち)からつづくあの雑木の斜面が里山にちがいない。ここ里山までが人間の暮しの場だ。里山の先には奥山が広がる。獣たちの棲家だ。わしも今住んでいる。巨きな見事なタブの木に世話になっている。浜のタブにも時々寄るが、あれは別荘に使わしてもらっている。ニホンオオカミが絶えて久しいとはいえ、奥山では原則的には獣の道理が優先する。唯一、獣に対峙できるのは生業としての猟師のみだ。人間は時々入っては見廻った。特に、台風の後はそうだ。何十年に一度、家を造るために木が伐られる。奥山に斧の音が響き、獣たちは遠まきに見守り、そしてまた静寂が訪れた。

郷には、馬の荒い鼻息が聞こえてきた。伐(き)った大木を馬で引いた。狭い、急な坂道を馬も必死だった。

殿下はおもむろに眼を閉じた。それから、シャカッと開いた。

奥山では獣は霊獣だ。ところが、奥山が壊されて里へ避難するやいなや、はたまた、過疎化が進み荒れ放題となって無住地と化した里へ迷いおりた途端に、害獣と呼び習わされて貶(おとし)められる。不幸なことだ。奥山の遥か先には神が住む岳が望める。一ツヶ岳だ。花さんが住む森の白い木のように、天を突いて聳えている。信仰の場所だ。奥山や岳が壊れれば、霊力が弱まり、やがては里山も里も力を失う。人間の生活が失われる。これが里を取りまく世界の構造だ。

殿下は一息入れた。羽を大きくふくらませ、空気を入れる。スコッチを呷る。そして、勢いよく帆を張った。

一方で、里海の藻場は卵を守り、稚魚を育む。浜では掛声に合わせて、賑やかに地曳網を引き、岸辺では定置網の獲物に漁師が胸を騒がせる。沖合では、清二たちが一本釣りに腕を磨く。日本の漁師の腕は職人技だ。多様な道具や釣法、魚の種類の多さと、長い歴史の中で脈々と受け継がれてきた。実に稀有な漁労文化だ。そして更にその先の近海へ、遠く遠洋へと船団が繰りだされる。この広大な海域は注ぎこむ大河の影響を受け、深い海底から湧昇流が養分を運び、海洋を巡る海流という熱循環システムが動いている。近海では、この島にも基地を置く巻網船がアジやサバやイワシを囲いこむ。かつて、この浜を賑わせた漁場だ。遠洋ではマグロの延縄が延々と延び、北赤道海流から黒潮の流れに乗って、丸々と太り大きくなっていくカツオのナブラを追って、一本釣りの漁師が吐く息吸う息に銀青の魚体を抜きあげる。これが、里海を取りまく構造だ。

健康な里山と里海を育むことは生態系を維持する第一歩だ。生態系と共に生きることによって、農業と漁業は暮らしとなり、文化を生む。ミナマタの教訓は今でも生きている。

おもむろに、婦人の、漆黒の瞳が宙を射る。

「隣の大国は今、危険な農薬を使い、海では乱獲をつづけている」

殿下の嘴は大きくうなずく。

野良に農薬という毒がまかれ、工場の煙突から排水溝から毒が垂れ流され、川を死に追いやる。小さな川が集まって大河はその水量を得る。大河に流れ込んだ毒は圧倒的な力で徐々に近海を汚染し、海流に乗って広がり、やがて食物連鎖によって水銀が魚に蓄積する。この国の昔と同じだ。人々だけではない。あの王朝もまた歴史の繰り返しだ。役人が、公僕である公務員が権力だけでは飽きたらずに、公然と富を手に入れている。富を海外へ移し、家族を国外へ逃がしている。己が己の国を、己のやることを信じていない。かつて、かの国は、諸子の思想を、聖と義を、徳と直を、清と隠を、いかに生きるべきかをこの国に伝えてくれた。どうして、あんなことになってしまったのだろう。

青年は、教室を閉じた。人間とは、何んとも哀しい生きものだ。


「あの弥生さん」と、とぼけた顔で卯之吉さんがとぼける。「隣島で、教会巡りをしていた」

「卯之吉さんもついていったのかい?」花さんが微笑む。

殿下も朗らかに笑う、「フェリーに乗ったり、海上タクシーとどちらが速いか張りあったり、卯之吉さんも充実した一日だった」

殿下は瀬戸の入り口の、岬の突端の海崖に懸かった大きな黒松の梢で、松籟に耳をかたむけながら秋日和を遊んでいた。

「あの娘さん、教会を、教会っていうか、教会を教会たらしめている何かを、熱心に観ている。

探している」オジサンが、卯之吉さんらしくない言葉を選んだ。「きっと」、と卯之吉さんは唸って羽を組む。「何かわけありだな！」

「卯之吉さんも何か探しているようだが」殿下も羽を組んだ。

花さんが優しい瞳を向ける、「何かわけありかい」

そろそろだった。郷はやっかいごとを口に出した。

「山犬が谷に入りこんでいる。襲わないといいが！」

「困ったものだ！」、花さんの瞳に、哀しみが映った。「少しずつ狂暴になっていく。あいつは権三だ。私らは仮にそう呼んでいる。町の人間が子犬を三匹、山に捨てていった。すぐに一番上の姉が死んだ。まだほんの子供だったから。二番目の兄も死んだ。本当に子供だったからな。末の一匹だけが水のある沢に迷い込み、蛙や蟹を食って辛うじて生き残った。酷（むご）いことだ」

「権三の魂には」、卯之吉さんが寂しい目をした。「人間への恨みが染みついている。人間が、誰かが、魂を拭ってやるといいのだが」

「ある意味、犬の運命は過酷だ。売られるか、買われるか、貰われるか、拾われるか、捨てられるか、殺されるか、食べられるかだ。権三が恨みを抱いているのは人間だが、そうもいかんな……」

殿下はカシャッと目を閉じた。

郷は焦る、「皆が心配だ。何とかしないと！」

花さんが応じた、「目が日増しに赤くなって、憎しみに燃えている。それに、権三には見える。何とかせねばなるまい。殿下はいいとして、卯之吉さんは用心にこしたことはない。私は何とかするさ。お前様の心配は有り難いが、これは我々鳥獣界の問題だ。いつでも、どこにでもあるリスクなのだよ。餌を獲ろうとすれば狙われる。食べないと飢え死にする。世の常、自然界の掟なのだよ」

郷は訊く、「花さん、山犬は、権三は何を食べているの？」

「竹薮の向こうの隣村を荒らしている。川に捨てられた残飯を、それがなければゴミ箱をひっくり返す。今の所、この谷では悪さはしない」

「台風が生まれた！」

突然、殿下が白い冠をふるわせ、炯（けい）とした眼を天に向けた。「大きい、カリプソ級だ」黄色い瞳に、蚊取り線香の渦巻が点じている。

「また、桃が流れ寄るかもしれない！　もう、二つも寄りついた」

ボソッと、卯之吉さんが溢（こぼ）した。そして、しまった！　とばかりに慌てて口を羽で押さえると、有耶無耶と飲みこんだ。

帰りぎわ、卯之吉さんが歯磨が欲しい、なめると潮を飲んだいがらっぽい喉によく効く、と言う。チューブから絞ってあげた。三人は帰った。仰ぐと、宙（そら）は星の海だった。宇宙があった。

五日後、気を揉ませた台風は反（そ）れた。

多少、うねりが残っていた。昼近く、叔父が激しく戸を叩いた。「浜で、おっさんの船が、様子がおかしい。うっぷしたままだ」大声で怒鳴る。「清二にも知らせた！」

郷も玄関の隅から足ヒレをつかみ、杖を急ぎ、右足のケンケンで跳ぶ。叔父は船具置場を兼ねている出作り小屋からロープの束とライフジャケットを抱えてきた。浜に跳びだすと、小舟がうねりに翻弄されていた。揺れに合わせて、人の伏せた姿が見え隠れするが、大声で叫んでも応えがない。船外機も止まったままだ。

「岸に近すぎる！」と叫びながら、清二が駆けつけてきた。「漁船では無理だ！」

清二もロープとライフジャケットを持っていた。確かに、吃水（きっすい）の浅い平底の船でないと、うねりに傾いたり、万が一にも底でもついたら危ない。あの距離なら、泳げる。清二もそう踏んだらしい。ロープを繋いで一本にし、清二が腰に結んだ。二人して飛びこんだ。うねりに、ライフジャケットの浮力が却って抵抗に、邪魔になる。沖に出ると足ヒレの推進力が効いた。やっと舟に辿りついて這いあがり、おっさんを抱き起こし、ジャケットを被せた。おっさんは茫然と、魂を失くしたように、虚ろな目をしていた。清二がロープを舳に結んだ。叔父が懸命に浜からロープを引くが、なかなか進まない。清二を先に浜に上がらせ、ロープを引かせることにした。取って返した清二と叔父がうねりに合わせて、懸命に引く。何とか引き揚げた。

流れ寄ったのは、おっさんだった。

清二が残って、駆けつけてきた警察と消防に対応した。

帰りながら、清二は感慨に耽っていた。

――年取っても、跳びこむとは！

それにしても、あのおっさん、何があったんだろう？　あの目は何を見たんだろう――。

# 第八章　エージェント

白い軽をバードウォッチャーが転がしている。

カーキ色のシャツにパンツ、サファリ帽子をかぶりハイキングシューズを履いている。これが本来のエージェント・スーツだった。助手席ではリュックが出番を待っている。狭い瀬戸に架かった赤い大橋に乗りいれ、遥か眼下に、海岸にへばりついた漁師部落を見送り、しばらくするとセンターラインが消え、その内に道は山へ迷いこみ狭くなった。気がつくと、ガードレールもいなくなっていた。急な登り坂を辿っていく。対向車がきたらどうしよう？　エージェントにしては心細いことを考えていた。

亜紀はこの何カ月間で、島の海岸をほぼ走りつくした。島にも、やはり何本かのバイパスが抜けていた。バイパスは峠を、海岸を嫌う。トンネルが大好きだ。亜紀は可能な限り、寂れた旧道を辿った。島の海岸は今走っている玄武・北から青龍・東へかけて石と岩が転がり寝そべり、青龍から朱雀・南へかけては黒い溶岩が溺れて沈み、朱雀から白虎・西へかけては、一転して、断崖絶壁の岬を回り込む毎に、幾つもの白いレースが縁(ふち)を飾る。白い砂浜は潮が干くと遥か遠くまで露出し、その見晴しは華麗で雄大で目を見張るばかりであった。巨大な蒼穹の下、浜は長く広く、渚で遊ぶホモ・サピエンスは豆粒でしかない。白虎から玄武へかけて、再び、岩と石が這いつくばり重なる。海岸線の集落の名前も全て覚えた。小さな浦も見逃さなかった。地図を片手に、浦を、泊を、浜を、岬を、一つ一つ巡っては腑(ふ)に落とし、征服していく。

　打ち捨てられた無人の家屋も多く、古い家をそれとないそぶりで、怖々と、恐る恐る覗きこむ。亜紀はやがて、廃屋のその静謐(せいひつ)な振る舞いを、息づかいを、破綻した空気感を、ぽっかりとあいた穴の感触を嗅ぎ分けられるようになった。一度などは、どうしよう、とまるでこの廃屋に自分も責任があるかのように感じたものだ。ある時、砂浜を背に岩場を登っていくと、巨岩の向こうで人の話し声がするので寄っていってみた。小さな岩屋があり、おぼろな何人かの人影を見たと思ったが、消えていた。そんな怪しい浜もあった。

　そんなこんなの半年近い調査活動から、亜紀は、この島の海岸の景色を一巻の絵巻物にできたら素敵だろうな、と考えるようになった。舟で海岸を巡りながら、連続したひとつながりの、一連の風景として写しとる。島の海岸を丸ごと一周描いた絵巻、物語。亜紀は最近、そんなことを思い馳せながら、視点を海上に移して、水際(みぎわ)から眺めるのだった。

　勾配がゆるみ、やっと峠を越えたらしい。横一筋に海が光り、やがて、今もなお伝説を生きる、半円のカーブを描く浦が姿を現しはじめた。沖合には、小さな岩だらけの島が浮かんでいる。三日月の弦と沖の小島。入江や浜は沖に小島があってこそ理想の浦、泊となる。小島が、遠くから人を呼び招く。目ざすフィールドに違いなかった。右へハンドルを切って、曲がりくねる、急勾配の下り坂を慎重に臆病にのろのろと這っていく。ここまで、一台の対向車も後続車も顔を見せなかった。果たして、人は住んでいるのだろうか。地図には、確かにあの名前の小さな集落が記してあった。雑木林を抜けると、三、四軒の古い家が現れた。

　視界を一瞬、強い色彩が掠(かす)めた。石垣で囲われた庭に、人の背丈ほどもある鬼ユリが最後の気力をふり絞って、濃い紫の斑点を散らしたオレンジ色の鬼を、一つだけ開かせていた。もう、ユリのシーズンも終わりだった。島にはユリが多い。白い、マドンナの鉄砲ユリ、大きな白い花弁に黄と紅の斑点を散らす、匂うが如き優雅なこちらはオペラのマドンナの山ユリ、鹿の子斑(まだら)を織り込んだワインレッドの花弁を、豪華絢爛に着飾った花魁(おいらん)の鹿の子ユリ、オレンジ色の沢山の子鬼が輪になって暴れる車ユリたちが、玄関先で、崩れかけた廃屋の草むらで、山の土手に、華やかに競いあっていた。崖の上に、うす桃色の清楚な乙女の笹ユリも、後ろ姿だが見かけた。浜辺には名もないオレンジ色や黄色の小さな、本当に小さなユリたちがひっそりと海を見ながら生きていた。おじいさんの谷の斜面の草深い藪にも、巨大な一本の鉄砲ユリが繁る。近づけないが遠目にも、大きく白い塊はひと花ひと花がくっきりと、陽を跳ねて燦然と輝いていた。島はユリの王国、日本の縮図だった。亜紀は島へ来てすぐにも花図鑑をネット注文したものだった。

　浜へ出ると、右手に白っぽいゴロタ石の海岸が伸び、左手には漁港が、小さく海を画していた。

港の先は岩場が連なり、断崖が直接海に墜ちている。波止場には漁船が何艘か泊舟しており、一艘の船では老夫婦がなにやら動き回っていた。二人でこれから漁に出るのだろうか？　この小さな集落の名前はおじいさんの、あの苗字と同じだった。きっと関係があるに違いない、と亜紀は踏んでいた。一見しただけでは見逃してしまうが、波止場の手前に小さな民家風の教会を隠していた。キリシタンの浦なのだろう。あの夫婦はあんなに年取っても、仲良く二人で働いている。子供たちは都会にいるのだろうか。孫たちは夏休みには顔を見せるのだろうか。寂しいところだけれど、平和で暖かな光景だった。

躊躇なく左手の岩場へと向かう。岸壁を半ばまで来るとやっぱり、おばあさんが顔をあげてこちらを見た。じいさんも腰を伸ばして闖入者を窺う。亜紀は立ち止まり帽子を取ると、ゆるぎない陽気さで、大きな声で挨拶をした。小さな会釈より大きな挨拶。怪しまれないこつを呑みこんでいた。

港の防波堤を乗り越えて、大きな岩の陰に隠れた。前方に目を凝らす。ゴロタ石が重なり、瀬が突き出し、その先にも瀬が小さく伸び、またゴロタ石が、亜紀の眼にはくっきりと、はっきりと続く。亜紀は遠目がきいた。

人生はイワシの丸干し一尾ほどの、取り立てて何んということもない切っ掛けで動くことがある。当時、幸運がもうすぐやって来ようなどとは夢にも思っていなかった。

クラブに出ていた折り、亜紀は会長と呼ばれる一人の老人と出逢った。九十を過ぎてなお矍鑠とした老躯はある常連客と一緒にきた。幾つもの事業に手をのばし、世間からは豪腕で知られるやり手の大物だった。いい噂も、悪い噂もあった。その会長との何気ない会話の中で、アフリカのサバンナで狩りをして暮らす人々の視力が話題となり、亜紀も問われるままに、自分も遠くが良く見えることを話したのだったが、すると会長が興味を持った。それがこの仕事に就く、会長のプロジェクトを手伝うきっかけとなった。昼間に戻れるかもしれない、亜紀は、会長の提案に渡りに船と乗り込んだ。組織に入り、資金の潤沢さに驚き、二カ月間の訓練を受け、目的を持った亜紀はスマートになった。指令書が手交され、指令書の指示に従い、島に渡った。指令書にはカモフラージュの勤め先も記されていた。狭いアパートではあったが、新しい鍵も手に入った。

亜紀は背中のリュックを下ろし、待機中の双眼鏡を取りだした。この双眼鏡なら鳥を観察していると映るだろう。しかし中身は違う。必要なら、遠くから覗いた観察対象の大きさを正確に割りだすことができ、赤外線暗視も可能でさらにサーモグラフィー・スコープにも化ける、極めて高機能の特注品だ。エージェントには夜の、特に暗視やサーモグラフィーによる調査は禁止されていた。この国境の島は、当局による海岸の監視が厳しく、漁師も怪しい船や人には眼を光らせていた。戦闘機のスクランブルだってある。誤解やトラブルは、却って調査の妨げになった。

三十分ほど、岩場を隈無く丹念に覗いた。動くものはなかった。岩陰を離れ、できるだけ崖側に沿って歩きはじめる。目撃は偶然に左右される。それより、生痕を、痕跡を捜しだすのだ。体毛、魚の食べ残し、筒状のフン、岩角に残された粘質のフンのマーキング、通り道らしきもの、気になるものは何でもいい。まずはきっかけを掴むことだ。岩の隙間や穴があれば覗き込む。双眼鏡をサーモグラフィー・スコープに切り替え、穴の中を、木々の陰を、草むらを照射する。熱源の反応はなかった。渚へ向かった。小さな潮溜りをジャンプする。ボロボロにすり切れたヤシの実を見つけた。胸を、遥かな波路がたゆたう。一時間ほど歩き廻った。メガネを取りだしてかけた。メガネ型の最新のウェアラブルだ。デジタルカメラはつぶやく音声でシャッターが切れ、ＧＰＳも搭載している。メガネのツルを操作して、画像と位置情報をアパートのパソコンに送った。メガネを外そうとしたその時、帽子の上に何かが落ちた。驚いて帽子をとると、鳥のフンだった。

戻ると、老夫婦の船はもういなかった。見通しのきかない急坂を登っていくが、同じ道なのに下りと上りで全く景色が違う。先ほど下って来たと思われる分岐点を右へ折れ、次のフィールドを目ざす。峠にさしかかると、海が見えてきた。左へ下りていく細道はやり過す。もう少し先のはずだ。海側に墓が見えるが、何となく様子がおかしい、気になる。墓石の頭から、十字架が伸びていた。キリシタン墓地だった。

次を、左へ折れる坂を下っていくと海辺の絵が現れた。海岸に五軒ほどの家が手をつないで、行儀よく並んで描かれていた。小さいが港もあり、波止場には茶色の子犬を連れたおばあさんがいた。子犬はふり返り、ワンと一言だけ熱意のこもった挨拶をしてくれた。尻尾も歓迎のサインを送っている。おばあさんはふり向くこともなく、ボォウーと地面に視線を落っことしていた。子犬がついていなければ、徘徊の老人と間違われかねない。亜紀は急に、この辺鄙（へんぴ）なわずか数軒の家しかない寂しい浦に、子犬がいることに胸が熱くなった。子犬はこの寂しい海辺で生きていくのだ。そして、やがては大人になっていく。この浜にも生活があるのだ。暮らしているのだ。

母と二人だけで暮らした、幼い頃の澄みきった記憶が甦る。周りよりはうんと貧しかった。それでも他にも貧しい家があることは知っていた。誰もいないアパートで、独り、絵ばかり描いていた。玄関の靴を、台所の湯沸し器や、一輪の母が好きなキキョウを、窓から覗いては路地を、さにら遠くのビルを、鉛筆がなぞり、クレヨンがパステルが色を与えた。母が仕事から帰ってくると嬉しかった。夕食の片づけを終えると、母は絵を手に取って、いつまでも見入っていた。今はもう分かる。幼い私は、母にとって日々の喜びの源泉であり、私もまた、母を喜ばせるために絵を描いた。つましい二人だけの世界。母が守ってくれた。

海岸線を目視する。海が気ままにたゆたい、遊んでいる。小さな波がそれぞれに色々な姿かたちの思いをのせて、寄せてきては崩れる。調査の必要はなさそうだった。海風が吹いている。立ちどまる。風が頬を掠める。子犬に手をふって、分岐点へ引き返した。左折し、山の中腹を、予期していたより、長いこと走る。海が左手に見え隠れしながらついてくる。とうとう岬の果てまできてしまった。集落は小さいがかなり大きな漁港があった。一台の白い軽トラックが波止場に入っていった。

崖の上の木々は斜めに傾き、野萱草（のかんぞう）のオレンジ色の花が一人ぽつんと、草の中から覗いていた。冬はさぞ寂しいに違いない。雲は暗く、千切れ、強い季節風が吹きすさぶ光景が目に浮かんだ。どの浜にも、どんなに寂びれていても、人々の暮らしが垣間見える。人はどんなに辛くとも、どこででも生きていく。なんと悲しく健気な生きものだろう。

漁港へ降りて行く手前の左手は、崖に囲まれた小さな入江になっていて、岩場が発達していた。あいにくと崖を降りるのは難しそうだった。双眼鏡で丹念に覗き、メガネをかけた。もう午後も遅い。核融合の黄金の塊がふらつきながら西に傾きはじめ、水平線は金色に輝いて頬を照りかえし、天空の貫けるような青い海には銀色のイワシの群が光る。

今日も、絵巻を彩る幾つかの情景を拾った。近代的な赤い大橋、漁船の上で動きまわる老夫婦、波止場の子犬とおばあさん、ボロボロのヤシの実、港に入っていく白い軽トラック。西海の島に過疎を生きる人々。そして、さらに、亜紀は、自分はどの浜に、浦に、どんな風に、絵巻に加わろうかと考えていた。

帰路を辿る。人っ子一人も見かけず、ナンバープレートの一枚にも数字の語呂合せをするでもなく、街道へでた。樹の陰に男がいた。少し離れたところにあの紺色の車も停まっている。時折、おじいさんの谷に下りる山道で、遠くから見かけていた。亜紀と同じ組織の、情報収集担当のエージェントだろうと思っていた。亜紀は木の陰の男に手をふった。そして、思いついた。

——そうだ！　いつもの山道に、白い軽だけを描きこもう。

白い短い髪を逆だたせて、男はびっくりした。

——どういうことだ？　監視に気づいている！

男はある時、島の反対側のマグロの養殖生簀が陣取る海岸で、双眼鏡を覗いている女を双眼鏡で捕えた。色の白い、美しい女だった。鳥を観察するような服装をしているが、熱心に覗いているのは海岸や生簀だ。試しに覗いてみたが、鳥の姿などどこにも見当たらない。それに時折、何かわけありげに大岩や石の陰に隠れる。スパイは美人というが、半信半疑で後をつけると町へ向かった。

狭い路地へ入ったところで見失ってしまった。

　ところが、五，六日経ったある日，二日酔いの頭を、もう若くはないんだぞと後悔していると、 こともあろうにその女が、男が住む長浦の海岸に車を停めて立っていた。今夜は軽くビールだけにしておこうと芋焼酎のせいにしながら、後をつけていくと、わんのこじまの浜へ降りていった。浜を廻りこめば、島に渡れば、誰にも気づかれずに養殖生簀を監視できる。やっぱりスパイか？　じいさん達とも（自分の爺さんはしまい込んで）何か話している。谷にも入っていった。あいつの家がスパイ基地？　まさか？　待てよ、年食ったとは言えあいつも男だ。色香に迷うこともある。年寄りを騙すとは！　山道脇の樹の陰で見張った。うんざりするほどの時間がすぎて、女は帰っていった。慎重につけると、先日見失った狭い路地をさらに左へ入り、車を停めるとアパートの外階段を上がっていった。

　働き先は難なく突きとめた。スナックだった。顔の露見を覚悟して、カウンターに座って探ることも考えたが、やめた。仲間がいるかもしれず、リスクが大きすぎた。事態はすでに厄介な、シリアスな展開を見せはじめていた。何んと、女は絵描きを装い、じいさんの浜へ足繁く通うという手を使っていた。奴を手玉に取っている。女は冷徹、非情な仮面をかぶった。見過ごすことはできなかった。男はこれまでの仕事柄、ストーリーを、筋書を描くのに長けていた。浜へ降りる山道の陰から、双眼鏡で監視するのが日課となった。

　このところしばらく浜へこないので、今日は午前中いっぱいアパートを見張って、密かに後をつけた。ところが狭い道に入った。追跡を断念して、長いこと街道で待ったがとんと戻ってこない。

この道は狭いが途中から島の反対側にも延びている。そっちへ廻ったのかと、やきもきと道路に出て、車の音がして、慌てて駆け戻ったところを気づかれてしまった。失態だ！　しかし、おかしい。こちら側には養殖場はない。マグロとは関係ないのだろうか？　何を探っているのか？　男は長い間、じっと佇んでいた。足元に落とし穴があるとでもいうように、じっと動かず考えこんでいた。

亜紀は島へやってきてから、何十カ所を調査した。幾つかは、遠い昔に目撃情報があったフィールドだった。しかし、生痕を、痕跡を見つけることはできなかった。やはり、おじいさんの浜が本命だった。白い巨木の辺りはすでに何度か歩いていた。相変わらず奇妙な、怪しい気配が漂っていた。もっとも、森へ入るのは躊躇した。白い木は美(うる)わしく、畏敬の念さえ感じられたから。

亜紀はわんのこじまの方の、あの無気味な岩場をもう一度、廻りこんでみようと決めた。行止まりになっている崖を何とか伝うことはできないだろうかと。満ち潮の浅瀬での悪戦苦闘がよみがえったが、と言ってエージェント・スーツでは却(かえ)って不自然だ。今まで通りでいくしかない。朝早く、挑戦することにした。

陽が昇ると同時に浜にでた。幸い、おじいさんに遇うこともなく岩場を廻りこめた。大きな岩盤がつづく。無気味だ。剥きだしの野生、原始の大気、時間が止まっている。人が足を踏みいれていない証拠だった。亜紀の視線は岩壁にぶつかって落ちた。海に直接に落ちこむ崖が立ちはだかった。やはり、伝うことはおろか、取りつくことも不可能だった。先へは行けない。手前の岩場と崖の水際を丹念に双眼鏡で覗く。痕跡も反応もなかった。しかし、崖の振る舞いに、亜紀の六感アンテナが反応した。あの白い幹の木ほどではないが、確かに気配が感じる。メガネをかけて、送信した。

沖には、クロマグロの養殖生簀が海面に大きな丸い顔をだしている。生簀に領地を奪われた長浦は、どこか不機嫌そうに見えた。

——あそこは格好の餌場だわ！

嬉々として、生簀の中のマグロを追い回している姿が、目に浮かんだ。手はおのずと双眼鏡にのびる。覗いていると、水面を割って黒い頭が現れた。ウミウだった。どうやら、生簀から漏れでたエサに寄ってくる、ちゃっかり者の上を行こうとしている横着者らしかった。ウはにわかに首を振ると、いかにも慌てて、頭から円を描いてダイブして消えた。興味津々に覗いていると、魚を咥えて浮いた。と、ウがこっちを見た。丸い緑の目でじっと見つめてくる。じっと、じっと。

——そんな！

亜紀は驚いた。アドレナリンが一気に放出され、体を駆けめぐり、動悸が躍る。まだ見ている。じっと。やおら、ウは潜った。しばらく覗いていたが、消えた。あっ、と思った。潜った！　もし水中に洞穴か裂け目の入り口があったらやっかいだ。あの崖の下の海中を探査するしかない。大仕事になる！

卯之吉さんは水の中で、羽を組んだ。

——やっぱり、来たか！　しかし、あの水中の狭い入り口は見えまい。

汐の流れにバランスをくずして、あわてて羽を解いた。ふと、最新テクノロジーのファイバースコープが思い浮かんだ。あれを入れたら見える。それでも大丈夫だ。今、あの棲家は、おいらが花さんから借りて使っている。島でも高級邸宅だ。

花さん達の痕跡は、もう何もない――。


気がつくと、亜紀はアコウの木の傍まできていた。

――視線？

ウは、じっと見つめてきた。まるで私を知っているかのようだった。緑の眼が脳裏に刺さる。渚におりて、座った。薄く平たい小石をひろって、水平に投げてみる。一、二、三と石盤が水を切る。と、空に衝撃が走った。空気を引き裂いて、白い影が上空を掠めた。速い、あっという間に沖合に達していた。長い風切羽と尾羽を広げ、羽ばたき、悠然とホバリングしている。一瞬、急降下した。水面を白い飛沫が弾ける。銀ぴかに光る魚体を鋭い足爪で引っかけると、反転して、頭上をタブの木の梢めがけて飛翔し、隠れた。ミサゴだった。

――梢。もしかして、視線、気配？

血が泡ぶき、胸がさわぐ。

エージェントはバードウォッチャーに扮して活動する。鳥の名前と姿は必需の装備品だった。しっかりと研修を受けた。中には、プロのバードウォッチャーがエージェントとして引き抜かれた。

足音を立てない歩き方の訓練も受けた。

殿下は谷を翔けあがり、山の棲家にいた。

——さて、どう出るものやら。

白い冠をふるわせ、黒褐色の羽を組んだ。奥山のタブは真に巨大だった。若い頃、叔父は時折、木の枝を折り、皮を剥いでは栞(しおり)として奥山へ分け入り、タブやヤマモモノの大木を見上げたものだった。殿下の棲家は、叔父も未踏の急斜面にあった。


男は車を、急発進させた。

樹の陰で見張っていたら、女が浜へ降りて生簀の見える岩場へと廻りこんで行く。やっぱり！　こちらからは陰になって動きが見えない。生簀が浮かぶ長浦の湾へとすっ飛んだ。間に合った。遠いが、双眼鏡で覗くと、女もちょうど生簀の方を、これまた双眼鏡で観察している最中だった。間違いない。やはりスパイだ！　しかし、複雑な動きをする。

勘か、虫の知らせか、天使の囁きか、いやストレスだった。気になって、今朝暗い内に目が覚めた。陽が昇る前から山道に張りこんでいた。先日の失態が重圧を加えていた。

——どうしたものか？

最後の手段、直(じか)に伺わせてもらうとするか——。

両手で、自分の頬を張った。男は行詰まると、仕事柄、冷酷に、断固として外科手術を選んできた。

気持ち、カーテンを閉めて帰ろうと思ったが、寄っていくことにした。黙って帰ると、かえって後ろめたい気がする。亜紀はおじいさんとの距離を大事にし、佇まいには心を砕いていた。おじいさんは朝の銀色の海壁を眩しそうに、コーヒーを楽しんでいた。亜紀もご相伴に与かった。

「双眼鏡ですか？」

「鳥を観ていました」

「谷は鳥がいっぱいだ、そこにも！」

窓の外の木に、山鳩の番が肩を押しあっている。

「木も鳥がいると楽しそうだ！　このところ、岩場には磯ヒヨドリが好物の小ガニを突つきにきてる。青い色の背に、腹のオレンジがとてもきれいですよ」

「さっき、赤石鼻の方の岩場を廻って、崖まで行ってみました。行き止まりになっていて、ちょっと不気味な、不思議な感じでした」

急いで、亜紀は先回りした。

「そうですか……」

「あさってから、この間の、東北の方に三日ほど出かけてきます。お土産買ってきます」と元気よく、亜紀はイスを立った。

「気をつけていってらっしゃい。お土産は何でも構いませんよ！」

後ろから声が追いかけてきた。

「行ってきます！」

おじいさんの反応は、白い幹の木の時と同じだ。おじいさんきっとは知っている。

――やはりここだ！

曲がりくねった山道も、今やマイ・カントリー・ロードだった。

カントリーロード、テイク、ミ、ホーム

口ずさみながら、ハンドルをさばく。海が流れてくる。島を追いこす。ウは、私の気を引いてきた。ミサゴも、私がいるのは承知のようだった。

偶然ではない。何か意味がある――。

路肩に車を止めた。

しばらくして、驚くべき構想が湧きあがってきた。

――そう、四人が浜にいる！

しかも、満ち潮と引き潮の二つのパターン。時間の流れ、キャラクターもいい！

亜紀の心はいつしか調査ではなく、絵を描くほうに向かっていた。

郷は山鳩の赤い目を追っていた。

一羽が舞い降りて、器用に歩き廻わる。

――亜紀さんはだんだんと近づいてくる。

山鳥に、話しかけた。

しかし、どうして分かるのだろう。特別な感覚を持っているのだろうか？　早く、三人と話し合わなければ——。

それに、叔父も何かに気づいているのだろうか。それとも、溢れる潮が、叔父の脳裏に、櫓をこぐ懐かしい若者を甦らせただけなのだろうか。

昨日の午後、郷は叔父と浜辺の芋畑の芋を掘りだしていた。傍では、満潮の波がゆれ、光り、鼠もたっぷりと潮に浸かっていた。

叔父が「若い頃、わしはカワウソを見かけた」と腰を起こし手を当てて、感慨深そうな顔を向けてきた。「団平船にイワシを積んで、長浦からだ、ちょうど潮の満ちたわんのこじまの往還道を近道した。赤石鼻の先っぽで浜のイワシ篭をうかがっていた。……もう六十年はたってるだろうか？」叔父は腰を伸ばすと、話に加わりたさそうな鼠に、問うた。

——様子がおかしい！

権三はピクッと耳を尖らせた。遅かった。目を上げると不愉快な視線がぶつかってきた。同じような服を着た人間に囲まれていた。長い棒や網を構えてじりじりと凄んでくる。多勢に無勢、空にはにわかに暗雲が立ちこめ、風が渦巻き、魔手が忍び寄る。恐怖に、権三は毛を逆立て、唇をめくって歯を剥きだし、唸った。権三の本能は俊敏だった。若い長髪が一歩を踏み出そうとした一瞬速く、権三は前のめりに出た。長髪は怯んだ。すきを突破して、藪に跳びこみ、必死に崖を駆けあがった。足を挫いた。

# 第九章　三老人

「もういい会」御一行様は、出発の日を迎えた。

バブルの崩壊以来、日本経済の低迷は長期に及んでいた。経済大国世界第二位の地位も中国に明け渡し、アイデンティティを失った日本は漂流をはじめた。

国破れて山河あり。やっとその山河に望みを見いだそうとしていた矢先、地震と津波と放射能が東日本を襲った。

二〇一一年三月一一日一四時四六分、M9・0、震度七の巨大地震が東日本を襲った。震源は太平洋の底深くにあった。発生から二十数分後、東岸を津波が襲った。高さ一五メートルもの黒い水の壁が現れ、あっという間に海岸の町々を飲み込んでいった。一五時四二分、福島第一原子力発電は電源を喪失した。恐怖が日本を覆った。春まだ浅き日常に、悲惨な、凄惨な、理不尽な、巨大な裂け目があいた。

胸に腹に期待を膨らませ、四人は空港へと助走する。

いくぶん緊張して、亜紀は早めにきていた。暫くして三人がタクシーを降りた。シンプルな服装だ。

ご隠居が金属探知機をくぐる。ピーと鳴る。身体検査で腕時計を取られた。もう一度くぐる。またピーと鳴る。

「お前はこの際、徹底的に検査してもらえ。お兄さん、ここには癌の検査機はないかね?」

先にパスした繁さんが尋ねる。

飛行機は飛び立った。

福岡へ飛んで、乗り継いで仙台まで行く。町長と議長は、二階のロビー横の喫茶室の柱陰から秘かに離陸を見送った。二人は町の噂では、密かなライバルだった。町長はすらりと長身で、カミソリの異名をとっていた。やたらに触れると、知らない間に指に血をにじませることになる。一方、百キロの脂肪をゆらして太くて短躯の議長は、余りある脂肪を切らせて、肉と骨を護る技を習得していた。細く長い手と太く短いハンドは、やれやれといった顔をして握手を交わした。突然、握手した握りからバチバチバチと激しい火花が飛び散った。照明が消え、空港は停電に陥った。二人は、感電をものともせずに対峙している。やがて、どちらからともなく握手を解いた。数秒後、非常用発電が起動し、再び照明が点いた。町長と議長は毎日のようにライバル心を燃やしていたので、全身に過電子を帯びていた。握手をした時に、あり余る対抗電子が互いに相手へと一気に流れ出たのだ。二人は世間が考えているよりは、遥かに強力なライバルだった。

仙台空港には、旅行社に頼んでバンと運転手を手配していた。

破壊の痕は、一年半以上が経っているというのに、凄まじかった。四人は言葉を失った。港町の全てがほぼ更地になっていた。色のない更地は、失われたものの大きさを象徴していた。遮るものがないので、碁盤の目に走る道路がやたらと視界に飛びこんでくる。なんとも違和感があった。壊れたままのコンクリートの建物の残骸がちらほらと見え、瓦礫の処理はまだ進んでおらず、所々に山と積上げられている。雑草が無念さを誘っていた。

広大な無人の空間、人間はどこへいったのだろう。大きな船はまだ陸にいた。この広大な更地をどう立て直すのか、心配になった。次の港町も、その次の港町も同じだった。人々は戻って来るのだろうか。この更地に住宅が、商店が立ち並び、賑やかさを取り戻す日が本当に来るのだろうか。不安になった。港へ行ってみた。漁港はそれなりに回復はし、漁船が舫(もや)い、漁師さんが動き回っていた。ほっとした。始まっているのだ。

ご隠居は、昔を思い出していた。島の町も大火に遭った。高校を卒業して店の手伝いに入ったばかりだった。浜からの強風も相俟って、町を紅蓮(ぐれん)の炎の舌がなめ廻し、一夜にして全てを奪った。これが潮時と、島に見切りをつけて多くの人々がまた出ていってしまった。苦しい時代だった。立て直すには何年とかかった。逝った二人も含めて、若い仲間は復興の先頭に立ち、集まっては酒を飲み、法螺貝を吹き鳴らして血潮を騒がせ、大砲を撃ち、笑い話で互いに勇気づけあった。規模は余りにも、余りにも違いすぎるが、その気になれば人間とは凄い奴だ。いつかは取り戻すのだ。そうやって、アーケードの商店街ができた。

亜紀は島を想った。人々が浦で、入江で、浜で暮らしていく幸せ。それが一瞬にして壊されたのだ。おじいさんの大切な浜と谷、早苗と雄太の子供たち、おじいさんのかけがえのない世界。そう、桃源郷。浜と谷が鮮やかに脳裏に甦った。

四人は山奥の温泉郷に姿を現した。

沿岸部と違って紅葉は真っ盛り、空気は深く、綾なす錦に囲まれた別世界だった。遠い異郷の四人は、紅葉にこんなにも多くの色があることに驚いた。島の紅葉はほんのさわりだけ、幾つかの木々が色づくのみで、それがかえって寂しさを誘う。西海の島の秋は徒然（とぜん）ない。ここは賑やかだ。陽が天から降りそそぎ、光に透けて耀（かがや）くもみじの赤の美しいこと。赤いガラスの葉、天然のステンドグラス。色とは何ともありがたいものだ。沿岸部にも早く色が戻ることを願った。

紅葉を愛で、みやげ物屋を覗き廻り（ご隠居さんが赤や緑のピエロ顔の笑い袋を笑わせて、なかなか動かない、栄子さんが引っ張ってくる）、温泉に浸（つ）かる。入り口は別々だが混浴湯もあった。老爺二人は混浴湯に忍び込んだ。気分はそんな感じだった。

繁さんがお湯で顔を洗う。

「おい繁！　顔を洗う時、どこまで洗うんだ。どこまでが顔で、どこからが頭か分かっているのか？　早く一度で済むようになるといいな！」

繁さんの額は相当に後退していた。

「後学のために教えといてやる」繁さんはつるりと頭を撫でた。「しわが寄るところまでが顔で、それから上が頭だ」

「誰に聞いた？」

繁さんは権威をもって答えた、「長年の経験だ」

ご隠居は、湯船のへりに頭をのせて仰向けに脚をのばす。腹が湯に浮いて、ヘソが湯を飲む。頭がずれて、するっ、と湯の中に溺れた。繁さんは慌てて、首根っこをつかんで引っ張りあげた。

「まだ、くたばるのは早い！　ここでは面倒だから島に帰ってからにしてくれ」

そこへ、奥でなにやら、湯の音が流れた。

「おい誰かいるぞ、女かな？」

ご隠居の声は、期待にふるえている。

「そんなわけないだろう」

実は、奥の湯には栄子さんと亜紀さんが浸かっていた。そろそろ出ようとした矢先に、二人が闖入してきた。慌てて湯船に戻ったが、もうのぼせそうだ。姫は決断した。

「私に任せなさい」亜紀さんに耳打ちし、タオルで前を隠した姫は「おほ」と言って立ちあがった。男二人は湯気の中から現れた姫に、慌てて前を隠す。

「あんたらたち目をつぶっているんだよ。開けたら承知しないからね。夕ご飯はぬきよ！」

浴場を、豪傑さんの低重音のバスが震わせた。

恐くて二人は目をつぶった。栄子さんが亜紀さんに「早く」と手招きする。しかし、ゆでダコ二人は、物語の約束通り、怖いもの見たさに少し指のすき間から覗いた。湯煙の中に、白い丸いお尻が消えた。二人は目を疑った。

「おい！」、繁さんが茫然としている。

「見たか？　あの白い桃！」

「……姫の若い頃の残像を見たのだろう……」

ご隠居も狐につままれたような顔をして、ポンポコ腹をなでる。

「そうかな。それにしても、白くてきれいな桃だったな！」

二人は、目を宙に泳がせていた。


夕食は豪華だった。

老爺二人の分も、ちゃんとあった。姫の厳命で山の幸が盛り沢山だった。マツタケは何とも香ばしく、地元の和牛も芳醇な味わいだった。山女魚か岩魚か何かはわからないが、焼き魚は日頃は海の魚しか口にしていない四人には、上品な味だった。

「三人は」、と亜紀がビールを注ぐ。「小さい頃からずっと友達なんですか？」

「そう！」、ご隠居が嬉しそうにコップを乾す。「幼い頃からずっとだ」

「ご隠居さんは、小さい頃はどんなだったんですか？」

亜紀がまた、ビールを注ぐ。

「まあ、普通の少年Aってとこだな。繁もそうだ、少年B。姫は少女X、何か、ちょっと変わってたな」

「何よ。私はあんたたちとは違って、学校から帰ると毎日必ず霊柩車を洗っていたの。そりゃ謎めいた少女にもなるわよ」

変わっていると謎めいているのとはちょっと違う、と繁さんは思ったが、口をつぐんだ。姫の辞書は最新版に違いない。

「俺も繁も、勉強はあまりできなかった、なあ、繁！　俺たちのランドセルは軽かったな。周りには悩みが一杯詰まった重いランドセルを背負って、一番だ一番だ、英語も一番だと威張っている奴もいたが、俺はそんなの気にしたこともなかったな」

「まあ、二人とも生まれつき幸福度が高かったってことだ」

繁さんが深々と頷く。

「それに」とご隠居が胸を張る。「小学校や中学校では一番は掃いて捨てるほどいる。親や先生や、周りが褒めてちやほやしてくれるからな。だが、世間に出ると、そんなの誰も褒めちゃくれない。結局、自分で生きるしかない。それに英語は喋るもので、一番になるものじゃない。現にイングリッシュがナンバーワンだと騒いでいた奴は、今でもアイ、キャン、ノット、イングリッシュだ。何というか、世の中に出てからが大事だと思っていた。早生なのか、晩生(おくて)なのかよく分からないが。よくイタズラもしたな。今でも母のあわてた真っ赤な顔を思いだす。確か、小学五年生の時だ。

担任が家庭訪問にやってきて、母が先生と向かい合って座っている後ろから、俺は母の座布団を引っ張りあげた。母は勢いよく一回転して、先生の膝の上に座ったよ。男の先生だ。運動もからっきしだめだったな。駆けっこもノロかった。いつもビリの方だったが、それでも、一生懸命に走った。そういうことは、なぜか、何んというか、真面目だった、めげなかった。まあ、幼ながらに自分を知っていたってことだ。世間に出てからも、それは変わらなかったな。人間にはそういう生き方、認められ方もあるってことだ」

繁さんがキュウリ味噌に箸をのばす。

ご隠居も箸を出す。

「亜紀さん！」とご隠居は密かな対抗心を燃やした。「あの太キュウリはどこで作っている？」

秘密でも明かすように、嬉しそうに、亜紀は谷と浜を案内した。

老爺二人は、目を見合わせた。栄子さんも何か思い出したようだ。

「あの浜か……」、ご隠居は目を瞬(しばた)かせた。それから両手で頭を包み、揉んで、記憶を取りだしにかかった。

「昔、あの浜は水産物の加工で盛大に賑わっていた。でもその内に、東シナ海で魚が獲れなくなって加工場は行詰まった。そんな話をおやじから聞いた。あそこの一族はやむなく都会へ出たはずだが。戻ってきていたのか！」

繁さんも時を、翔けた。

「小さい頃……小学二、三年生の頃だ。商店街の海水浴に舟で連れていってもらった。たまたま、あの浜の沖合を通りかかった。最初は、河童かカワウソが浜辺で遊んでいるのかと思った。何せ真っ黒だ。三、四匹いた。ところが子供だったんだ。小学校へ入る前ぐらいだろうか、裸で泳いでいたんだ。素っ裸で。女の子も。なんとなく指さして皆で笑ったが、子供たちは不思議そうに俺たちを眺めるばかりで、何もかくそうともしなかった。後で悪いことをしたとは思ったが、……あの光景は大人になっても、この年になっても、まだ覚えている」

「俺も覚えている」

「私も！」

太キュウリは、思わぬ方向へ転がった。河童とカワウソの目を出した。亜紀の心臓は早鐘を打つ。裸で泳いでいたカワウソの一匹は、おじいさんに違いない。

「ご隠居さんたちはカワウソを見たことがあるんですか？」

思わず、亜紀は訊いていた。

「いいや、でも親たちは時々、川の淵や、海辺のカワウソのことを話していた。子供ぐらいの大きさだと聞いた。河童とも呼んでいたが……」

ご隠居は懐かしそうだ。皺々の脳裏を幼い青い海が、浜が過(よ)ぎる。

「あの浜はきれいだ！　形の良い小島もある。谷もある。あの谷を買いたいという話も、何度かあったと聞いている。長崎辺りの金持が別荘にと惚れこんだんだ。確か造船場の話もあったな。あそこの谷を造船場にすれば、船を簡単に進水できるからな。しかし、持ち主は不在、そのままのはずだと思っていたが。帰ってきていたとは……」

天使が、古い、懐かしい時間を引きずって通り過ぎていく。ご隠居は、しっぽを捕まえようと、錆びついた首をゴリッと巡らす。やがて、腕を組み、太い腹を突きだした。真面目な腹だ。

「繁よ！　いや、姫もだ！　俺の話を聞いてくれ。どうだ、帰ったら、少しは海や山のことを考えようじゃないか。この旅で見たことは忘れちゃなんねぇ。聞くと見るとは本当に違う。見ても忘れたらどうにもならん。入江や浦が一瞬で、あんなにもなるんだ。でもな、かと言って、海岸を全部が全部コンクリートやテトラで固めてもどうにもならん。海が見えない、潮風がこない、磯で遊べない、海の恵みを堰き止めたらそんなの島じゃなくなる。カタツムリにはなりたくない。裸で泳げる海がいい。まあ、考えがいるってことだ。それにただでさえ、海が死んでいってるんだ。

繁！　覚えているだろう。いつだったか、商工会のセミナー、環境問題がテーマだということで、長崎から偉い先生を呼んだろう。確か、磯焼け、とか何とか言っていた。あの時は感服して聞いていたが、すっかり忘れていた。いつも見ているから当たり前だと思ってしまうが、島の浜はきれいだ。きれいな浜を守ろうじゃないか。

なあ、繁！　俺たちは少し生き方を誤まっていたかもしれん。この東北にきて思うんだ。いや、島でもずっと前から気づいていた。俺たちは離島振興を旗印にひたすらにつっ走った。農道を、魚港を、小さな島にどんどんと造った。でも、折角造った農道のそばで田んぼは荒れ放題だ。港もそうだ。漁師なんて数えるほどだ。それだけじゃない。俺たちは何でも変えちまった。何百年の石垣をブロック塀に、映画のロケにも使われた石畳をコンクリートに、特に渚はひどかった。浅瀬と見れば目の敵にして埋め立ててしまった。江戸時代からの屋敷石垣を、教会を、海から追い払った。

埋めることが発展だと。お前も覚えているだろう。お城だって海に囲まれていた。お前には話してないが、この何年と夢見が悪い」

「俺もだ！」繁さんが、大きく頷いた。「俺も仏壇の女房にこぼしたことがある。福島のことだ。ゴジラのことだ。昔、俺たちは過疎を止めようと、映画のゴジラを島に上陸させようと奮闘した。福島は過疎から逃れようと、開発を誘致しようと、本物のゴジラを上陸させてしまった。俺たちだって同じことをやっていたに違いない」

老爺二人は、まじまじと見つめ合った。

亜紀は静かにビール瓶をとった。ご隠居と繁さんがコップを乾す。ビールを注ぐ。

ご隠居が、気を取り戻した。

「繁、あの世界遺産だが、教会群の世界遺産登録運動だよ。俺は言わず、動かずだったが、ずっと考えてはいた。なにせ俺たちは、お前もそうだろうが、教会なんてもんは見にいったこともないし、特段何の感慨もない。でもな、最近思うんだ。教会ってのは、いやしの歴史じゃないかと。毎週々々、日曜日になるとミサに通う人々がいたんだぞ。俺たちの生きてきたこの七十年に近い間だけでも、ずっと教会と一緒に暮らしてきたんだぞ。信仰とはいえ、いやしがなければそんなに長いこと続くはずがない。確か、お前の遠縁にもキリシタンがいたはずだ。俺たちの学校の友達にもいっぱいいる。昔の惨(むご)い弾圧のことは聞いている。でも、俺の知ってる限り、一緒に、同じ空気を吸って生きてきた。素晴らしいとは思わないか。

俺たちは島興しの秘策を求めていろいろな所へ行った。観光振興もその一つだった。講師を招いて多少は勉強もした。観光には、物語、ストーリーがいるってのがミソだった。ところが、俺たちは観光にはどこか冷めていた。観光は国から、県から余り金がこない。金に直接つながらなかった。でもな、今や日本に高度成長なんてないんだ。

長い間俺は、日本人は働き者で、技術が優れているから経済が成長するんだと思っていた。しかし、それればかりじゃなかったんだよ。人口だったんだよ。イギリスやフランスやドイツに較べたって、日本の人口は圧倒的に多かった。問題は、ほれ、子供の数なんだ。島を見ればわかるだろう。まあ、それでも外国に比べれば、多少は国は豊かで、文化的だ。文化の時代なんだよ。文化ってのは、平たく言うと余暇、観光だ。観る風景、観る歴史、観る食べ物、観る暮らし、要するに観るストーリーってことだろう。そう考えると、島にもストーリーがあるとは思わないか。海と山を守ろうじゃないか。そうすれは、残された、海辺の、山あいの教会ももっと絵に、物語になる。いやしと復活の物語だよ。キーワードはいやしだ。

教会だけじゃないぞ、繁。高校の古典の老師、最初の授業で教えてくれたよな。国造りの神話だよ。なりなりてなり……のあの件だ。イザナギとイザナミの二柱の神はまず八つの島を生んだってやつだよ。さらに、それから六つの島を生んだ。その内の知訶島ってのが俺たちの島々だ。空海も遣ってきた。いよいよ東シナ海に乗り出そうって時に、見渡す限りの空海を前にして、辞本崖（日本の最果てを去る）と、唐へ渡る覚悟の臍を固めた。空海は若い頃に修業した室戸の空海を思い出していたに違いないって、老師はまるで見ていたように話してくれたよな。島には本当に長い歴史があるんだよ。ところが今、島はあっちもこっちも傷だらけのように見える。結局、俺たちは島を壊してしまったんだろうか……、歴史の誇りも失ってしまってるような気がする、……もう、もうちょこっとだけ、長話をさせてくれ、……これは、これから話すことは、今まで誰にも喋っちゃいないんだが、とても大切なことじゃないかと思うんだ。

俺は今でも覚えている、気になる人がいるんだが、子供の頃、戦後間もない時だ。靴屋というより、履物屋の頃だ。ある時、若い客人が家へ転がりこんできた。長い旅で余り蓄えがないとかいう話から、親父が面倒を買ってでたようだった。島の暮らしや行事の調査とか、毎日のように熱心に出かけていた。ところが、ある日、風邪をこじらせ、肺炎を誘発し、あっという間に亡くなってしまった。後で分かったんだが、名のある学者さんだったらしい。ああ言うのを、客死と言うんだろうな。あの若い学者さんの魂はきっと今でも、島に残っているんじゃないかと、この年になっても、そう考えることがある。

おい、繁！　過疎だ、シャッター街だ、蓮池カントリーだ、まうだあ会だと溢してる場合じゃないぞ。島じゃ老人の面倒を見るだけでも精いっぱいで、若いもんの未来なんぞ考える余裕もなくなってるんだ。少しずつでもいいじゃないか。工夫して幸福な島にしようじゃないか。昔、俺たちの商店街は賑やかで、島でも一番恵まれていた。いい時代を過ごさせてもらった。この年になって恩返しだ。そういう気持ちで生きていこうじゃないか」

「また、選挙だな！」、と繁さんが胸を起こした。「昔、俺たちは選挙に明け暮れた。選挙じゃ、年寄りの票が圧倒的に多い、強い。てことは、俺たち年寄りが変われば、世の中も少しは変わるってことだな」

ご隠居は、はたと手を打った。

「そうそう、その懲りないところがいい。はやりのリセットってやつだ」

「老いるということは」と繁さんが腕を組んだ。「人生の顛末を否応なく突きつけられるってことだ。まあ、俺はまんざらでもなかったと思っている。この程度のもんだろう。お前も、その腹を見る限りじゃ同じようなものだろう。そこそこの終わり方じゃないか。何より、ずっと島で転がらせてもらったじゃないか。そんな俺たちがこれからも、少しだけでも生きがいを貰えるとしたら素晴らしいことじゃないか。生きた証ってことだろうが」

ご隠居は頷いた、「帰ったら仏壇に報告だ。すまねえ。まだ当分はそっちには行けねえって。今度、夏が来たらあの浜へ行って泳ごう。姫もくるか？」

「スクール水着ならとってあるわ！」

老爺二人の脳裏には、ふと、湯煙の中の、白い丸い桃の残像がよみがえった。

ご隠居は、ぷるっと頭をふる。

「もう一度、声を上げよう！　この年になってやりがいが見つかるのは幸せなことだ」

「あの浜辺のカワウソさんたちが、ずっと心に残っていたのは、こういうことだったのね！　あんたらたっちね、これからが本当の終活よ、終活」

栄子さんが、吼えた。

子供たちが裸で泳げる海を守るんだ！　ご隠居たちは心からそう思った。

亜紀は、三人の老人に心打たれていた。

人間が年をとる、長い時を生きるということはどういうことなのか、核心にふれたような気がした。

さらに、心が痛くなった。おじいさんの人生を垣間見た。少しだけれど、おじいさんの心に入りこめたような気がした。

——おじいさんは、仕方なく都会へ出たんだ。

本当は出たくなかったんだ。浜と谷が好きだったに違いない。気ままに暮らしているように見えるが、本当は、おじいさんは都会でずいぶんと苦労したのかも。浜が懐かしくて、帰って来たんだ。何十年も経って、年をとって、やっと。大切なものなんだ。かけがえのないものなんだ！

私も浜を守ろう。私を寄せてくれた浜、おじいさんを、桃源郷を守ろう——。

思いが、心の底から啓示のように湧きおこった。なぜか、母の顔が浮かんだ。

一行は東北から帰ってきた。

三老人はまるで凱旋したかのように、意気揚々とタラップを降りる。町の政界は息をひそめて静かに見守る。

亜紀も心を決めた。亜紀の胸の中にはある夢が育ちつつあった。人間を、人々の暮らしを描けるようになっていた。挑戦するつもりだった。長い間さ迷っていたが、今こそ、その時だと決意した。

アパートに籠（こ）もって、絵の仕上げにかかった。

空も海も、包む大気も黄金（こがね）に輝く日の出、亜紀は、満潮の潮があふれる際（きわ）の大きな岩に座っていた。おじいさんがやって来て、渚に立つ。おじいさんの視線を追うと、ウが春ん婆瀬で羽をMの字に広げた。羽根と羽根のすき間から光の糸が洩れ射す。おじいさんは赤石鼻をふり返る。亜紀もふり返る。赤石鼻に、カワウソが両手を突きだして立ちあがった。朝日を浴びて、まるで陽を拝むような姿だ。突然、空を切り裂く音がして、金色のミサゴが顕われた。沖合を、悠然とホバリングしている。空が青を取り戻していく。気づくと、四人はもういなかった。潮が干いていく。目の前でどんどんと、遥か遠くまで干く。往還道が顕われる。座っている大きな岩が日陰に入る。また、四人がやって来た。

おじいさんの浜の濃密な世界があった。亜紀は絵の中にいた。絵の中に入っていた。懐かしさに満ちた浜にいて、優しさに包まれていた。

突然、亜紀はお尻がもぞもぞとし、ぶるっ、と身震いが立ちあがってきた。

――今のは何、……絵の中に……私はいた！

どうして、何で気づかなかったのだろう！　もしかして、あの浜と谷は私の絵と同じ架空の、想像の世界！　私もその中にいる。私は三人の気配、息づかい、視線を感じる。互いに交感し合う。おじいさんもそうなんだ。そんな！　まさか？　いや、最初、あの浜へ行った時には、懐かしさに心を奪われたが、何というか……エアカーテンのような層をぬけることはなかった。二回目からは、いつも、エアロックされたような、バリアのような圧をぬける。浜と谷の風景も何か、気のせいにしては、深みを増した

そうなんだ！　あの谷と浜はおじいさんの想像の世界、心の世界、異界。いつも視線を感じた。

息づかいが聞こえた。ウとミサゴは、姿さえも現した。あれはサインだ！　サインというか会話だ。私に異界の存在を気づかせるために。会話は何も言葉だけが窓だとは限らない。息づかい、視線というチャネルもある。

おじいさんはずっと浜と谷を懐かしんだ。思いつづけた。あの浜と谷は、おじいさんの思いが、心が創りだした、上書きした世界、小宇宙だ！　私は何かの理由で紛れこんだ。だから、三人の存在を感じることができる。……調査して存在を突き止め、そして公になったら、おじいさんの浜は多くの人間に踏み込まれる。おじいさんの懐かしい、いやしの浜は雑然の中に失われる。やっと還ってきたのに。おじいさんの心の世界は壊れる。小宇宙は消滅する。

――調査をやめなくては！

浜と谷の生業を、桃源郷を守らなくては。おじいさんを守らなくては――。

亜紀は満潮と干潮のパターンをそれぞれ二枚づつ、少し角度を変えて描き終えた。二つの確かな決意をもって。

秋晴れのある日。

窓という窓、戸という戸は開け放たれ、外にはジャパン・ブルーが一面に敷かれている。衣類から台所用具まで何でも外へ出す。叔父の家の虫干しだ。雄一親子は前の晩から泊り込んでいた。早苗と雄太はブルーシートに上がりこんで、相撲をとっている。

「早苗姉！　一回でいいから負けてよ」隙を見て、雄太が後ろからしがみつく。

家の中を大掃除し、一息ついた。賑やかにお昼をとり、午後からは、ゆっくりと、干したものをしまいにかかる。

郷は玄関先の日溜まりに、イスを持ち出してトンビを眺めていた。

「ピーヒョロヒョロ、ピーンヒョロ、ピーヒョロ」トンビが嘶いてくる。早紀が小屋の掃除にやってきたが、取り立てて掃除するほどのことはない。叔父から預かった旧いアルバムを整理中で、テーブルの上には懐かしい顔が集まっていた。早紀は黄ばんだ写真帳をめくっている。

「兄さん！」突然、早紀が声を開いた。

「この人誰？　これ、この人！」と指をさす。

指の先には、英雄さんの顔が、どこか、都会の街角で笑っていた。

「英雄さんだ、幼馴染の」

早紀は真剣に見つめている。

「亜紀さんに似てる。そっくり！」

言われてみると、涼やかな瞳が瓜二つだった。亜紀さんの目に宿る表情にどこか懐かしさを見たことを、郷は思いだしていた。

「この英雄さんという人、今どこにいるの？」

「わからない。ずっと行方不明だ」

「行方不明？」

早紀は他にもないかと捜しはじめた。

「兄さん、これ！」と早紀が笑みをうかべ、色あせた一枚を示した。

運動会は賑やかだった。

由緒正しい秋の日に、朝早くから拡声器が音楽を鳴り渡らせ、この時とばかりに、倉庫の奥から世界が引きずり出されて放射状に空を翔け（これだけでも賑やかだった）、消石灰で引かれた真新しい白いラインが校庭を競技場に変えた。収穫を終えた老若男女が村々から押し寄せる。町の写真屋さんも箱と三脚と黒い布を連れて稼ぎに来た。重箱のご馳走が広げられた昼休み、少し値は張るが、この善き日の記憶を残そうとする一族で、写真屋さんは汗を垂らして黒い布を被り、豆フラッシュを焚くのに忙しかった。圧巻は最終種目、地区対抗リレーだ！　小学一年から花の中年までの男女が長いバトンをつなぐ。応援合戦が幕を切り、応援歌がこだまする。

白崎瀬戸のブクリン（フグ）が
おみくじ引いていうことにゃ
今年の勝負は、白崎の、勝ち、勝ち、勝ち！

花咲か爺さんの節で、相手を歌い倒す。

走る我が子を、息子を、妻を、張られたロープをふくらませ、跨ぎ、叱咤激励する。ロープ係が必死に頑張る。

早紀が寄こしたセピア色のそれは、ヒヨコの郷が、万国旗が張り巡らされた村の小学校の玄関先で、叔父達と澄ましている運動会の一枚だった。

二人ですべて面通ししたが、英雄さんの写真は先の一枚きりだった。

早は早いから長女、亜は二番目だから次女。姉妹？　そんなこと――。

早紀は改めて、語順に、並びに捕らわれている。

――早紀と亜紀。

白骨事件にやっと転機が訪れた。

古参の同僚が、「いつまで考古学の調査をやってるんだ」、と当たってくる。竹刀は立ち去る同僚を白骨にしてみる。頭の照り具合だけは、一緒だった。

竹刀と道着は三十年前の兄を求めて発掘を続ける、歩き廻る。兄の交友関係を洗って、やっと一人に行きつくと、時の流れが鬼籍に追いやっていた。さらに苦労の末、とうとうホームにいるという元飲み屋のママに辿りついた。老いたとは言え、真っ赤な口紅をさしたママは現役の愛想だった。誰であれ、何であれ、訪問は、面会は久しぶりだったのだ。喜ぶママはまず、目を剥いて竹刀の黒い髪を褒めてくれた。そして、実に簡潔に、口紅は語った。小さな居酒屋だったとはいえ、さすがに元は経営者だった。

兄、男は、ある疑惑に包まれて島へ帰ってきたことがあった、と始めた。長崎大水害の年かと聞くと、その一、二年ぐらい前だと言う。男は博多で、巻網船に乗っていたが、東シナ海での操業中、ある若者が船から消えた。海に持っていかれた。事故と思われる一方、男はその若者をことあるごとに痛めつけていて、若者と親しかった連れの男は、男が海に突き落としたに違いないと詰め寄った。最終的には事故として処理されたようだが、男はそんな物騒な噂を引きずって、店に顔を出したという。最後に、指輪の件に話を向けると、そう言えば、そんな指輪を得意になって見せびらかしていた、と大きく頷いた。別れ際ママは、もっと若い時に会いたかったと竹刀をしっとりと見つめ、熱く握った手をなかなか離そうとはしなかった。

老刑事は、もう一度、博多へ赴いた。今回は、道着を伴っていた。道着は博多の美味いものが食えると張り切っていた。県警の古い書類の調べには苦労したが、元ママの話はおおむね確かだった。赤い口紅に脚色はなかった。仲の良かったという連れの男の名前、住所が判明した。名前は、潮崎(しおさき)英雄(ひでお)。もっと詳しいことが聞けないかと、諦めながらも巻網船の所属会社を探し当てると、年老いた事務の男が、その同じ船に乗っていた男が長浜で焼鳥屋をやっている、確か今も息子が継いでるはずだ、と光明を灯してくれた。訪ねていくと（道着は道々、何で焼き鳥なんだと首を捻っていたが）、果たして男は生きていた。開店間際だという息子は、歓迎こそしなかったが、それでも奥へ上げてくれた。

齢(よわい)を重ね、老いさらばえた元船乗りは、最初はぽつりぽつりと小さな声で、頭を叩いては思い出し引っ張り出し、時折息も絶え絶えに、零(こぼ)し始めた。竹刀は過失致死罪に問われる前にいつ話を切り上げようかと考えていた。ところが途中から、船乗りの若い血潮が甦ったのか、目を光らせ、唾を飛ばして喋った。

語ったのはこうだ。

海で不明になった若いのは多少気が弱かった。それにつけ込んで、兄、男はあくどく虐(いじ)めていた。しかし本当のわけは、女だ。若いのは月夜間(つきよま)になると、キャバレー勤めの女のアパートにもぐり込んでいた。漁が盛んだった当時は、月夜間の間だけ、自分のアパートに男を泊めて相手をする需要があった。最初は遊びだったようだが、その内に二人は本気になった。ゆくゆくは結婚するつもりだったようだ。ところが、男も、かつてその女と月夜間を過したことがあった。それで横恋慕して、若いのを痛めつけていたんだ。男は、奴は性根が腐っていた、と元船乗りは湯呑をとると口を濯いだ。会社の事務の女の子にちょっかいだして撥ねつけられると、ビルのトイレにその子が誰と何してるとか、挙句の果ては公衆便所だとか落書きする始末だ。そうやって、どういう反応をするか楽しんでいるような、悪意があった。会社もほとほと手を焼いていた。潮崎英雄？ ああ、凄い剣幕だった。男を殺しかねなかった。気の弱い若いのの、ああ、若いのは孤児だったんだ、施設で育ったとかいう話だった、それかどうかは分からんが、若いのの面倒をよくみていた。まあ、弟みたいに気を許していた。板子一枚下は地獄。船乗りにはよくあることさ、兄弟分ってやつだ！ ナットの？ ああ、真鍮のナットの指輪は確かにはやっていた。船乗りの手慰みだ。みんなヤスリで根気よく削っては見せびらかしていた。巻網船は一度出漁すると、満月をはさむ一週間の月夜間の休み以外、ずうっと海の上だ。東シナ海でアジやサバを獲る。雲が重く垂れこめて逆巻く波の日もあれば、ぬけるような青い空の下にトロリと静かな海が浮かぶ時もある。大海原に船団がひしめいたものだ。獲った大アジを運搬船に積み込み、一目散に長崎や博多へ運ぶんだ。早いほど高値がつくんだ。女？ ああ、女はひどく悲しんでいた。可哀そうで見てられなかったよ。どこか故郷へ帰っていった。ん、また、潮崎か？ 奴はちょっと変わってた。何となく世の中をすねてるというか、やさぐれてたな。酒にも溺れていた。海の上じゃあ仕事も手際よく上手に泳げるのに、陸に上がった途端に溺れっちまうんだ。ん、他に仲のいい奴か？　いねぇーな。ああ、女にはよくもててたようだが、それが長続きしないって噂だった。もったいねぇ。ん、潮崎も指輪をもってたかって？　いや、あいつは持ってなかった。俺も作らなかった口だから覚えている。確かだ。

竹刀と道着が礼を言って外へでると、灯が入ったラーメンの屋台が賑やかに並んでいた。

「リベンジポルノって、昔からあったんですね」道着がぽそっと、感心したように言う。

「ん……何だ？」

「トイレの落書きですよ。アメリカで問題になってるようです」

「便所の落書きがか？」

「……いえ、写真ですよ。ネットに、元恋人の裸の画像を流して復讐するんですよ」

「誰かさんと誰かさんの相合傘じゃ駄目なのか？」

「……、何か、美味いもの食いにいきましょうか！」

「……」

——やっぱり、怨恨か！

二人は勇んで島へ戻った。

何としても潮崎英雄を捜しださなければならなかった。

竹刀と道着は、潮崎英雄の所在探しに励む。島の出だった。元住んでいた浦を中心に聞き込みに入った。ところが困ったことに、行方が知れなかった。こつ然と消えていた。しかも、親も、父親はすでに亡くなり、母親はずっと昔に失踪していた。兄弟姉妹は元々いなかった。そこへ道着が、本籍地がこの島ではなく、海を渡った長崎県本土の沿海部になっていると騒ぎだした。どういうことだ、とまた浦に聞き込みに入った。

潮崎の一家は、家船（えぶね）の出だった。遠い昔に、この島に漁にやって来て、やがて居ついたらしい。

「家船って、どういうことですかね」と道着。

「さうな……」

もしかして、と竹刀はくだんの弟の許を訪ね、兄は潮崎英雄という名前を口にしたことがなかったかと訊いてみた。弟はトロリとした妙にすわった眼で、相変わらずの床の中から首をふった。

数日後、竹刀は教育委員会から郷土史に詳しい人物のリストを手に入れてきた。リストを眺めながら、長い黒髪に手ぐしを入れていると、坊主頭の同僚が広い肩を揺すらせて、胸の内ポケットを探りながらデスクに近づいてくる。

何事だ、と竹刀は身構える。

入道は一枚のメモを取りだした。「家船のことだが、この老師を訪ねてみな。今、島の風土記を編纂している。まあ、島の太安万侶（おおのやすまろ）ってとこだな……貸しだぞ」投げてよこした。

老師は白いシャツに菜っ葉ズボン、腰には手拭いを提げて迎えてくれた。本で埋まった書斎の大きな机に腰を下ろすと、二人にはソファーを勧めた。

「家船ですか。古い話ですね」

静かに、老師は口を開いた。

「漁業は、基本的に採収活動です。一ケ所に定住していると獲り尽くしてしまいます。人口の増加もあります。ですから、常に移住をくりかえします。漁業の宿命ですね。ところが、船の造りがしっかりしてきますと、むしろ船で暮しながら、移動しながら漁をするという選択肢が生まれました。家船です。

家船とは生活を船で、海で営む人たちです。船で生まれ、船で死にます。屋根を菰やシートで葺くなどした船の漂泊民です。海で獲ったものを魚河岸に出したり、行商などして暮らします。子供も学齢までは船で育ちます。勿論、根拠地となる浦はあります。盆正月、祭りなどにはその浦に帰ります。ただ遠くまで出かけると、その地に新たな根拠地をつくることもあります。枝村といいます。この島の家船の人々は外海地方からの枝村です。

私は教師になったばかりでした。急激な世の中の変化の中で多くのものが消え去ろうとしていました。私は何んとか記録に残したいと焦っていました。そこへ、とある有名な民俗学者がこの島を調査に訪れたんです。私はその噂を聞いて手伝わせてくださいと申出ました。若かったから恐いもの知らずでした。あれこれ準備を進め、さあこれから家船の調査にかかろうという矢先、あっけなく先生は肺炎で亡くなられました。ショックでしたよ。何か、とても貴重なものを失ったようで、ぼう然としましたよ。先生は漁村や離島にまつわる調査では学会でも高く評価されていましたからね」

「調査は、その後どうなりました」竹刀が誘導する。

「私が一人で進めました。弔い合戦のつもりでした。何年も、休みのたびに根気よくその浦に通いましたよ。記憶の層を掘り出すんです。私の青春でした。もうこんなよぼよぼの年寄りになってしまいましたが。思えば私はこの何十年、先生の面影を追いかけてきたような気がします」

「潮崎という一家を覚えていますか？」

「ほお……、覚えていますよ。当時はもう、この島では家船の数は極めて少なかった。そのうちの一家族でした」

「実は、その一家について知りたいんです。どんな些細なことでもかまいません」

「そうですか。まあ、世間にないわけじゃありませんが、悲しいことでした」

「悲しいと言いますと？　たしか、潮崎には男の子がいましたね」と首筋をなでながら、竹刀が補助線を引く。

「夫婦と男の子が一人、三人家族でした。祖父の代に、この島に漁に来るようになったようです。潮崎が跡をとった後は、すでに陸に小屋掛けもしており、盆正月にも元の故郷に帰ることもなかったようです。夫婦は、嫁も同じ在の出ですが、無理にと言いますか、親同士に押し付けられた結婚というわけでもなく、最初は仲良く暮らしていたようです。主たる漁場はこの島々ですが、季節によっては遠出をします。もちろん、男の子も一緒です。本来は、潜って、あるいは船の上からホコでアワビやサザエを採るのですが、潮崎は一本釣りも上手かったようで、長崎の野母半島の方まで出かけるようでした。鯛を釣って街へ、長崎市内などに持ちこむんです。高値が取れますから。夫婦仲が崩れはじめたのは、この遠出がきっかけのようでした。次第に嫁は、都会の華やかさに魅かれていったようです。海に、家船にしがみつく生活に将来がないと思いはじめたのでしょう。男の子が小学に上がる一年ほど前でしたか、突然一人で船を捨てました」

「その後、男の子はどうなりましたか」道着が前のめりになる。

「詳しくは知りません。一、二度言葉を交わす機会はありましたが、どう言ったらいいでしょうか、こう、何んというか、……心をどこかに置いてきたような、寂しそうな眼をした子でしたね。この子が小学に上がることになって、潮崎は何とか子供だけを元の故郷の学校にやろうとしたようでしたが、あちらの親類とうまくいかなかったようです。それで、潮崎は船を売り、新しく家を建てて陸に上がりました。あちこちで日雇いに雇われては生活していたようですが、近くに、大きな煮干などの製造場がありまして、やがてその浜に頻繁に出入りしていましたよ。男の子も可愛がられていたようで、その浜にしょっちゅう泊り込んでは、そこから学校へも行っていたようです」

「その製造場について、もう少し聞かせてもらえませんか?」竹刀がゆっくりと訊く。もうすこし、時間が、情報が欲しい。

「今は、もうありません」老師は首を振る。「一族も皆、都会へ出てしまったようです」

引出しから、老師は国土地理院の二五万分の一の地図を取りだした。竹刀と道着が腰を上げて机へ向かう。

「ここです」と老師はある浜に指を立てた。「いい浜ですよ。とても、奇麗なところです」

竹刀と道着が覗きこむ。

暫くは位置を確認していた竹刀が、例の如く首の後ろを掻くと「こんな名前の浦があるんですか？」と、件（くだん）の、製造場のある浜からほぼ真北に位置する或る入り江を指さして、呻った。「何んともハッピーな地名ですな」

道着も竹刀の指を追う、「夢のような地名ですね！」

老師は竹刀の指先を確認すると、目を細めて微笑んだ。感慨深げに口を開いた。

「製造場の一族の苗字も、そのハッピーな地名と同じですよ。元々はその浦の出です。地名とは面白いものです。ほんの幾つかの文字にその土地の暮らしが、歴史が刻まれています。ストレートなものもあれば、謎に満ちたものもあります。地名は固有のトポスを持っています。トポスというのは、場所のことです。言わば、土地の記憶ですな。記憶というのは不思議なものです。記憶とはある時間のことです。

そしてその時間はある場所、土地を介してしか成りたちません。だから、記憶とは土地でもあるのです。記憶と時間と土地は絡みあっています。同じ一体のものです」

竹刀が気を取り直す。

「男の子は、その後どうなりましたか？」

「中学は地元で卒業したようですが、そのあとはどうも……」

老師は遠い目を、窓の外に向けた。

開けた窓から虫の音（ね）が入ってくる。

トントンと大きな虫が鳴いて、花さんが戸を開けた。殿下がするりとすり抜けて、青年が顕われた。青年は腹が赤くなった大きなボラを提げていた。オジサンも危なさそうに、ギザギザな甲冑を着こんだ、見るからに気が荒そうなガザミ（ワタリガニ）を吊るしている。海の中をくる途中、白い水玉模様の青みがかった平たい石があったので、突（つっつ）いてみたら、いきなりトランスフォームしてハサミが暴れたらしい。卯之吉さんの白い頬には少し引っかき傷がついている。

ガザミを、殿下は水から茹でる。熱いお湯に入れると自分で手足を切り離してしまう。ガザミはお湯が煮立ってくると真っ赤になって怒っていた。ボラを難なく三枚に下ろし、氷水に晒して洗いにする。腸もきれいに洗って串に刺して焼いた。

「卵巣は冷蔵庫に入れておく。カラスミにするといい。十日もすれば食べられるだろう」

十日が待ちどうしそうに、冷蔵庫を振り返ると殿下も座った。

獺祭が始まる。卯之吉さんのコップはだんだんと大きくなっているようだ。カチンと合わせて乾杯する。卯之吉さんが心配そうな顔で、切りだした。

「亜紀さんが、東北から帰ってきたかと思ったら、アパートに閉じこもったままだ。桃にも出てない」

「亜紀さんは探っている」郷も勢いこんだ。「このままだと、谷と浜の秘密があばかれてしまう。亜紀さんは感がいい！　どうしてか三人の気配に気づいている」

「そのことなら……」、殿下はカニの足を一本むしる。「心配することはない。亜紀さんは利発だ。必ず、分かってくれる。この間、卯之吉さんとわしが信号を、サインを送っておいた」

「打合せ通りに、じっと見つめた……」、用心深く、卯之吉さんも爪をむしる。「ウィンクしたかったが、やっとの思いで我慢した。もう少しで呑み込んだ魚を噴きだすところだった」

花さんも、こっくりとうなずくと、足を殻ごと噛み砕いた。

殿下と卯之吉さんは、曲がった鋭い嘴で器用にカニの身をほじくる。郷は一人苦労する。一瞬、あの、鳥獣人物戯画図にもこんな場面があったかな？　と考える。

「気になることがまだある」と郷は、もう一つの懸案事項へ急いだ。「叔父の昔のアルバムを整理していたら、英雄さんの、若い頃の写真が紛れこんでいた。亜紀さんと似ている！　眼差しがそっくりだ。早紀が気づいた」

花さんが、カニの足を皿に戻した。瞳に、情がこもる。尻尾を少しずらすと、黒い円（つぶ）らなその情を郷に向けた。

おもむろに、語りはじめた。

そろそろ話しておこう。

……二人は姉妹だよ！

部屋の、郷の心の、時間が光速で収斂していく。

姉妹？　郷に、自分の声が聞こえてきた。

姉妹だ。

早紀と亜紀が？

姉妹だ。

二人の母は、紀子さんと言って博多の人だ。双子を、二卵性双生児を出産した紀子さんは困窮していた。相手の男は蒸発し、両親は生むことさえ反対していた。追いつめられて、立ちいかなくなって、紀子さんは長女の早紀さんを手放すことにしたのだよ。早紀さんを抱いて島へやってきて、あのカソリック教会の施設に預けたのだよ。

早紀を抱いて、紀子さんという人がこの島へ来た？　施設に預けた？

郷はオウムを真似ていた。

秘密は守られたよ。ただ噂がたった。島のある女性が紀子さんとたまたま博多から一緒の列車に座り、同じ船にも乗った。翌日、その女性はまた、たまたま波止場にいた。紀子さんは赤ん坊を抱いていなかった。その噂が流れたのだよ。二人の父親はこの島の、この浜の出だ。

やっぱり英雄さん！　じゃあ、早紀は！

そう、英雄の子だ。亜紀さんもそうだ。

早紀に知らせないと！

そうもいくまい。私たちは深いところにいる。今は、ゆらぎにゆだねるしかないのだよ。

英雄はハンサムだった。あの愁いをおびた目で見つめられると、女は参ったものさ。カワウソの私でさえもポッとなったものだよ。ただ、お前様も知っているように、英雄の母は、英雄が小さい時に英雄を置いて黙って家を出た。母は都会に焦がれていた。家船にしがみつく暮らしを呪っていた。英雄はいつも淋しそうにしていた。大きくなっても、相変わらず何かを捜しているような目をしていた。一方で、頑固に自らを人とへだてるところもあった。英雄は不安を抱えこんだままだった。それが女には憂いを宿した、虚無な翳（かげ）を持った男と見えた。何とかしてあげたいと思うのだよ。

紀子さんもその一人だった。博多で知りあって、この浜にも連れてきたよ。お主達一族が都会へ出たずっと後、あの春だよ。

春、あの？

郷は、あの春へ急いだ。

花さんの瞳に熱情がこもる。

あの春のことは、鮮明に憶えているよ。英雄と紀子さんがこの浜へ来た数日前、お前様もふらっと浜へやってきた。一目散に竹藪へ入ると、仰向けに寝転んでしばらく空を仰いでいたが、やおら手提げから包丁を取りだすと、手ごろな竹を伐り枝葉を払って竿にし、糸と針を結んでいた。手なれたものと感心していたよ。いい大人が、春ん婆瀬で、わんのこじまを眺めながら、クサブを釣っては子供のようにはしゃぎ、石垣の崖の上の山桜の花に、まるで手放したものを取り戻したかのように、見とれていた。

郷もまた、あの春を忘れたことはなかった。

花さんは目を細める。

あの年の桜はそりゃあ見事だった！　英雄は浜が懐かしかったのだろう。紀子さんにも見せたかったのだろう。ほろほろと舞う山桜の花吹雪の中に、二人して酔っていたよ。それから、長いこと浜に座っていた。紀子さんが施設を知っていたのもその辺りからだろう。紀子さんはせめてもと、早紀さんを英雄の島へ託したのだよ。島が守ってくれると思ったのだろうよ！

お主の祖母ハルさんは英雄を孫同様に可愛がった。お前様も、英雄は三つ上だったが、兄弟のように仲が良かった。それに何よりも、二人とも空想好きだ。お前様は空を見ては、英雄は地べたに座り込んでは耽って(ふけ)いた。子供達はいっときもじっとしては遊ばないものだ。皆が次の遊び場へと駆け去っていっても、英雄はいつもお前様と一緒に、守るように駆けたものだ。英雄の中には、いつもお前様がいた。今も、英雄の頭の中にいるのだよ！

郷が幼い頃、英雄さんは郷の前にふらっと現れた。

——英雄さんは、足を気づかってくれた。そして二人で、皆とは別に、竹藪や岩棚へ隠れたものだった。そんな時英雄さんは、俺は総天然色の夢を見ることができるんだ！　と威張った。どんな夢だったのだろうか——？

花さんが郷の目をのぞきこむ。

ところが、知っているだろう。英雄には小さい時から、放浪癖というか、たびたび行方が分からなくなった。漂泊に魅入られていた。心はずっと母を追い求めていたのだろうよ。英雄の綽名は鉄砲(てっぽ)ん弾(たま)だ。飛んで行ったきり戻ってこない。ハルさんはよく嘆いていたものだ。「何処(どこ)の空の下にいるのやら」と。

——英雄さんはよく学校をさぼっていた。峠の岩に座って、学校から帰るのを待ち伏せていた。どこにおった、と聞くと、あっちこっち、と自慢げに笑うのだった。どこにいたのだろう。あの頃、もう既に違った道にいたのだろうか——。

そして、英雄は紀子さんとこの浜から帰った後、またしてもぷっつりと消息を断った。今度は、本当に消えたのだよ。いくつかの噂が流れたよ。ヤクザに酒代を迫られ、追われて姿を消したという者もいた。どこででも、懲りもせず、付けでよく飲んでいたからな。焼酎甕と言われるほど酒が強かった。陰謀絡みで蒸発したという者もいた。何の陰謀かは誰も知らなかったが。

「なぜ消えたの、何が理由なの？」卯之吉さんが唾を、長い喉に飲みこむ。

婦人が顕われた。

雨が降りしきる日、黙って船を出ていった母を、後で気づいて、泣きながらどこまでも追っていった記憶、母の面影を求めての衝動的な女性遍歴、誰にも明かせない心の闇ということだろう。今はもう、放浪にも、旅の空にも、倦んでいるに違いない！　英雄は帰ってきたいに違いない。お前様が連れて帰るといい……。

沈黙が包んだ。郷は胸ふさがれていた。殿下は冠をゆらしていた。

「ご隠居たちは東北で」、と卯之吉さんが話題を継いだ。「よほどの衝撃を受けたらしい。海や山を大事にするんだ」と息巻いてる。

——やっぱり、卯之吉さんは界隈をさるいているらしい。

殿下は気を取りなおし、姿勢を正した。羽から教鞭をぬいた。講義がはじまる。三人は耳を澄ます。

この国の自然は荒っぽい！　地震、津波、火山の噴火に降灰、台風、豪雨に氾濫、土砂崩れ、豪雪、冷害、旱魃と世界でも有数の激しさだ。それでもこの国の自然は豊かだ！　世界でも希に見る妖しく豊饒な縄文土器を発達させ、狩猟採集の生活を一万年にも亘って維持した。自然がそれほどまでに、恵みにあふれていたことの証だ。

卯之吉さんが、そうだと言わんばかりに右の羽を挙げる。

「この島は今も一緒だ！　秋も遅くから春先にかけて、人々は自然薯を掘り、メジナを釣り、アオサを採り、磯ガキを打ち、穴に灰を吹き込んでは小さな蛸を追い出し、ミナを採り、ツワを、ヨモギを摘み、筍を掘る。どこを見廻しても狩猟採集の世界だ。着てる物は違うが、真剣さは一緒だ」

殿下はうなずく。

激しい地殻変動と永い時が、山と谷と川と平野と複雑に入りくんだ海岸線を造りあげ、豊かな水と四方の海が幸をもたらした。お隣の半島や大陸に暮らす人々もその噂を聞きつけ、この国の豊かさを知った。人々はくり返し渡ってきた。時折、地震が、津波が、火山の爆発がぽっかりと巨大な穴を空け、凄まじい裂け目を切り裂いた。それでもなお、人々は豊かな自然を求めてやってきた。

多様なＤＮＡが住むようになった。

「おいらがいた富山の海も、山も平野もそりゃあ豊かだった！」

懐かしそうに、オジサンが目を細めた。

殿下の冠がゆれる。

だが、今度の破壊は違った。超えてしまった、……放射能だ！　国土に取り返しのつかない傷をつけてしまった。敏感な細胞を持つ生命体である人間が、動植物が、放射能という試練に曝されている。事故原発と核廃棄物はこの国を、これから何百年に渡って苦しめることになるだろう。まだ始まったばかりだ。誰も責任を負おうとしない、負えない負の遺産、恐怖の遺産。営々と果てしなく続く負の労働、酷使。人間というものは思っているほどには当てにならないものだ。この国は試練に立ち向かう意思を本当に持てるだろうか。

　殿下は鋭く目を光らせ、宙を見すえる。

　それでも、原発は人類の生活に不可欠なエネルギーだと、反社会的ではあるが必要悪のリスクだと、東北壊滅と首都喪失の破局を目の当たりにした今も尚、狂気を主張する人々がいる。日本は南北に細長い島国だ。そこを北西からあるいは南東から風が抜ける。原発は海岸沿いにある。万が一にも原発が暴走したら、放射能は太平洋へ、日本海へと抜ける。本州は東西に二つに分断され、あるいは四国が、九州が丸ごと失われる。ただでさえ、巨大な財政赤字をかかえたこの国は破綻にひんする。この国は、文字通り、日本沈没に匹敵する国難に直面している。

　放射能の制御に失敗すればどんなことになるか？　すでに我々はそれを見ている。警戒区域に残された何万頭もの動物たちの惨状だ。多くは殺処分され、あるいは餓死したが、放たれたり、自力で脱出した放れ牛、放れ豚、猪、野生化した犬、猫が、今なお、放射能に曝されている。役所は捕まえては安楽死させているが、放射能の中で新たな生命が誕生し、代を繋いでいる。無人の校舎のグランドに、住宅街に、アスファルトの道路にと、哀しい目をした命たちが出没する。まるで実験場だ！　酷い現実だ。理不尽な現実だ。核と放射能に蝕まれる自画像。黙示録だ！

　殿下は決然と、白い毛冠を逆だてた。青年が顕われた。

　わしには見える。鉄条網で囲まれた立入禁止の広大なエリアが。そうならないことを祈るだけだ。

この国はどこへ行こうとしているのか？

小夜ふけて、妙に妖しく月が射している。ドラマチックだ。三人は青い月明かりのなかを帰っていった。椿林は閂（かんぬき）を掛けて、ひっそりと寝静まっている。

——早紀と亜紀さんは、英雄さんの子供、姉妹！

運命のいたずらか、導きか。それにしても何んという僥倖！

紀子さんという女（ひと）は男が蒸発しても生むことを選んだ。郷は一人の女の性（さが）を見つめた。産着にくるまれて並ぶ双子の姉妹が瞼に浮かんだ。そして、二人は切り離された。

月明かりの海を眺める。燻（いぶ）し銀の海に、運命を運ぶ舟出舟入の銀色の澪（みお）をしるす月影が引かれてあった。月影を、何匹ものカイダコがオーム貝状の真っ白な貝舟を浮かべ、八本の足を櫂にして優雅に漕ぎすすんでくる。と、一艘がスーッと銀の弧を引いて岸辺に寄ってきた。運命は巡る。今宵、すぐ近くで、ある星の流れが変わろうとしていた。

権三は、待ちかまえていた。

足を挫いて、もう七日も飯という飯は食っていなかった。羽をむしり取られた鳥のように痩せていた。昼間、穴に臥せっていると、弱った体を蟻の大群が襲った。夜には、周りじゅうの虫が喧（かまびす）しく念仏を唱えた。かさっと音がして念仏が止んだ。権三は体中の毛穴を開いて聞き耳を立てた。静けさに包まれたぽとりという音が傍に落ちた。椎の実だった。そのわずかばかりの椎の実も食べ尽した。この二日間、よろよろと歩く権三を、トンビが上空を舞いながらいつくたばるのかと偵察していた。

ウが千鳥足で浜へ降りていく。だいぶ酔っ払っている。時間をおいて二人をやりすごし、足を引きずり、音もなく月の光を踏みながらウの後をつける。獲物は相変わらず上機嫌に鼻歌を歌いながら、よろめいている。座る板がある大きな木の所までできた。大きな木は月明かりに影を引きずり、権三は自分の影をお供にして大きな影の中に消えた。そして、にじり寄る。よし、と体を屈めて跳びかかろうとしたその時、いきなりウがばっと羽をMの字に掲げてふり返った。動顛した一瞬、堅い手で横っ面を張られ、吹っ飛んだ。権三は薄汚れた空のボストンバッグのように落ちた。目を上げると、カワウソが腕を挙げていた。ミサゴも鋭い嘴を振る。罠だった。

「権三！　弱肉強食の世界だが、血で血を争う事態はさけたい！」

カワウソが長く太い尻尾で地面を押え、太く短い丈夫な腕を組んで、仁王立ちしていた。

どうにかやっと、恨めしそうに起きあがった権三は、とぼとぼと小道を登っていった。惨めだった。心の底から、生まれたことを呪った。ふらふらと山道へ出た。突然、眩しい光に目くらましを食ったと思ったら、体ごと吹っ飛んだ。気がつくと家の中にいた。体中が痛いが、骨は折れてないようだ。

男がやってきた。奴だ！　あの短い白髪の、背の高い痩せた男だった。逃げようとしたが、動けない。食われる！　必死に呻ると、素早く両手で長い口を包まれた。もうダメだ！　やっぱり食われる、……気が遠くなる。男は、くるんだ権三の口を自分の口の中に入れ、うまそうに咬むと、にっと優しく顔を崩した。権三の心に衝撃が走った。権三は溶けていった。

――この人こそ主人だ！

権三は痛みをこらえ、必死に首を持ちあげ、口を押し開けた。

「ウオォォーン！」と咆哮が、防災放送のサイレンのように、長浜の夜空にこだました。

権三は無意識の心の奥で、永いこと主人を探していたのだ。食べ物をもらった。素直に食べた。体が温かくなり、それから、もの心づいてから初めて、ぐっすりと眠りをむさぼった。姉と兄の夢を見ていた。権三の目から涙があふれていた。

男は一人暮らしで淋しかった。伴侶が欲しかった。ここにも、氷河期以来の友情が、また一つ生まれた。


竹刀と道着は、頻繁に、古い倉庫へと消える。

「古文書を調べているそうだな！　今度は歴史の本でも書くつもりか？」、署の玄関ですれ違いざま、同僚が、赤銅に焼酎焼けした顔を寄せてポンポンと肩を叩いてくる。

博多で潮崎の線が浮上した折、余りにも昔のことなので半分は諦めながらも、フェリーを運航する海運会社へ電話してみた。会社は実に真面目に、以前からの乗船名簿を、出港の港ごとの全てを島の倉庫にストックしていた。署から長テーブルとパイプイスを運び込んで、三十年前の、フェリーの乗船名簿を丹念に洗う。老刑事は眼鏡をかけ、手を伸ばしては遠目に、外しては近くにと名簿をめくる、埃と格闘しながら、めくる、めくる。今日は、午後から道着が一人でめくっていた。二人担当とはいえ他にもこまごまと事件はあるし、雑務も多い。道着が小一時間も繙（ひもと）いていただろうか、そこへ遂に、やはり、兄の、白骨の男の乗船名簿が、目当ての古文書が出てきた。歴史の闇が照らされた。島へ帰ってきた日付が特定された。すわっ！　と、今度は島をでた日を調べにかかると、偶然にも、驚くべきことに、居所不明の、あの潮崎英雄の乗船名簿が目の前に現れた。氏名記載欄に、ライトを浴びて潮崎が立っていた。何だ、これは！　ついてるぞ。まてまて、それじゃあ、島へ帰ったのはいつだ、引き返す。出てきた！　また当たった。凄いぞ、今の内に宝くじを買うか。

　報告を受けて、竹刀も喜色ばんで駆けつけてきた。二人並んで名簿をめくる。ところが、兄が島を出た乗船名簿が出てこない。一方、潮崎英雄は兄に六日遅れて島へ帰り、弟のいう一週間程の滞在が七日間ならば、その翌日に島を出ていた。潮崎は島に二泊したことになる。

　竹刀は首の後ろをなでながら思案する。島に宿は少ない。もしかしたら、二人はたまたま、同じビジネスホテルにでも泊まっていて、がち合わせってこともありえた。兄は、白骨はやはり三十年前に殺されたのか。

「こ、これは！」

　道着が背中をかがめた。

「何だ」と竹刀が覗く。

「これこれ、これですよ」

「ん……こ、これは！」

「でしょう、また大当たりですよ。運がいい、宝くじを買わないと！」

なぜか竹刀が肯いた。

道着が指で押さえた乗船名簿の氏名は、老師に教わったあの浜の、製造場の一族の、あの風変わりな、ハッピーな地名と同じ名前だった。しかも、苗字と名前を続けて読むと、まさしくハッピーそのものになった。同時期に島を訪れていたのだ。正確には、兄に三日遅れて島へ来て、八日間滞在して帰って行った。

竹刀と道着は役場に駆けこんだ。居場所はすぐにも判明した。驚いたことに、現在、島へ帰ってきていた。潮崎より三歳年下だ。幼い頃、あの浜で一緒だったということにもなるのだろう。しかも、ハッピーには、母方の実家がくだんの、白骨が目を覚ました浦にあることも確認された。即ち、土地鑑があったとも考えられた。老刑事はしきりに首の後ろをさする。これは筋だろうか、それとも偶然か。筋と見た。

竹刀は、偶然の一致など世間が騒ぐほどには有りはしないことを経験から見ぬいていた。必ずそこには、目には見えにくいが、因果関係が、悪意にせよ善意にせよ、ある意図が隠されているものだった。取っ付きをつかんだ。ほころびを見つけた。遠い昔にまかれた種が芽を出した、そう見た。潮崎とハッピーな名前が結びつき、そしてストーリーが浮びあがった。島で三人が出会い、その内二人はある共謀を持って、ベクトルが交わる。そして、裂け目が開く。竹刀は長い刑事稼業の果てに、殺意は、異常は、日常の中にひそみ、浮遊していることを学んでいた。ある時、何かを触媒に日常という表層が裂け、異常の穴があく。異界への入り口が開く。しかし、と老刑事はあらためて溜息をつく。三十年前は時効だ。気を取り直して、竹刀はまた、弟の許を訪れた。ハッピーな名前を口に出して、覚えはないかと目を覗いてみた。床の中で、眼球に血管が滲んだとろりとしたその目に、一瞬だが、漣が吹いたようにも見えたが、力なく首をふった。

よく晴れた、風が騒ぐ午後だった。

郷はアコウの木の下で、賑やかに騒めきたつ満ち潮を相手にしていた。

風は不思議だ、と郷は思う。

古代ギリシア人は、世界は四つの元素から成りたっていると喝破した。火と土と水と空気だ。これだけで生きれたらと一度は憧れる根元的な世界観、シンプルな人生観だ。それかどうか、人は死すと火葬、土葬、水葬、風葬の何れかにより四元素の一つに還っていく。

火も土も水も目に見える。空気は見えない。空気は動くことによって、風になって木の葉をゆらし、雲をはこび、海面に翳を刷き、頬を撫でて、自転車で切って、踊って舞って初めて見える。古代中国人は、風は鳥の羽ばたきが引きおこすに違いないと早合点して、風を鳳と記し、やがて、龍が巻きおこすと心変わりし、凡の中の鳥を虫、龍に換えた。実に風は妖獣の息吹。

どこから集まってきたのか、その風が今日は妙に興奮している。

小道を、初老の背の高い男が降りてきた。風になびく長い髪は黒々と艶をおびている。男は気づいて、少し驚いた様子だったが、すぐさま会釈すると渚まで下りていった。両手を上に挙げて伸びをし、ふり返ると、風と一緒にやってきた。

「いい景色ですね。座ってもよろしいですか？」

「どうぞ」と、郷は風を受けとめた。

男はベンチに腰をおろすや、「ほっとする」と独りごちた。瞬間、風が止まった。

「何か用向きでも？」郷は風を向けた。

「いえ。通りがかりです。上から、小島が見えたものですから」

男は恐縮しながら、風をなだめた。

「ああ、招かれて、皆さん時々おりて来るようです」

「こちらにお住まいですか？」突然、男は風を呼んだ。

「この上に住んでいます」郷は風に、応えた。

ヒュ――ッと突如、風が唸った。旋風（つむじ）を巻いて、舞う。

男は風に巻かれた。

「□○□△という人をご存じですか？」

男は待った。

郷も待った。

「いいえ！」

声は、石ころの上を風に揉まれて飛んでいく。

「いい小島です。ほっとする！」

男は頷くと、首の後ろを手でなで、会釈して、風に追われて小道を登っていった。視界の端を、男は消えた。

風が、郷を吹きぬけていく。

――量っている！　覗いている。

花さんは、赤石鼻の岩陰から様子を見ていた。風が巻き、やがて、浜は揺れ、曲がりくねり、不穏な空気が蔽(おお)っている。

――道筋が変わりかねない。引きとめられない内に、やっかいにならない前に……。

# 第十章　巡礼

とうとうやって来た！

二泊三日の教会巡りだ。島を三つも廻る。最後の一つは大きくて、南北に極端に延びきった菱形の骨格を洋上に浮かべ、十字架を連想させる。巡る先は十カ所。ハードスケジュールだ。

フェリーが最初の島へ運んでくれた。ふところの深い浦で降りて、山あいを抜けると教会はあった。郷はこの浦には、何度か訪れていた。親類もいる。白い重厚な建物は三角の尖んがり帽子をかぶっている。ステンドグラスは、青と水色と黄色の細い線で描かれた幾つもの方形が、ずれては重なり合う幾何学の難問だった。白い空間に、モダンなデザインを透かしてクールな光が、幼子を抱いたマリア様に射していた。島の教会では、聖母様が嬰児（みどりご）を抱いてよく散歩をしている。信徒はマリア様の優しさにくるまれて生きることを、死ぬことを願う。マリア信仰こそは島のキリスト教の淵源であるに違いない。弾圧は凄まじかった。じりじりと焼き殺され、切りきざまれた。ある者は追われ、ある者は逃れ、ある者は拷問に耐え切れず苦悩にまみれて踏絵を踏み、それでもなお、いやそれだからこそ、暗い情念を灯しながら、一筋の光を求めて、ひたすらにマリア様の優しさにすがった。弥生さんは長い間、マリア様と一緒にいた。

「幼子を抱いて、マリア様っていつも健気！　勇気を投げかけてくれる。信徒はマリア様と一緒に島へ来たんだ」そう呟いて、弥生さんは手を合わせた。

本道へ戻り、北に向かう。

縦横に枝を伸ばす大きな樹々の奥に、小さな白い木造の教会はあった。並んだ窓枠が淡いパステルブルーに塗られ、入り口には「天主堂」とあった。白とパステルブルーの小堂は鄙（ひな）びた海べりを、一気にリゾート気分に塗りかえた。堂内は木の柱のコウモリ天井になっていた。壁が一面に白い。なぜか、大きなシャコガ貝の殻が置かれてあった。多分、水浴びに、誰もいない時にヴィーナスが訪れるのだろう。一糸まとわぬ姿に天使たちは息をのみ、聖霊はどうしていいかわからない。帰り際、外から、弥生さんは青いパステルの童話の窓を覗き廻っていた。気に入ったようだ。

波止場に戻って、山の緑を映す水辺で時間をつぶしている。弥生さんは一人で、近くの何んでも屋さんの角を曲がって、路地の奥へと探検に消えた。出港も間近に、ニコニコしながら駆けてきた。

港を出ると、左手海上に、巨大な洗濯岩が横たわり、奇岩の崖へとつづく。年老いて、やがて枯れようとしている今なお、岩場に降りて海中に潜り、断崖を、海底の谷を覗き見たい衝動に郷は駆られていた。やがて、リアス式の激しく入り組んだ海域に入った。その複雑な、ジグソーの海岸線には戸惑うばかりだ。幾つもの小島も現れ、重なり、離れて、紛れる。二つ目の島の静かな浦の港に降りた。近くの小さな食堂に座って、郷はちゃんぽんと声を掛けた。奥から出てきた女将は、お冷を出すと、そのまんま外へ出ていってしまった。

「アンタ、父ちゃん。ちゃんぽん！」大きな声が響いた。先ほど波止場で見かけた、見るからにフットワークの軽そうな、油売りのオヤジさんを引っ張ってきた。島では、どの食堂もちゃんぽんが番付のトップにいる。味は店主の顔ほどではないが、微妙に違う。不思議とどれも口に合う。ちゃんぽんは島のソウルフードだ。お昼に「ちゃんぽん！」は島のライフスタイルだ。

先ほど縫ってきた、リアス式の海と島々を望める展望台へと、坂道を曲がりくねり登って行く。眼下の、養殖生簀が四角く円くはめ込まれた入り組んだ海域に、沢山の数の、様々な姿の島々が集ってきていた。帽子をかぶせると、隠れてしまいそうな小さな子供もいる。

「すごい！　箱庭みたい。箱海（はこうみ）！」

弥生さんは歓声をあげた。

そう言えば、食堂のオヤジが、今日は天気も好いし、今頃はさぞ凄いでしょうとか何とか言っていたが、オヤジはこの時間に、寄り合いがあることを知っていたのだろう。

隣島と結ぶ大橋に乗り入れた。日本各地の、島と島を結ぶ橋はとても近代的だ。鄙びた岬に最新技術の粋が持ちこまれる。三つ目の島へ橋を下りて、右折し、海岸を走る。

港や波止場が見えると、弥生さんは必ず寄ろうと誘ってくる。そのつど、杖は波止場の先まで歩き、桃は岸壁から足を投げだし、あるいはビットに座って浦を、入江を眺めている。奇(く)しくも、桃の教会巡りは杖の島巡り、波止場巡りを甦らせてくれた。来たことのある港もあれば初めての波止場もあった。老いて萎んだ魂が幼い頃に戻っていく。皺々(しわしわ)の膜を広げてくれる。楽しい、至福の時間だった。

「おじいちゃん、島は港ばっかり。入江や浦ばっかり！　大勢が漁をしに渡ってきたのも当然よね」弥生さんは明るく、自分に頷く。

目を上げると、白い壁に赤い屋根、堂々とした教会が丘の上から港の二人を見おろしていた。まるで学校のように大きい。「よいしょ、よいしょ」と弥生さんが長い階段を、かけ声で後ろから押してくれる。一段ごとに海は小さく広くなり、遠くなる。息を切らし、骨をきしませて登ると、高い尖塔が待ちくたびれていた。高い白亜の天井と広い空間も待ちわびていた。正面の光の中に、キリストもまた、待ち焦がれていた。巡礼者は二人だけだった。西方の、異国生まれのキリストの博愛は、極東の、小さな島々の人々の心をも照らす。考えてみれば不思議なことだ！　人類の心は一つ心なのだろうか？

赤い屋根を後にした。屋根はいつまでも見えていた。山あいを抜けると、右手に長い砂浜がどこまでも広がっていく。弥生さんは身を乗り出している。郷は車を停めた。娘は浜へ跳びおり、波打ち際まで翔けていくと、大きく両手を広げて潮風を抱いた。ずいぶんと長い間、シャツを風にふくらませ、佇んでいた。杖は堤防にすがっては何とか這いあがり、潮の香をかいだ。何んとも長閑な昼下がり、遥か遠くの渚で、浦人が牛を海に入れている。

しばらく走ると教会はあった。赤レンガ造りの、がっしりとした大きな堂だ。天井は舟底のようになっている。レンガ造りの巨きな船、信徒を護る船。世界には舟形(ふながた)の屋根の家があり、舟形の天井の堂がある。家と船は同じ一つものだ、人々を護る。青と緑の幾何学模様のステンドの光が海中の、水底の神秘さを醸しだしていた。

地図で確かめていた通り、道はそこで山の緑にぶつかり、絨緞の端のように途絶えていた。しかと三次元で確かめると、とって返す。随分と長い時間を左手に海を見ながら走り、右折して山に入り峠を越え、入り江へ出て再び山あいを抜け、大きな湾に着いた。今日、明日と泊まる港町である。途中で、二つの教会に立ち寄った。

波止場に隣接した古い旅館の玄関をくぐった。老体が一服していると、弥生さんが部屋へやってきた。

「おじいちゃん、疲れたでしょう。お疲れ様。乾杯！」

「ん、乾杯！」

テーブルにはお刺身の盛合せが陣どる。郷は刺身を肴にビールで喉をうるおす。弥生さんは楽しそうに食べる。元気な娘さんだ。弥生さんの好奇心は白とパステルブルーの天主堂に還り、シャコ貝の殻に移った。

「おじいちゃん、貝は南洋のどこからきたのかな？」

「うん、信徒の船乗りが持ち帰ったのかもしれない」

「もしかして、南方へ行った兵隊さんが貝と共に無事帰ってきたのかも！」

弥生さんは予想外の言葉を呟いた。

夕食を終えても、外はまだ明るい。二人でぶらぶらと波止場へ足を向けた。大勢の島人が岸壁から小アジを釣っている。面白いように釣れる。杖が桟橋の先まで行ってもどったら、弥生さんは、小太りの若者の傍で楽しそうに見ていた。幸せそうな横顔だ！　静かな、島の夕暮れであった。

弥生は小アジ釣りの余韻にひたっていた。

やがて、思いは故郷の港町に、父と母に還っていった。

弥生は東北で生まれ育った。一人っ子だった。父と母は三陸のある港町で、港の近くで海鮮食堂を営んでいた。幼い頃、夏には、父は港のそばの磯浜と砂浜が混じる海へ、古タイヤのチューブを持ってはよく泳ぎに連れていってくれた。東北の海は夏でも冷たい。弥生はチューブにお尻を入れて手足を出し、父が押し廻ってくれた。母は港町の背後に広がる丘陵を、更に奥へ入った山あいの出だった。中学生にもなると、休みには、母の実家の農作業を手伝いに行かされた。地元の高校を卒業し、東北大都市の看護学校を修了し、父と母の隣町の病院に勤めた。

あの日、弥生は非番だった。アパートにいた。

揺れは凄まじかった。転んで這って何とか外へ跳び出した。騒然としていた。やがて黒い塊が一気に押し寄せてきた。

お父さんとお母さんは……、長い、辛い、不安な時間に、弥生は気が狂うほど苦しめられた。さらに、原発の暴走が、放射能の恐怖が襲ってきた。やっと弥生が実家のある港町に辿りついたのは、五日後だった。生まれ育った町は、道路がいたるところで寸断され瓦礫に埋まっていた。避難者が集まっている体育館、公民館など全てを探した。伝言板を読み、とうとう、遺体安置所にも行った。消息はつかめなかった。

苦しかった。怖かった。胸が張り裂けそうだった。瓦礫の中を、涙をこらえて歩き廻った。瓦礫の中の実家の跡に座りこんで、泣いた。何日も、座りこんで泣いた。父と母は見つからなかった。海へさらわれた。弥生の心は潰れそうだった。

何事であれ物事には理由がある。だから、人生にも意味が、物語がある。学生時代、弥生はそう思っていた。しかし、看護師を勤めるなかで、あどけない子供たちのあまりにも短い、無情な死を経験するなかで、人生は、人の命は意味があるのだろうか、と疑うようにもなった。TVや新聞で、世界の到る所で、幼い子供たちの多くの命が幼いままに失われているのだから。そこには、どうしても物語など見いだせなかった。そして、両親を波にさらわれた今、多くの命が失われたなかで、人生には意味はない、物語などないと圧しつぶされそうだった。

龍に遇った！

途方もないフライトだった。郷は久しぶりに夢を飛んでいた。両手を広げ、台湾海峡を南へ向けて飛ぶ。遥か前方を、台風の雲が塞ぐ。白く輝く厚い壁は尻尾を巻いていた。南シナ海を目ざしているようだ。これまで夢の中で数えきれないほど飛んだが、龍に出合ったことはなかった。それで、目の前にいるのが、雲龍だと気づいた時にはエンジンが高鳴った。あの、頭こそ隠しているが、尻尾を掴んだ気分だった。龍がまき散らす雲は海峡にやってくると雲散し、眼下の輝く青い海には白いウサギが跳ねている。この高度から見つかるとは、余程の大きさの荒波に違いない。風は相当に強い。大陸に目をやると、巨大な寸胴（ずんどう）の積乱雲が二つ、どっしりと座っている。地上近くは黒く豪雨が襲っていた。風がさらに強くなる。落ちそうだ！　龍を追うのはあきらめた。右手を上げ、左へ旋回して、雲の底面と平行に、台湾山脈を横切る。緑濃く堂々たる山塊を越えると、晴れ渡った紺碧の大海原がどこまでも渡っていた。飛びつづける。南の島の、マングローブの上空にさしかかった。頭を下げ低空飛行にうつると、鉄砲魚が水鉄砲を撃ってきた。左手を振って軽々と避ける。シャコ貝の殻が、夢の引き金を引いたのだろうか？

掛け布団を払って夢の名残りを追いだし、カーテンを開けると、真っ青な海が空にいた。今日も快晴だった。駐車場にトヨタの、ブルーのヴィッツがあった。［わ］ナンバーのレンタカーだ。観光客だろうか？

昨日の道を一度引き返す。海辺へ出てしばらく行くと、山裾に背が高いレンガ造りのスマートな教会が、白い丸いドームをかぶっていた。男の子が三人、階段に固まって座り込んではマンガ雑誌を夢中に覗きこんでいる。堂内は木造のコウモリ天井だった。コウモリ傘が造る円（まる）い空間は宇宙の、天国の象徴なのだろう。教会は円い空間の天国を、寺院は仏陀が座す方形の西方浄土を、再現しようと努めてきた。円と四角の記号論。彼岸のモデルハウスを展示しつづけてきた。

また、元の道へ戻る。山あいの途中で北北東へ針路をとり、山道をしばらく走ると浦へでた。文字が消えかけて読めない「○△商店」の前で、老人は丸イスに座りこみ、若い男は軽トラの荷台を掴んでは左足を横に振って体操をし、暇を刻んでいた。のどかな浜辺を進んで、波止場に止めた。干き潮で浅くなった港内に多くの漁船が舫っている。海は少ない水で懸命に舟を持上げていた。顔を並べた漁船の間から、郷は水の中を覗きこむ。船影がゆれる岩の間で、コバルトブルーの小さなスズメダイが四、五匹、鬼ごっこをしている。弥生さんも覗きこむ。眼の下にもう一つの世界があった。スズメダイは小さいが、きっと大人だろう。大人になっても鬼ごっこをして暮らしている。世界とは何んとも広いものだ！　この世界には、世界は幾つもある。雲の上、森の奥、夢の間、病院やホームのベッドの中、公園のブルーテントの下。想像力があれば、世界と世界の間を往き来できる。少しだけれど、優しくなれる。

振り返ると、赤レンガ造りの三層の教会が海を見おろしていた。玄関をかたどる漆喰の白さがアクセントになっている。堂内は、沢山の柱から伸びたコウモリ傘の木目の連続パターンが、白い壁に、見事なまでに映える。神も愛でる精密緻密な均整美。赤と青緑と青に彩られたステンドグラスがにぎやかに光を放っていた。

さらに北上し続けると、壮大な段々畑が迫ってきた。圧倒されて、車を停めた。前も後ろも、上も下も段々畑だ。見上げると斜面に重なり、見下ろすと広がる。信徒たちは奥へ上へと、急な山肌を開拓して入っていった。段々畑を拓くには、石垣を積んで土の崩壊を防がねばならない。骨の折れる労働だ。何代にも渡る営々たる営み、辛く貧しい暮らしの中で人生の大半を石積みに費やした世代もいたに違いない。そんな畑も今、放棄され、草は茫茫と、灌木は悶悶と荒れ果てていた。胸が痛んだ。弥生さんもぼう然と眺めていた。ここにも世界があった。

菱形の天辺まで足を伸ばすことにして、海岸を、山あいを、のんびりと運ばれていく。道筋の教会に立ち寄り、とうとう北端の頂に達した。果てない海が広がり、島もいる。気随気儘な白雲がのんびりと渡っていく。西海の島はあくまでも輝いていた。

「やっほう！」と突然、弥生さんが流れる雲に呼びかける。郷はおにぎりを広げた。弥生さんの口元がゆるむ。宿は卵焼きとウィンナーも奮発してくれていた。ブルーのヴィッツがやって来たが、慌てて、すぐに帰っていった。

笑っているような、泣いているような茫洋とした大海原を眺めつづけていると、しだいに孤独が押し寄せてくる。孤独が海から上がってくる。折り返して南下した。途中で、西日に煙る段々畑を、もう一度眺めた。眩しい逆光の幻視の中に、しかとは見えないが、多くの信徒たちが顕われ、ささやき、つぶやく声が聞こえてくる。石垣のどこかに裂け目が、穴がつながっているのだろう。

宿のある港まで戻り、東へハンドルを切り、小さな島の最後の教会へと向かう。橋を渡り島へ入った。海辺に近く、赤い屋根、正面に水色のドームをのせた石造りの教会が、山の緑を背景にどっしりと座っていた。黄土色の石組は島の山から切り出した見事な砂岩だった。観光客もちらほらといる。堂内は二段になった船底天井造りだった。淡い灰桃色の、パステルな色づかいの船底はやわらかい色合いの花々で飾られている。島椿の花をモチーフにした装飾が優しかった。赤と青と緑のステンドグラスの強い光が、壁を穿っていた。強烈な光が、心を貫いた。

教会の内に自然の光はない。ステンドグラスを透り、濾し入れられた光は聖彩となる。天井に、柱に、床に、光彩が映える。天国の光に充たされた小宇宙、マリア様の宇宙が顕われる。優しさは、いやし。弥生さんの祈りは、ひときわ長かった。

近くに、キリシタン墓地が広がっていた。墓地の近く、小さな船着場に羽をMの字に、卯之吉さんがいた。クリーム色に輝く夕映えを背に、ぽつんといる。深まる秋のブィオロンの音がふるえている。寂しそうだ。浜辺では、子供たちが岩を駆け登ったり、水の中を覗いたりして遊んでいる。

卯之吉さんは、じっと眺めていた。故郷を思い出しているのだろうか？　やがて、卯之吉さんは朧な人影に変容すると、鳥打帽をかぶり直し、大きな風呂敷包を背負って消えた。

卯之吉さんもまた、折を見ては、かつて懸場（訪問地域）だった浦々を訪ね、密かにお得意先を巡っていたのだ。


弥生はおじいちゃんの部屋へやってきた。

もう一度、乾杯する。

おもむろに、弥生は正面に向かい直した。

「おじいちゃん、私ね」

娘は、真っ直ぐに見つめてきた。

「教会巡りじゃないの。巡礼なの。私は、おじいちゃんももう知っていると思うけど、東北の生まれ。一人っ子。あの地震で、津波で、父と母を亡くしたの。波にさらわれたの。今でも行方が分らない」

郷は激しくゆさぶられた。両親の死までは、知らなかった。

「ずっと探したの。本当よ、ずっとずっと探したの。波にさらわれたまま戻ってこないの」

郷はただ、頷いた。

弥生は、堰を切ったように一気に、囲っていた心を開いた。長い間、ずっと我慢していたものが溢れでていった。

私、ずっとずっと、途方に暮れて、宙ぶらりんのまま迷っていたの。迷ってしまったの。そしたら、ある日、父と母の声が聞こえたの。「どうしたんだ、弥生！」って。本当よ！　それで、いつまでもこうしてはいられないと思った。宙づりから逃れないと、どこかへ行かないと、と思ったの。そしたら、看護学校時代に友達と旅行した島があって、教会があったのを思い出して、この島へ海を渡ったの。

島は美しかった！　私の港町のように。特に、浜辺は涙がでるほど美しかった。不思議と、水への恐怖もいつの間にか薄れていった。元々、海は好きだったからかな。今は、水の中にいると父や母を感じる。

友達と訪れた教会に、もう一度、ほら、あの有名な古いレンガ造りの教会に足を運んだの。海辺に佇む姿にほっとした。青銅の像があって、神父さんが子供の肩を抱き、片手を差しだして、何か話していた。多分、世界か、未来か、そんな感じ。中に入ると空気が違った。静かで、厳かだった。祈ったの。

観光ガイドブックを見て驚いた！　本当に沢山の教会があるの。五十幾つも。そしたら、突然浮かんだの。私は二十六歳、それで二十六カ所の教会を巡礼しようと、集めようと考えついたの。父と母を慰めようと決めたの。

そして今日、二十六番目の巡礼、最後の祈りが終わったの。おじいちゃんのおかげ、おじいちゃんと偶然に浜で出あったおかげ。私ね、巡礼するうちに、教会の歴史やキリシタンの歴史も勉強するようになったの、図書館で。

悲しい歴史！　最初はそう思った。でもしだいに、人間ってこんなに強いんだ！　って思い始めたの。悲しくても健気な歴史、生きるということの歴史だって。

島の殿様が病にかかり、大村領にいた神父に助けをこうた。おかげで病が癒えた殿様は、キリスト教の教えを聴きたいと改めて神父の派遣を求めた。こうして、アルメイダと日本人修士ロレンソが島に渡り、布教が始まった。しかし、やがて、一転して、弾圧されて滅んだ。ところが、それから、長い長い時が流れて、島の殿様が大村の殿様に移民を乞うた。大村の外海（そとめ）地方には、まだキリシタンが生き延びており、その人々が五島へ、五島へと渡ってきた。

五島へ五島へみな行きたがる、五島はやさしや人までも、と謡（うた）いながら。

外海の、海が山に迫る段々畑の貧しさから逃れ、信仰を守れると信じたの。

人々は舟で島をへめぐり、ここぞと思う浦や浜辺に降り、あるいは山あいに入っていった。なかには、全部の家族が住み着くには狭すぎて、半分だけがその浦に降り、残りはさらに先へ進んだ。

新参者だから、不便で厳しい土地ばっかり。山と海岸だけ、平地はない。

五島は極楽、行ってみて地獄、とまた、謡った。

それでも山肌に段々畑を拓き、わずかばかりの土地にしがみつき、秘かに信仰を守り、ほんの少しばかりの幸せを頂いた。それから、長い時が過ぎていった。

幕末明治、列強とともに再びキリスト教が遣ってきた。信仰が表に出た途端、また弾圧が始まった。多くの殉教者がでた。その後、信仰は認められたが、教会に復活する人々の一方で、隠れたままの人々も多かった。

おじいちゃんの一族もキリシタン、ね。私ね、おじいちゃんの名前を、苗字を聞いた時には、もう既に、その不思議な、暖かな同じ名前の教会には行っていたの。おじいちゃんの浜と同じように、沖に小さな島を持つ浦の、民家風の教会。おじいちゃんの本棚で教会の写真集を見た時に確信したの。おじいちゃんの一族はその浦の出身に違いないって。だから、一緒に行きましょう、って誘ったの、強引に。それに、おじいちゃんが今住んでいる谷と浜も隠れキリシタンの里。おじいちゃんは私と教会を巡っても、そんな話は一度もしなかった。じっと、こんな私の気ままな行動を見守ってくれた。

私はその内に、キリシタンの歴史だけじゃなくて、島の歴史も勉強をはじめたの。もっと、感動した。遥か昔から、色んな人々がこの島にやってきた。生きるために。アワビやサザエを獲りに海人（あま）が、工夫を重ねた最新の網を持ってイワシ獲りの漁師が、島の木々に目をつけた塩造りが、鯛やブリを狙って一本釣りの漁師が、鯨取り、珊瑚採り、中には海賊もいた。海賊の中には、平和が欲しくて陸（おか）に住み着く者もいた。この島は、何かを求めて、何かに縋（すが）って、人々が寄ってくる島なの。生きるために、わざわざ海を渡って来るの。そうだよね。私もその寄ってきた一人。大げさだけど、私も、そういう生々流転の歴史の中の一人だって気づいたの。決して偶然なんかじゃない、きっと意味があるって。心強かった。明るくなった。もともと明るいタイプだから。もう私は平気。父も母もきっと安心していると思う。今でも寂しいけれど、それは仕方のないこと。元には戻れないもの。前に進まないと。そろそろ、東北に帰らないと。私の町を護らないと。それに、さ迷っているのは、宙ぶらりんになっているのは私だけじゃないの。……繋(つな)がないと。おじいちゃん、私、大人になったでしょう！

弥生さんは目じりをうんと下げて微笑んだ。

そして、朧に、弥生さんは消えた。健気に、精霊(しょうりょう)はいってしまった。

郷を、鼻から目頭に熱いものがしめつけていた。

こうして、死者と杖の巡礼は終わった。

安(やす)さんが逝った。

二日間、無断で現場にこない。余計な世話かもしれないと思ったが、亮一は思い切って尋ねていった。粗末なアパートだった。大きな声をかけたが返事はなかった。鍵はかかってなくて、覗くと持ち物もほとんどない部屋に、安さんは無言で布団のなかにいた。亮一はたじろがなかった。鼻に手を当て、冷たい手の脈もとった。何となく、とる必要もないことは分っていたが。警察に知らせ、長いこと外で待った。自分でも信じられないほど冷静だったが、体は小刻みにずっと震えていた。医師が帰り、葬儀屋さんがくるからと警察も引き払った。安さんには、身寄りはなかった。警察も既につかんでいて、安さんの名前を初めて知った。政安(まさやす)だった。だとしたら、政(まさ)さんだ。どうして安さんになったのか、今はもう聞けない。年寄りの、枯れ木のようにやせた葬儀屋さんがきて、亮一は寝台車にのせるのを手伝い、郊外の会館へついていった。

そのまま、一人で安さんと泊まった。夜遅く、枯れ木が、番頭だと名乗って、酒瓶を抱えてやってきた。並々と湯呑に酒を注ぐと、仏様に供えた。

「飲めるんだろう。まあ、二人で送ろうじゃないか」そう言って枯れ木は湯呑を向けた。「俺は、身寄りのない仏様とは酒盛りをすることにしてるんだ。周りはただの飲んべぇだと信じないがな。こんな寂しい夜は、一人じゃ気が滅入る。楽しく飲みたいだけさ。だいぶ年も離れてるようだが、仏様とは友達かい?」

亮一は、こっくりと頷いた。

「医者の話じゃ、あちこち患ってはいたようだが、あまり苦しまないで逝ったらしい。年も年だし、まあ往生だ。そう悲観するな」

亮一はまたこっくりと頷いた。

「誰もがいつかは死ぬんだ。今日に生まれた赤ん坊だっていずれ死んじまう。この仕事を長くしているとな、人間ってのは結局のところ二種類だと、つくづくそう思うようになる。死んだ人間さ。その方が数もずっと多い。この世のことは全て人は死ぬという前提で運営されている。俺もお前も今はたまたま生きているだけだ。そう考えると気が楽になるだろう」

亮一は、なぜかまたこっくりと頷いた。

すると、「お前に」と枯れ木は亮一ににじり寄った。「お前に、取りあえず教えておかなきゃならんことがある」

「……（何を？）」

枯れ木は内ポケットから一枚の紙を取りだした。二行、簡潔な文が記されていた。

「ほら、これを読んでみろ」

「……（何で？）」と思いながらも口を開いた。

「モルス　ケルタ、死は確かなもの。死んだローマ人の言葉らしい。ヴィータ　インケルタ、生は不確かなもの」

「うちの会社の社是だ。ブィータ　インケルタ、今の社長が本土から持ってきたんだ。まあ、わが社の存立の基盤っていうか、根本だな。忘れるでないぞ」

「……（どうして？）」

「それから、お前は、霊を信じているか？」

亮一はアゴを振った。

「そらゃあいけねぇな。俺は信じてる。時々、見える。だってそうだろう。遺族は霊がいて欲しいんだよ。それを霊なんていませんよと言ったら、次の葬儀はもうこの会館にはこなくなるだろう。霊が見えて、この仕事は一人前だ。それにこの建物の中には、霊が住んでいる」

「……（そんな）」

亮一は、開いているドアから通路を窺う。

「……ん、……まあ、そう気にすることたあない。だってそうだろう。中にはここが居心地が良くて、未だに残っている仏様がいるのさ。それだけ俺たちも感謝されてる、信用されてるってことだ。

社長の話じゃ、こういうのを顧客満足度が高いっていうらしい。いずれ時がくれば旅立っていく。その時まで大事にしなさいって口ぐせだ。島人の魂を安らかに旅立たせる、ってのが我が社の社訓だ。これも覚えときな」

「は、……？」

時折酌をしながら、亮一は枯れ木があれこれ花を咲かせるのを黙って聞いている。

やがてその内に、枯れ木は一升瓶を抱いて寝てしまった。

「ちょっと、ちょっと番頭さん……」


栄子さんは、亮一を観ていた。昨日の夕方、番頭から一部始終を聞いていた。

葬儀は仲間で見送った。亮一は安さんの顔をきれいに拭いてあげた。事務の女性はしきりに涙を流している。町へ嫁いでいる清二の姉だった。葬儀代は会社の社長が持ったと聞かされて、皆ちょっと驚いた。亮一は最後まで付き添い、会館へ戻って、預けてあった手荷物を受け取り、帰ろうとしていた。

栄子さんが駆け寄ってきた。

「あんた、内で働いてみない？」いきなり、ストレートを投げた。

「は……？」

栄子さんは握りを変えた。

「だから、葬儀屋さんになってみない。もちろん！　正社員」フォークを落とした。

「あんたのこと、ずっと見ていたの。ごめんね。あんたはこの仕事に向いている、本当よ。誰でもできる仕事じゃないの。こう、何というか、自分の親族のご遺体は別として、死や死体は究極の他人なの。ご遺体と死体は紙一重のように見えて、実はずい分と違うものなの。しかも、この仕事をしていると、死は日常なものになっていく。だから、他人様にきっちりと向き合えないとこの仕事はできないの。それに、世の中は長生きに、長寿になったの。その分、宗教に頼らなくなった。頼るのは医療、サプリメント。でも限界があるの。人が頼るのは、最後は終活（しゅうかつ）。年寄りもけっこう忙しいのよ。結局のところ、死は死んでいくしか解決の方法がないの。死は生の一部、目的なの。だから、いかに死を迎えるか？　人生を物語にしたいのよ。文学的になっちゃうの。長い時を生きて、人は誰しも試行錯誤の迷いの人生。悔いと悔悟の道のり。人生の最後はきちんと終えたいの。今時、死後の行き先や生まれ変わりを気にする者はいないわ。ただ、生きた証（あかし）が欲しいだけ。要は、あちらに往くにも、死ぬ前に往ってしまっておかないと不安なの、落ちつかないの。万が一、行き先がたとえ地獄であったとしてもよ、生きた証さえあれば、それはそれで往生できなくもないわ。持って死ねるものが欲しいのよ。死んでいくことに、自分で納得できるかってことなの。そんな思いに、真っ正直に応えないといけないの。もちろん、終活なんて縁のない境遇の人々もいっぱいいる。金の有る無しじゃないのよ。どんな生にも、どんな死にも、尊厳はあるの。人の命は平等よ！　今すぐには分からないと思うけど。あなたは、私の見たところ合格よ」

ひと息つくと、栄子さんは名刺を取りだした。それから、亮一の肩を、両手でがっしりと掴んだ。

きょろきょろと辺りを窺い、のろのろと迷走し、台風は結局はやってきた。

あっちこっちの海上で、むせ返るような水蒸気を吸っては、やっぱりむせて吐き出しながら彷徨（さまよ）い歩く。何んとも人騒がせな息の長い渦巻きだ。うねりは三日ほど前から先触れにやってきていた。昨日は水平線に、キングコングのような巨大な灰色の雲が現れると、両手を挙げて警告を発した。今日は、風も強く、雲脚が低く速く千切れ飛び、空気が生暖かい。空も暗くなりはじめている。海は荒れ、高波がわんのこじまの大岩を乗り越え、来るべき破壊の様相を見せはじめていた。郷は飛びそうな物を小屋の中に入れ、サッシの窓を何枚かの厚い板で外からおおう。叔父がこんな時のためにと小屋の造りを工夫してくれていた。

そこへ、清二と亮一が手伝うことはないかと来てくれた。朝、叔父が養生したアコウの木の下のベンチは、念のため再度ロープで固定してきたという。叔父の仕事だから心配はしていないが、漁師の清二のロープ使いならもっと安心だ。ベンチは杖と一緒で、既に郷の一部になっていた。叶うならば、最後の景色はベンチに縛りつけられて焼きつけたい。

郷が礼を言うと、帰りしなに亮一が「俺、葬儀に向いていると思いますか?」と言って、初めて、ゴシック体に体を固めて真正面から見てきた。

清二はキョトンとしている。

「葬儀って、…………お葬式かね」、郷は長い間を噛んだ。

「はい……あ、いえ、髪は、元の黒に戻しますから」

「青年は道路工事といえども」、杖は波止場のヘルメット姿を思い浮かべていた。「通行人の身になって大声で旗を振っておられた。相手の立場に立てるということです。相手のことを自分のこととして演じれる。大事なことです」郷は若者の目を覗きこむ。「青年はその気になりさえすれば、大抵のことはできますよ！」

亮一は、こっくりと頷いた。

浜はすでに大波が打ち寄せて通れない。清二と亮一は坂を登っていった。

「お前、葬儀って何だよ？」

「俺、ヘッドハンティングされたんだ！　葬儀の仕事をしないかって。ほら、郊外んとこの葬祭会館のおばさん！　この間、安さんの葬式があったろう。その時に俺を見ていたらしいんだ。向いてると言うんだ。おい！　俺は、そんなに影が薄いか？　俺に影があるか見てくれ」

「空が暗くて分からないが」、清二が足元を見る。顔をあげた。「なんとなく影がないぞ。お前、向いてるかも……お前はどうしたいんだ？」

「お前、どう思う？」

風に押されて、清二は前を歩く。

「お前はかぶきもんだが、優しい性格だ。体は大きくて腕力はあるのに、いざ喧嘩となると相手のことを考える。下駄に似たまあまあのイケメンなのに、便所のサンダルにも気をつかう」清二は亮一をふり返った。「要するに、じいさんが言うように、他人の立場を考えることができるってことだ。それに、お前が大事なことを口にする時には、もうすでに決心している」

「俺、安さんと仲良かった。気にかけていた。安さんは流れもんだ、身寄りもない、不器用で気も弱い、歳も歳だし。けど誰にも頼らなかった。一人で生きてきた。立派だと思う。安さんは、世間から見れば落ちこぼれかもしれん。でも人を騙さなかった。欲もなかった。だから貧しかった。それのどこが悪い」ここへきて、やっと亮一は決然と弔辞を読んだ。

亮一は暗い空を睨む。

「誰にも話してないが、俺は大阪で、仕事とはいえ人を騙すような営業ばっかししてきた。自分がいやになって帰ってきた。俺は自分の居場所が欲しい。自分に自信が持ちたいんだ」

茶髪が強い風に舞う。

「俺って、本当にネジがゆるんできたのかな？　負け犬なのかな」

「お前は都会で賢くなったんだよ。やってみろ、青年！　人は死ぬ、その死は誰かが面倒みなくちゃならない。大切なことだ。考えたことはなかったが、マジ大事なことかも」

「栄子社長もそんなことを言ってた。お前に相談しようと思っていたのに、なぜか口が勝手に喋った。やっぱ、あのじいさん変だぜ！」

「お前、プレスリーには話したのか？」

「それなんだよ！　プレスリーに話そうと一大決心して面会した」

「ん、何？」

「そしたら、伯父と一緒に、祭の段取りにかこつけて酒盛りをしていた。葬儀をしたいと言ったら、まだ俺の葬式は早い、と伯父がのたまった。そうじゃない、葬儀の仕事をしたい言うと、プレスリーが、俺の葬式もまだずいぶん先になるぞ、ときた」

「マッカーサーのおっかあが、いい加減にしてやらんね、と台所から指令を出してくれた」

「で……？」

「マッカーサーもいるのか！」

「プレスリーは、分かってるって、司令官殿、もう早速、葬儀の営業に来たのかと思ったんだよ。亮一、お前も飲め。伯父さんのはそろそろ準備しといてくれ。乾杯！、と、まあ、いつものおおかな酒の調子だった。やってみろ、ということだ。三人で遅くまで飲んだ。栄子社長から、前もってプレスリーに話がいっていたらしい」


夜半から荒れた。

風と雨が吹きすさぶ。狂おしく叫び、泣きじゃくる。猛り狂った大鴉が、小屋に襲いかかる。翼をバタつかせ、ザザーとこすり、ヒュ――となめる。山はごうごうと唸り、浜にはドドーッと怒涛が打ち寄せ、サ――と飛沫が舞う。音という音が一晩中吼えていた。幸い、引き潮だった。明け方、風は嘆き、嗚咽し、すすり泣き、去っていった。朝、様子を見にきてくれた叔父の話では、山道沿いの杉に幾らか被害がでているらしい。

午後から、叔父と二人して谷と浜を見て廻った。芋畑の石垣が少し弛んでいた。叔父が浜から大きめの石を幾つか拾ってきて、弛んだ所にスコップを差し込んで持ち上げ、手ごろな石をはめ込み、スコップで叩きこんだ。石垣は少しの傷みがやがて崩壊につながる。崩れて大仕事になる前に、気づいた時に修理することだ。谷の椿もたいした被害はなかった。照葉樹は強い。白い幹の木も大丈夫だ。多少は枝葉が折れ、乱れてはいたが、相変わらず天を突いていた。

白骨事件は急展開をみせた。

潮崎英雄の行方は依然として知れなかった。コンビは東京から帰ってきたハッピーに的を絞っていた。秘かに面も確認していた。当然だが、潮崎の居所を知っているかもしれないとも期待していた。竹刀は既に、成り行きから、風に煽られ、唆され、兄の名前をいきなり出して、先手を取ってハッピーを試し、量ったが、反応はなかった。この事件を崩すにはハッピーしかいない。そろそろ、正式に訊ねようと、どう切りだそうかと思案していた。何しろ、白骨が発見された浜に土地鑑もあるのだ。隣の島々への教会巡りにも、道着を張りつけた。しかし、これといった動きは見せなかった。道着は、波止場で豆アジ釣りを楽しんだ。

島では、空港の離着陸時と港の入出港時には警官が出る。この二つの関所を押えれば、島はまずは安泰であり、搭乗者リストのおまけと乗船名簿の付録も付く。不便な島は以外と便利というわけだった。その日、道着はたまたま別件で桟橋を張っていて、軽に一人で乗った、あのハッピーがフェリーに乗り入れるのを見つけた。竹刀に電話すると、お前も乗れ、乗り遅れたら泳げ、と怒鳴られた。慌てて飛び乗って、車は行く先の島でレンタカーを借りることにしたのだった。

ところが、ここへきて、老刑事は迷っていた。白骨は、もしかしたら潮崎英雄ではないのか？　DNA鑑定に依る確証がない以上あり得る線だった。兄が逆に潮崎を殺して、失踪した。乗船名簿の筆跡はどうだろうか？　往復とも同一の筆跡だった。しかし、乗船名簿はあらかじめ書いておくこともできないことではない。それを兄が潮崎から奪い、船に乗り、行方をくらます。偽装が、穴が仕掛けられることは時折あることだ。博多の同僚の話では、潮崎はナットの指輪をしていなかった。兄は自分に見せかけるために、潮崎の死体に指輪だけを残したのではないのか。

そんな時だった。台風の夜、弟が亡くなった。確かに病んではいたが、突然のことだった。癌だったらしい。加えて、台風の襲来で気圧が極度に低くなり、島の上空にはぽっかりと大穴もあいた。葬儀が終わり、弟の嫁が、自分の兄だといって、痩せて背が高く短い白髪の男と二人で、老刑事の許を晴天の霹靂をつれて尋ねてきた。

弟は死の直前に、「兄に殴られ、海に沈めてやると何度も首を絞められ、争い、突きとばして兄を死なせた。殺したのは自分だ」と、「自分が死んだら警察に知らせてくれ」と言い残したという。竹刀は、あ然とした。首の根をしきりにさする。うかつだった！　目の内を、心の内を、覗き切れなかった。そうだった。根はもっと深いところにあったのだ。家族と言う日常の中にも異常は漂っている。むしろ、肉親と言う濃密さの中にこそ異常の渦が巻き、穴があく。魔が出入りする。兄は、粗暴で、狡く、事あるごとに弟から金を取上げ、なけなしの金を最後は力ずくで奪おうとしたという。弟はあのトロリとした、無関心に見えた目の奥に憎しみを隠していたのか？　それとも絶望を！　嫁と白髪の男は参考人として調べを受けたが、二人は関連を、毅然と否定した。

騒然とした中で、捜査会議が開かれ、白骨事件は落着した。が、疑問が残った。指輪だ。弟が犯人なら、衣服を全部剥ぎとっておいて、なぜ指輪だけは残したのか。矛盾をめぐって議論は紛糾したが、慌てていてそこまで気が回らなかったのだろう、と締め括られた。三十年の時間が過ぎていた。

明くる日、老刑事はなぜか、小島のある浜へ戻ってきた。

潮が干いていた。ベンチにハッピーはいなかった。濡れた藻に包まれた石を、爪先立ちで潮の干いた先まで辿る。漣が揺れ、波紋が誘ってくる。水の中を覗きこむと、濡れた藻にズルッと足を滑らせ、ふっと目が眩んだ。感覚が外界と遮断され、……水中に朧な影が映った、……波紋がゆれる……漠とした人影が、ひたひたと寄せてくる……弟、若者、恋人、潮崎、そしてハッピー、……憎しみ、悔恨、哀しみ、流浪、おぼろな人生模様がゆらゆらとゆれ……と……白骨が……暗い大きな眼窩が……じっと見つめてくる……白い顎をわずかにゆらし……にやり……と笑った。

竹刀は、はっと顔をあげた。

——何だ、今のは！　白骨が笑った？

もう一度覗いたが、さざ波だけが揺れている。竹刀は首筋をもみ、頭を振った。この数日、老刑事の頭の中には、ある疑念が浮かんだり溺れたりしていた。

弟はなぜ打ち明けたのだろうか？　黙って、墓まで持っていけばすむことだ。わけがあるのか？　誰かを、かばったということか？　俺が潮崎とハッピーの名前を弟に告げたことが、死の床で告白の引金を引くことになったのだろうか？　弟、潮崎、ハッピー、三人はどこかで繋がっているのではないのか？　それとも、俺がほかの誰かに近づいたのか。最近、俺に近づいてきた奴は？

いずれにしても事件は終った。三十年前の、時効の、自己矛盾の捜査は終わった。

——女房の予想通りになってしまった。

老後の主導権を女房にとられてしまった。それにしても、人の業とは厄介なものだ。白骨は暗い土の中で相応しい生を生きたということか。それも人生であることに変わりはない。

白骨め、さんざん振り回しやがって――。

老刑事は白骨に見たてた手ごろな石を蹴飛ばすや、帰っていった。

山道では、道着が車の側で待っていた。道着の内ポケットの中では、宝くじの精がそろそろいつものように、退散しようかと考えていた。そこへ、道着の手がポケットを探って、確かめにきた。若者の夢と希望がひしひしと伝わってくる。精は暗いポケットの中で、ただただ恐縮するばかりだった。道着は知る由もなかったが、あのハッピーな名前の乗船名簿を見つけた時に、既に運を使い果たしていた。

「奇麗な浜ですね。潮崎はここで何年か暮らしたんですね」道着は小島に見入っている。「潮崎は、ハッピーはどうします?」

「どうしますって、もう捜査は終わりだ」

「そうですよネ。まあ、これで白骨も弟も落ちつく所に落ちついたんじゃないんですか、兄弟。後に、関係者の間に恨みが残らないのは何よりですよ。それにしても、潮崎ってのは、寂しい奴ですね。小さい時から苦労して。島には帰ってきそうもないですね」

「ん……、そんなことはないだろう。人は苦労したところほど懐かしいものだ。それに、この浜の暮らしはそれなりに幸せだったんじゃないのか。永らえていれば、いずれ帰ってくるさ。それより、俺は何か気にいらない。俺たちだけ置いてきぼりにされたような気分だ。あの指輪だ。弟は何で指輪のことを俺たちに喋ったんだ。隠しておくこともできたはずだ」

「誰かが、いずれ話すと思ったんじゃないんですか?」

「ああ、それはまあいい。だが、指輪を抜かなかったのは解せん。なぜ身元が割れかねない指輪を残した。ん……、何だ……いいから言ってみろ」

「ここんとこ、私も気になって、食欲もなくなるし……」

「お前が……」

「そんな目で見ないでくださいよ」

「まあいい、話してみろ」

「それで、事件を最初から振り返ってみたんですよ。そしたら、何度目かの捜査会議の時、誰かが、白骨と添い寝して訊いてみたらどうだ、って言ったのを思いだしましてね。で、一緒に寝てみたんです……もちろん想像ですよ」

「ほおう、添い寝したら、白骨は何を喋った?」

「添い寝して、その指輪は何だって訊いたんです。そしたら、最初はかたくなに歯を閉ざしていましたが、ところが、しばらくして、大事なものなんだ、ってつぶやいたんですよ。で、ピンときたんです。指輪は兄にとっては勲章みたいなものだったんですよ、多分。弟も言ってたじゃないですか。兄はとても自慢していたって。居酒屋のママもそんな口振りでしたよ。悪タレの兄にとって、こつこつとヤスリで削って指輪を完成させたのは、人生の中でもたった一度の椿事、自慢できる、誇れることだったんですよ。勲章だったんですよ。だから、弟もあえて勲章を持たせてやった。墓碑銘のつもりだったんですよ……どうですかね？」

「…お前も、いっぱしになったたな。……その分なら、もう善悪の悩みも解決したようだな。……ん、……言ってみろ」

「私の八〇％は警察官です、……後の二〇％は市民、一般人というか、間合い、引鉄の遊びというか、まあ警察官以外の何かです」

「正解と言えずとも、遠からずだろうな」

「正解を知ってるんですか！」

「俺が知ってるわけないだろう。だがな、世界というか、生ってのは突きつめて考えてみると、何んとも過酷だ。今から百五十年後、この日本中の一億二千何百万人は誰も生きちゃいない。一人残らず死んでしまってる。世界中でだ。善人も悪人も死んでしまう。死んでしまえば、白骨に、土になってしまえば皆一緒だ。まったく、取りつく島もない。実に過酷なシステムだ。俺は捜査のたびに、人の業の深さというものに思い知らされてきた。若い頃は、業という奴は生命そのものの生存競争から生まれるものだと、そのように生にプログラミングされているものだと思っていた。だが年取ってみると、どうもこの業ってのは、人は必ず死ぬという過酷な冷厳冷徹な事実に対して、人の心の奥深くから生じる怖れみたいなものじゃないのか、ある種の怖れへの居直り、反抗なんじゃないのかと考えるようになった。でもな、だからこそ、逆に、怖れることなく、居直ることなく、精いっぱい、まっとうに、その冷厳冷徹な運命を生きてみようっていうアウトローも出てくる。世の中は、そういう名も無き臍まがり達によって、どうにかこうにか保たれている。善には、意味があるってことさ」

「私もいつか死ぬんですね」

「ん、当たり前だろう。まあ、その前に俺が先だ」

竹刀は、あらためて小島を眺めている。

「ハッピーが、例の、妄想男を救助したのもこの浜ですよ」

思い出したように、道着が竹刀の肩に声をかけた。

竹刀の後肩がぴくっ、とゆれた。振り返えると、道着を睨んだ。

「あの、困った野郎を援けたのは若い漁師じゃないのか？　それに、この浜か？」

「いえ、ハッピーもからんでますよ。確かです」

「おい、戻るぞ。急げ！」

「どうしました。顔が青いですよ」


——引き留められなくてよかった！　帰れなくなるところだった。

花さんは安堵に胸をなでおろした。

そろそろ時間だ……帰さないと——。

赤石鼻の先でじっと腕を組んでいた。

郷は浜辺を見ていた。老刑事が水際に佇んでいた。やがて、小屋を見上げ、石を蹴飛ばし、わんのこじまをしばらく眺めていたが、帰っていった。弟の死と事件の顛末は洩れ聞こえていた。遠い昔、小学生の頃、弟には母の実家の海で偶然に出会った。若者はタコの見つけ方、突き方を教えてくれた。親切に海をつれ回ってくれた。無口な人だった。海中にタコを追う若者と少年の姿を、懐かしく思い出すこともあった。

　老刑事は署に駆け込むと、大声で口論している同僚二人を押しのけ、デスクに向かった。電話を握ると負けずと大声で、例の、浜で救助された男を聴取した巡査を呼びつけた。道着にはその報告書を取りにやる。

　巡査は、緊張した面持ちで取り調べに応じた。

「小船で釣りをしていたらしいですが、少しうねりがあって気分が悪かったようで、船べりからコマセをまいていたら、あっ、ゲロのことです、……海中に光の筋が射しこんでいて、それをじっと見ていたら、ふっと気が遠くなって、急に大岩や洞窟がある深い海の底へ落ちていった、と言うんですがね。それからがまた、へんてこな話でして。そしたら、丸太を三つ足したような大蛇と言うか、怪物がいて、そいつがカァーッと眼（まなこ）を開いて、牙を剥いて襲ってきた、と顔を引きつらすんです」

「その怪物がいたってのは、どの辺だ！」

　竹刀が、思わず体を詰め寄る。

「こ、小島の先あたりだそうですが。ほ、本官も、最初は、何か犯罪を隠すためにでっち上げてるんじゃないかと、厳しく問いつめたんですが、どうも、単なる作り話というか、唯の法螺のようです。奴は、釣りは下手なくせに釣り好きなようで、マグロの養殖生簀の近くへきては、生簀を背にして竿は後ろに投げるとかで、あっ、もちろん生簀の外にですが、会社も何度か離れるように言ったそうです。ところが、奴が言うには、海も魚も国民のものだ、そんなに釣らせたくないなら、海に蓋（ふた）をかぶせろなんて噛みつく始末で。漁協の方は、これといった密猟などの悪さなどもしないし、ちょっと変わった釣りキチだと大目には見ていたようです。ただ調べも最後の方になって、奴は小さい頃、よく潜っては小魚を銛で突いて遊んでいたらしく、ある日、キッコリ……、あっ、正式の名前はタカノハダイですが、そのキッコリを追いつめたら、その魚がムナビレをアゴの下で合わせて拝んだ、って言うんですよ」

「……？？……それから」竹刀が睨む。

「と、ところが奴は、その命乞いするキッコリを銛で突いちまったらしいんです。全く罪深い奴ですよ。私ならそんなむごいこと……あっ、すみません。それで、そしたら、次の日、奴が泳いでいると、海の中に怪物が、ネッシーみたいなやつが口をあけて、今度は自分を待ち構えているんじゃないかと怖くなって、それからは海の中には入らなくなった、それで舟にしか乗らないんだなんて、神妙にそんなことを自白していましたが……。ちょっと、あっ、いっ、いえ、だいぶん変わってますが、悪（ワル）ではないようです」

巡査は今度もあっさりと釈放した。

報告書も、まあ同じだった。

竹刀は首筋をさすりながら、考えこんでいた。

――何かおかしい？　あの浜には何か、妖（あやかし）がひそんでいる。

ん、まてよ……そうか！――。

竹刀は喜色満面の笑みを浮かべた。

隣では、道着がもう少し宝くじを買い足そうかと思案していた。


明くる日のこと、夫婦が浜への小道を降りてきた。

「まあ、すごい！」婦人が感嘆の叫び声をあげた。「あなた、こんな奇麗なところ今まで何で黙ってたのよ」

「それより、お前、この浜をどう思う」

「どうって、とてもピクチャレスクじゃない」

「ん、や、やっぱりそうか！　で、そのぴくちゃ……ってのはどういうことだ」

「ピクチャレスク、絵になる風景、ってこと」

「……そういうことじゃなくて、この浜おかしくないか、何か怪しいところないか？」

「怪しいところって、……そういえば」と婦人が小島に手をかざす。「あの島に鬼がいるみたい」

「今は……、桃太郎の時代じゃないだろう」

「あなたって、本当に夢がない人ね。あんなに大きな岩がゴロゴロしているんだから鬼が居たっていいじゃない、……居て当然よ」

夫婦はわんのこじまの方へも足を伸ばしていた。吹く風はなごみ、光はのどかにたゆたう。ゴロタ石の足元が、婦人を、アイボリーのプリーツスカートをくゆらす。

秋晴れの日がつづく。

男はふらりと、わんのこじまへ釣りにやってきた。中学の頃はよくきたものだった。ついでに、あいつの小屋にも寄って、一応声をかけた。なぜか、三郎は離れて、芋畑の畔で罰が悪そうな視線を流していた。往還道を渡る。三郎が先駆けして、大岩に飛び乗ると尻尾で待っている。男は腰をおろして、竿をだす。のどかな海だ。久々に、呑気な気分だった。

夜な夜な、仲間と楽しい酒を飲んでいたのも束の間、女スパイが登場してからは、日々が緊張の連続だった。しかも最近は、その美人スパイも姿を現さない。女に直接にざっくばらんに確かめてみれば、何らかの答えは出るだろうと、スナック桃にいきなり踏み込んだ。懐かしい緊張感だった。しかし、女はいなかった。空振った。レトロな室内は妖怪の溜まり場だった。カウンターの中では、ピンクの割烹着を着た大妖怪が何かの手か足を、フライパンで炒めていた。カウンターの一番奥に小太りのおっさんがいて、時々、ふっとぼやける。ピンクの室内照明のせいだとは思うが、気味が悪い。早々に退散した。

ストレスがたまる一方だった。そして、ふと考えた。

俺は何のために島へ帰ってきたというのだ。首に掛けた双眼鏡を、何となく逆さにして覗いてみた。近くは遠くに見えた。元に戻して足元を見る。ぼやけて、かすんだ。ふと、閃(ひらめ)いた。

「灯台下暗しとはこのことだ。初動を誤った。怪しいのは、双眼鏡を覗いている俺の方か！　もう、やめた、やめた！」

男はやっと悟りを開いた。

男は夜の酒盛りが始まるまでの昼間をもて余し、車を走らせ、島中の海岸を眺め歩いていた。若い頃に大阪へ出た男は、暇を見つけては島へ帰り、親類の車を借りては飛ばし廻ったものだった。それも、やがて、壮年から老年へと足が遠のいていった。やっと還ってきた。本当に懐かしい海だった。マグロの養殖を巡る情報戦を耳にしたので、ついでに、自分でスパイを探してみようと参戦した。なんでんかんでん首を突っ込みたがるのは、元税務署員の因果だろう。双眼鏡を買った。するとも、遠くを眺めるのはこれまた楽しい、秘密めいた冒険だった。遠くは近くに、近くはすぐそこに手が届く。ある日、怪しい女スパイを見つけた。スパイごっこにはまっていった。

「海はいい。故郷はいい。女房もやっと島へやってくる！」

男は両手を上に伸ばすと、大きく欠伸をした。

側には、三郎が寝そべっていた。前足に鼻をのせ、目を上に寄せて男を気づかっている。黄色い首輪を巻いていた。首輪には路上権を保障する鑑札が光っていた。三郎には色は見えないが、黄色は運気が好いと主人が教えてくれた。ある日、主人のお供をすると、白い長い服を着た男から細い針で刺された。玄関を出ると、あの、いつかの長髪の若いのが口をぽかんとあけて、近づいてくるではないか！　三郎はチャッと舌打ちして眼を飛ばすと、尻尾を振って追いはらった。今や、三郎は確固たる地位を確立していた。

主人はやさしかった。新しい名前ももらった。三郎だ！　主人には人間の息子が二人いるらしかった。二、三日前、三郎の目の前で小さいうすい板からピカッと光が走った。それから、主人は手の中で動かしていた。しばらくして板から「犬がいるなら、そちらへ行ってもいいわよ！」と声が弾んだ。主人は本当に嬉しそうだった。

竿を片手に、男は三郎の頭に手をのせ、想いにふけっている。

――あの、柴が死んでずいぶんとなる。

女房は犬好きだ。猫は自分より我がままで非協力的らしい。ずっと昔、夫婦げんかをした時、女房は子供二人は置いて、犬だけを引っ張って跳びだした。柴は女房と一体だった。女房と一緒なら、怪しげな焼き肉屋街だって平気な面(つら)して闊歩した。

つとに、国際的にも知られているように、大阪のおばちゃんは世界最強である。情にもろく、おせっかいで、お笑いもあり。島が活性化することは喜ばしいことだ。

男はさらに、心の奥に入っていく。

やっと、終わった――。

頭にのせられた男の掌を通して、三郎が何かを感じとったらしい。クーン、と小さく鳴いた。

翌朝、まだ明けやらぬ頃、丘の中腹に車がいた。

海が、港が見下ろせる。曙光が射してくる。沖合の定置網に、網起こしの漁船が群がっていく。刺し網が揚げられ、飛沫が、魚が光る。港の端の取り壊された倉庫跡には、すでに雑草が赤黒く生い茂っていた。やがて、車は走り去った。車の中から犬が覗いた。

花さんが戸をくぐった。二人もつづく。

卯之吉さんはマサバを提げていた。新鮮だ！　オジサンはすぐに刺身にした。サバは傷みが早く、生で食するには経験がいる。新鮮なサバの刺身は絶品だ。

コップを合わせ、獺祭がはじまった。

ウのオジサンが嬉しそうに小躍りする。

「エッヘン、コッホン！　弥生さんの教会巡りは実は巡礼だった。やはり、おいらの思ったとおりだ。祈りだった！」

郷が応える。

「強い娘だ。驚いた！　巡礼を、祈りを自分のものにした」

「天晴れな精霊さんだ！」卯之吉さんが引き取った。

郷は頷いた。

「キリシタンのこと、この島のことを真摯に学んでいた。この浜と谷が隠れキリシタンの里だということも調べていた」

「この谷と浜のことは」、とクルークハイト殿下は黄色い深い瞳を郷に留めた。「花さんがよく知っている。お主の一族のことも詳しく知っている。ぜひにも、浜の物語を聞くがよい！」

「花さん。聞かせてくれ！」

卯之吉さんがMの字に羽を広げて、折りたたんだ。

郷も息を吸い、静かに吐いた。心を空にした。

花さんは尻尾を少しずらす。そしてドアを開けた。瞳の奥底に風景が顕われた。

この谷と浜は、隠れキリシタンの里だ。私が幼い頃、ある日、祝言があった。同じ元帳の仲間同士の、うきゆい（婚姻）だ。元帳とは、密かに信仰を守るキリシタンのことだよ。潜伏キリシタン、隠れキリシタンとも呼ばれる。繰り返えされる弾圧を怖れたのだよ。元帳は日頃は、神道斎（しんとうさい）の八幡信仰をよそおい、親類縁者で一単位のグループを結成し、それを〈くるわ〉と呼んでいた。

〈くるわ〉には、じんじぃと呼ばれる長老が三人いたよ。〈くるわ〉毎にお帳と呼ばれる元帳があり、信仰の儀礼の日取りや、ウラッショ（お祈りの文句）などが記されていた。ここから、潜伏キリシタン、隠れキリシタンのことをお帳、元帳と呼ぶようになったのだよ。お帳は、三人のじんじぃの一人がお帳箱に入れて、代々大切に保管していた。そう、お帳箱には、聖遺物のマリア様の着物の切れ端も大切に納められていたよ。

じんじぃは日曜日毎に箱を開け、暦を繰り、儀礼の日取りを確認する。儀礼の日取りを確定することは、一方で、労働のスケジュールを決めるということだ。日取りに従い儀式を行うことによって、日々の辛い労働も耐えられるのだよ。日々の平安が得られ、勤勉が生まれるのだよ。信仰とはそういうものだ。この海岸と山の一帯には、実に八つの〈くるわ〉、元帳があったよ。八つの元帳はわざと集落を形成せず、山奥に、海岸では海から見えない陰に、点在して暮らしていた。

「花さんたち一族と似た暮らしだ」卯之吉さんが、ぽそっと言う。

花さんはつづける。

お前様の祖母、嫁に来たハルさんは本当に若かったよ。ハルは春のハルではなく晴のハルだ。十三歳だったろうか。時々、手毬(てまり)をついて遊んでいたよ。さずかり名(洗礼名)はジュアンナだ。ジュアンナ・ハル。さずかり名のジュアンナは元帳仲間だけの符牒だった。あの海からは見通せない屋敷跡が、当時の住居だよ。私は、あの竹藪を回りこんだ先の小川で、サワガニをとって遊んでいる時に、田んぼ仕事から帰るハルさんと偶然に出逢ったのさ。互いに一目で了解したよ、友達になれると。ああ、ハルさんと私は同じ年の生まれさ。やがて巣立ちをして、私はハルさんの傍に住むようになった。あの白い幹の木の根元だよ。

あの木は、どこから遣ってきたのか、島には他にない珍しい木だ。鯨が浜に寄ってきて潮と共に種を吹きあげた、と語る翁もいれば、鳳(おおとり)が種を嘴にくわえて運んできた、と伝える媼もいた。白い木は大きく成長した。木が棲む時間は長い。何百年も眼下の世界を見守る。知っての通り、時間は神のものだ！　巨木は神が宿るのにふさわしい。神は、この谷と浜を護りに海を越えて遣ってきて、白い木に宿った。一族はそう信じ、その下に屋敷を造った。あの斜面は誰も登ることはなかったし、森は深く、絶好の棲家だった。ハルさんとは時々会ったよ。顔を見合わせるだけで十分だったよ。ハルさんは、浜辺の竈の中の魚を遠巻きに狙っている私たちに、大ぶりなイワシを投げては寄こしたものさ。周りも知っていたが何も言わなかったよ。魚は山ほどあったからな。

やがて、満潮の、茜に染まる暁の頃、ハルさんに長女が生まれた。さずけ(洗礼)は誕生から一週間以内に行う。まず、晴着を着たじんじぃが〈キリシタンになりたいか〉と問う。清二の一族の抱き親が〈ハイ〉と答える。式の進行を務める、とっつぎさん役の山の上の銀爺(ぎんじい)さんが、ああ、そうだった、銀爺さんは召される寸前に教会に復活したよ、赤ん坊を受けとり、それから、さずけの水や供え物を用意する水方役の山横の善爺さんが汲んできた茶碗の水をかけて、洗礼をほどこす。水は、お前様も知っているように、春ん婆瀬の背後の崖から流れ落ちる、あの甘露の水だ。最後にウラッショを口の中で黙唱し、赤ん坊を抱き親にもどす。抱き親は男児ならば男、女児ならば女で、親類の誰かさんだ。さずかり名は抱き親のそれを授かる。抱き親は場合によっては、時としては覚悟がいるものだ。だから、抱き親は実の親同様に身近な存在なのだよ。その後、皆でご馳走を食べたものだ！

三人は聞き入る。

花さんは、梅酒を乾す。そして言葉を紡ぐ。

ある時、若い男が三人流れてきた。佐賀の唐津あたりから来たという噂だった。当時は、多くの人が喰うために、仕事を求めて流れ歩いていた時代だ。中には、流れの、旅の空の下で不覚にも臥せ、倒れる者もいた。この製造場には多くの流れ者が寄りつき、そして去っていったよ。浜には仕事があったからな。そんな渡りの三人だった。その内の一人がハルさんにほのかな恋心を抱いた。周りも知っていが、何にも起らなかったよ。やがて、三人はもっと実入りのいい仕事を求めて去っていった。珊瑚採りだ。島の南西遠くに浮かぶ群島は珊瑚の宝の海だった。日本の各地から漁師が、そして海外からも仲買人が島に殺到し、住み着いたものだ。一人は残りたかったのだろうが、そうもいくまい、二人についていったよ。

それから半年ほどたって、珊瑚漁の遭難があった。何と、三人は嵐の海にこつ然と消えたのだよ。

ハルさんが小川のそばにいた時のことだ。いつもは、梢を高く飛ぶアオスジ揚羽の三匹の蝶が、ハルさんの体の回りをまといつくように、いつまでもいつまでも離れなかった。昔から言われるように、魂は蝶に生まれ変わるものだ。鳥や獣に身を借りては生まれ変わり、海山（うみやま）に遊ぶものだ。三人はこの谷へ、ハルさんの処へ帰ってきたのだよ。三人はどこの出だか分らなかった。たまたま、助かった誰かがこの浜で働いていたことを教えた。浜でも唐津方面というだけで、詳しい故郷は知らなかった。三つの無縁仏が三人の若者だよ。ハルさんはずっと無縁仏を守ってきた。

卯之吉さんの緑の瞳から、透明な粒が零れた。郷は、無縁仏を受けとめた。

殿下は深くうなずいた。そして、翼から教鞭を抜く。

東シナ海は、低気圧が急激に発達する世界でも有数の危険海域だ。台湾の玉山（ユーシャン）で蝶が羽ばたくと、日月潭（リーユエタン）で魚が飛び跳ねると、東シナ海に低気圧が生まれる。バタフライ効果と呼ばれる。大気の最初の小さな動きが、ほんの微妙な振舞いが、やがて途轍もなく大きな予測不可能な大嵐に発達する。空のからくりは誠に複雑怪奇、読み取るのはむずかしい。それに当時は、気象観測所はこの島より西にはなかった。天気は西から東へ向かうものだ。島の西にある東シナ海の気象情報は皆目分からない。漁師は突然、台風並みに発達した低気圧の時化（しけ）にさらされた。

花さんは、さらに記憶の暗がりをさぐる。

三人が亡くなった二十数年前にも、珊瑚漁の大遭難があった。千二百人が亡くなり、翌年にも千人が亡くなった。群島の上を無数の蝶が舞い、渡って往ったという漁師の伝えも残っているよ。ハルさんの親類も帰らなかった。それでも人々はこの島に寄りついては、海底の宝を求めて船を出し、の平安が欲しかったのだよ。同じ人間なのだよ。

夢を追った。

「人間、は、けなげ、で悲しい、生きものだ、な！」オジサンが、声をうわずらせた。

花さんは、瞳を窓外へ、月明かりの海へむけた。

ある朝、浜の海上に、雲間から幾筋もの光が射しこみ、壮大な白く輝くヤコブの梯子が、それは見事な天使の梯子が顕われた。一度、卯之吉さんが登ろうとして転げ落ちた、あの梯子だよ。あの梯子は魂しか登れない。形あるものは、形がある内は、上がれない。じんじぃを迎えに来たのだよ。徴候はあった。一週間ほど前から、じんじぃは、死んだばあさんが夢に迎えにきたと喜ぶようになっていた。梯子も何度か見え隠れしていた。じんじぃは遊び相手の幼い孫に、床の中から、梯子が降ろされていないか、虹が架けられていないか、浜を見てくるようにあやしていた。お迎えを待っていたのだよ。大潮の潮が遠くまで干き終わると、あの青牛の背中から、マリア様の許へ、ばあさんと一緒に安んじて梯子を昇って逝ったよ。大往生だった。元気な頃のじんじぃは、時折、私たちを、まるでこの浜の同じ一族ででもあるかのように、遠くから眺めていたものだよ。

葬式は、まず八幡様の神主を呼んで神道斎でおこなう。神主が帰った後、お神酒と魚を供え、断わり（謝り）のウラッショを唱え、葬式をやり直すのだ。あらためて本来の葬式、死ん届を出すのだよ。魂がいかに自由なものであるか、その真骨頂がうかがえるというものだ。人は、そう簡単には魂を売り渡さないものだよ。そうやって、初めてパライソの門をくぐることができたのだよ。マリア様の着物の切れ端を少し切って、持たせてやった。キリシタンとて、仏教徒と同じように死後の平安が欲しかったのだよ。同じ人間なのだよ。

花さんはしばし沈黙した。

それから、心を絞るように、口を切った。

戦争があった。長く、暗い時代だったよ。キリシタンたちはまた、吹いてくる風に不穏な声を聞き、草のしおれを嗅ぎとり、息をひそめた。敵性宗教だと声高に叫ぶ者もいたのだよ。やがて、戦争が負け戦であることを皆が感じるようになった。敵機も姿を見せるようになった。何と、艦載機はこの辺ぴな浜辺までも通りすがりに機銃掃射していったよ。

花さんは、心を絞りつづける。

戦争は破壊だ。命を破壊するだけでなく、心も破壊するのだよ。味方の心も敵の心も。終戦も間近に、長崎にも原子爆弾が落とされた。この島でも、暴虐な閃光と灼熱は感じたよ。ハルさんの長女は長崎で看護婦をしていた。ハルさんは懸命に長崎へ急いだ。長崎は地獄絵図だった。凄惨な、悲惨なグラウンド・ゼロが、凶暴な巨大な穴が襲っていた。長女を見つけ、連れ帰って必死に看病したが、一週間後に亡くなったよ。長女の宇宙は消滅した。さずかり名はマリア・インマクラータ、無垢(むく)のマリア、だった。マリアの過去と未来は消え去った。アメリカは原罪を負ったのだよ。「アメリカが憎か」ハルさんの口から憎しみの言葉が絞りだされたのは、その一度切りだったよ。抱きの親のフジさんは身をよじって泣いた。長女が幼い頃は、春になると、ご馳走を、甘い色とりどりの寒天をいっぱい作り、背に負ぶってはツツジの花咲く山へ分け入り、風呂敷を広げたものだった。何日も、浜辺に座って泣いていたよ。看病したハルさんも被爆した。

オジサンは息を呑んでいた。

婦人は黙した。

クルークハイト殿下の目に炎が宿った。嘴を開いた。

この国の心の底には、あるものがうごめいていた。見下して、ある国に攻め込んだ。しかし、うまくいかなくなると別の大国のせいだと言い募（つの）った。ところが肝心のその大国から、戦争のための石油や鉄を買うしかなかった。大いなる矛盾だ。結局、この矛盾を乗り越えることができなかった。

心の底でうごめいていたものは、弱さ、恐怖だった。弱さゆえに等身大の自分を見つけることができず、自己本位の驕慢さに陥った。恐怖は怒りとなり、ますます傲慢になった。大国への怒りは憎しみに変わり、憎しみはやがて苦痛となった。苦痛に耐えきれず、パールハーバーを奇襲した。戦争に踏み切った。無責任だ！　苦痛を、無責任を糊塗しようと、精神論を持ちだして、玉砕を、特攻を強いた。深い底なしの堕落。理不尽、不条理。膨大な数の人間が死んでいった。一人一人の名前を呼んでみるといい。一人一人の家族に心を尽くした手紙を書いてみるといい。一人一人に。

お主は、小さいころ通った町の小学校の校歌を覚えているか？

沈んだ殿下の声が、問うた。郷は口ずさんだ。

鷺浦（さきほ）の水はテームスの
岸に通（かよ）いて狭き世ぞ
至誠の梶（かじ）をひとすじに
学びの海を渡りなん

殿下は、頷いた。

この島の海も、遥か英国の首都ロンドンのテムズ川に通(かよ)っていた。黒船は世界をつないだのだ。列強の恐怖に怯え、追いつき、追い越せと必死に学び、一方で、列強にならってアジアの国々を見下し、植民地侵略の野心を剥きだしに、驕(おご)り、暴虐に走った。人間は賢く、愚かで、哀しい。科学が進歩しても、人間が進歩するとは限らない。人間は変わらない。悲しい事実だ。腹が立つほどの真実だ。今もなお、肥大した自我が等身大の自己を見失い、戦争の歴史に、惨禍に、真摯に向き合おうとしない人々がいる。神経過敏な、背伸びした自我が裡(うち)に恐怖を呼びおこし、方向感覚を見失っている。恐怖は心を蝕む。怯える自我が、勇ましい巨悪に、まがまがしい禍(わざわい)にすり寄ろうとしている。悪を生みだそうとしている。

殿下は、白い冠を逆だて深い吐息をついた。朧に、青年がいた。

沈黙がながれる。

花さんが、黒い瞳が、郷を捉えた。

やがて、長男に子供が生まれた。お前様だ。ハルさんはお前様にはさずけを施さなかった。新しい時代の生まれだと悟ったのだろう。戦後の食料難を救うべく、浜はまた活気を取り戻した。お前様の覚えている原風景だよ。豊穣と呼べるほどの賑やかな時代だった。東シナ海に魚がいなくなるまではな。ハルさんと次男の治さんはいつも一生懸命働いた。見事な働き者だった。ハルさんは畑のことは何でも知っていた。どの畑にはいつ、なにを植えたらよいか、どの畑はどのくらいの日照りに耐えられるか、大事な土壌を守るために、どの草は抜き、どれは放っておくか、取った草をどこに積みあげて土に戻すか、流れ寄った藻をどうやって土に敷きこむか、日々の労働を智恵に変えていった。しかし一方で、主は気前が良かった。お前様の父親も浪費した。親子は長崎へ出ては、仕事そっちのけで飲んで遊んだ。思案橋でふり返ることもなく、思切橋を有頂天になって渡っていった。信仰を失っていたのだよ。魚が獲れつづければ、それですんでいたかもしれんが。やがて一族は都会へと逃れていった……。

「人間はどうしてそこまで、酒を飲むのだろう?」卯之吉さんが長い首を二段に、Sの字にすぼめた。

花さんは先へ歩く。

島を去る時、何んと、あの斜面を登ってハルさんが逢いにきた。私の長い生で、崖を登ってきたのはハルさんとお前様の二人だけだ。ハルさんは必ず帰ると約束した。私は耐えたよ。二十年近くが過ぎ、そしてある日、本当に帰ってきた。互いにいい年になっていたよ。ハルさんと主は温泉旅館を転々としながら、必死に働いたそうだ。主は苦労したことだろう。何せ、飛ぶ鳥を落とす勢いの商売をやっていたのだからな。二人は働き、金を貯め、そして帰ってきた。この浜に帰ってきたい一心だったのだよ。大したものだよ。生きるということは素晴らしいことだ! 再び友情を分かちあったよ。

お前様はハルさんたちより一足先に都会へ出た。両親が離婚し、父親が引き取ったが、相変わらず家には寄りつかなかった。しかも中学一年生、苦労したろう。やがて都会へでていた母親が呼び寄せた。それでも、お前様はことある毎に浜へ帰ってきた。なんともこの浜が好きだな。お前様を、小さい頃からずっと気にかけていたさ。遠くから、何度、声をかけて見ようかと迷ったことか。

　郷の頭の中を列車がやってくる。

　お盆を前に、金の卵たちが続々と故郷へ帰る。ホームはあふれる。急行雲仙・西海号が滑りでる。停車場で次々と卵を呑みこんで、名古屋へ這入る。入口から乗れない者は窓からよじ登る。中の乗客も手を差し伸べて引っ張り上げる。立ったまま、通路に座りこみ、ごった返した世界が、ダリアやカンナや百日草やキンセンカの咲き乱れる土手の上の農家の庭先を、車窓の外の別の世界を通り過ぎていった。世界が二つあった。ボオゥーと汽笛を鳴らしながら、車内灯に煌々と照らされ、相変わらずごった返した雑多な姿勢の眠りを乗せて、夜の闇の別の世界を通り抜けていった。世界は二つに分かれていた。一昼夜近く運ばれ、そして船に乗った。島が見えてくると体が震えた。そうやって、裾が開いた粋なラッパズボンをはいて、お盆や年の瀬に帰った。

　ファッションは心の有様を映すものだ。金の卵は都会へ出ても、島で恰好いいものが恰好よかった。都会のはやりには目もくれず、島の心を表象するラッパズボンをはいて、夜汽車に揺られて帰った。心が島にあったからだ。いつの頃からか、都会のはやりを着て、飛行機で帰る世代が登場した。新人類だ。新しいものを食べ、新しいものを着て、都会人へと生まれ変わっていった。心は都会に移った。島は捨てられた。

　花さんの、優しい、つぶらな瞳が郷の目を覗きこむ。郷はなつかしい、デジャヴュを覚える。

「やがて、ハルさんも亡くなった。私の棲家の、白い幹の木を切らないように遺言して。大きな婦人は語り切った。黒い瞳は凪いでいた。しばし皆は無言だった。

人間だった。なつかしさはやさしさ。やさしさはいやし」

居住まいを、殿下が正す。

カシャッと眼を閉じ、シャカッと開く。

この浜は典型的な元帳の里だ。山がちで平地が少ない。山肌を拓いて段々畑をつくった。曽根と呼ばれる。

一八五三年、ペリー率いる黒船四隻の浦賀来航は、長い鎖国の夢を打ち砕いた。すわっと、おっとり刀で駆けつけた旗本、御家人衆はここぞとばかりに刀を抜いた。ところが、鞘の中では太平の世が余りにも長すぎた。抜かれた刀身はここはどこだ、今は何時代だと戸惑うばかりだった。蒸気船はこれまでの帆船と違って脅威だった。何しろ、季節風に関係なくいつでも好きな時に脅しに来れるのだ。結局幕府は異国と次々に条約を締結した。絵踏みの廃止、異国人居留者のための教会の設立も認めた。

こうして、一八六五年二月十九日、長崎の大浦に天主堂が建立された。もしかしてと、神父は教会の正面上部に日本語で「天主堂」とメッセージを掲げ、誰もが参観できるようにした。長い間ひそんでいたキリシタンたちは、三百年近い歳月を経て、偶然にも新しい教会とパードレに出くわした。三月十七日、もしかするとと、十数人の男女が「天主堂」を訪れ、婦人の一人が信仰を告白し、マリア像をさがした。かくして、キリシタンの復活が始まった。いわゆるバチカンの言う「信徒の発見」だ。正確には、信徒が神父を尋ねて行ったのだから、信徒が神父を発見した。四月十二日、イギリスの武器商人グラバーが長崎大浦海岸に初めて蒸気機関車を走らせた。坂本竜馬もまた、亀山社中を起こし、グラバーから銃、弾薬を買いつけては薩長へと流していた。まさしく日本の大転換期だった。

「同じ年なの？」と卯之吉さんが、驚く。

殿下は大きく頷く。

この島のキリシタンたちもやがて長崎の天主堂を、十字架や聖母様を見ることになった。五月のある日、ここから北にある島の、ちょうど傷の療養で長崎にきていた青年ガスパルもまた、神父を訪ね、指導を受けはじめた。神父は島にもやってきた。日本人のキリスト教信仰は未だ御法度だったにもかかわらず、信者たちは公然と信仰を復活し、あるものは依然として隠れた。やがて、長崎奉行はキリシタンたちが仏式による葬式を拒否したのを廉（かど）に、信者の逮捕投獄に乗りだした。浦上四番崩れと呼ばれる四度目の弾圧だ。密かに、七代待てばパードレがやってくるという希望が語りつがれていた。新しいパードレを迎えた今、信者たちは死後の魂をマリア様以外にゆだねるつもりはなかった。こうして、三千人余の信者たちは西日本の各地に流罪となった。信者は流罪を旅と呼んで、耐え忍んだ。

一八六八年、明治元年、幕府は倒れ明治維新となった。キリシタンたちは信仰の自由を希求したが、新政府もまた、高札を掲げキリシタン禁制を踏襲した。こうして、明治元年の、キリシタン迫害がこの島でもはじまった。島の信者たちもまた、死後の魂を手放すつもりはなかった。五島崩れと呼ばれる。この弾圧は実に過酷であった。弾圧は島々の各地に及び、逮捕投獄者は千人余を超え、四十余名の殉教者を出した。

郷は聞き及んでいた。祖先もまた、投獄された。

殿下は急ぐ。

明治六年、このキリシタン弾圧が異国と外交問題化し、政府はやっと禁制を解いた。思惑もあった。異国はキリシタン弾圧を非文明国の象徴と批難した。不平等条約の改正を急ぐ新政府にとっては、文明国を演じることは交渉のスタートでもあったのだ。キリシタンたちは最初は用心深く、しかし、しだいに大きな流れとなって復活していった。あまり知られていないが、幕末明治は日本のキリシタンにとっても大転換期だったのだ。心の自由、信仰の自由を求めての長い闘いが勝利した、大転換期だった。

殿下は、ウィスキーを呷った。そして、白い冠をふりながら朗々と吟じる。

小さな浦々に、山あいに、天主堂が建てられていった。大正から昭和にかけて、教会建築は最高潮に達した。キビナゴ網代（あじろ）漁で富をなした信者たちの功績もあった。さらに、ここから北にある島に生まれた大工の棟梁は、宣教師にレンガ造りや蝙蝠天井といった西洋建築術を学び、多くの教会を設計し建てていった。棟梁は、イエス・キリストが大工であったことも聞き及んでいたに違いない。大工の仕事は人々を護る家を造ることだ。棟梁は信徒を護る天主堂を築いた。天主堂は旅を終え教会に復帰したキリシタンたちの切なる願いであり、信仰の証となった。今も残る、五十余の教会群だ。そして今なお、一万余の信徒が集う。蝙蝠天井の円（まる）い空間の下に佇む時、信徒たちは大いなる平安に充たされたに違いない。しかし、なお旅を続け、或いは旅に慣れ、密かに信仰を守る人たちもいた。隠れキリシタンの人々だ。

殿下は、最後のページをめくった。

人は己のルーツを求める。中には、己を超えて古代までも遡り、国の成り立ちを解き明かそうとする。己の内なる情念がどこからくるのか、それが知りたいのだ。

お主の一族は、遙かな昔、新天地を求めてこの島へ渡ってきた。海からは見えない森陰に住家をもうけ、永い時をかけて、急な山肌を段々畑に替え、谷あいに棚田を拓き、磯浜を漁場とし、人々を寄せては海産物を製造し、連綿と生き継いできた。海山（うみやま）の間で、名もない小島や巨岩や鼻を、その姿形や色で呼びならわして身内にし、瀬に祖先の名を与えては世界を広げ、白い木に宿る神に護られて、永い時を渡ってきた。この谷と浜の風景は、二百余年の永きに亘る元帳の暮らしが、情念が生みだしたものだ。なつかしく、やさしく、いやしに満ちている。風景はそうやってつくられるものだ。人々がそこに暮らしてこそ、風景となる。人々が懐かしく土地を記憶するように、土地もまた、人々を、暮らしを記憶する。だから、谷と浜は人々を呼び寄せる！　遠くから、わんのこじまが招くのだ！　浜と谷は大切な風景だ！　これからもそうだ。世の中には変わらないものもある。

キリシタンの歴史は心の自由を求める闘いの歴史だった。かつて、仏教徒も西方浄土を求めて権力に抗したではないか。人の心は皆一緒だ。権力といえども人の心は支配できない。大事なことだ。

クルークハイト殿下は、おもむろに閉じた。洋服姿の青年が、ぼうとかすかに、ミサゴに重なった。

# 第十一章　英雄

秋も深まりつつあった。

午後もおそく、郷はアコウの木の下に坐っていた。そこはかとなく光が寂しい。わんのこじまをおおう木々に夏の勢いがない。雲までも、もくもくと湧くその意欲をすて、灰色に暗く、旅に疲れているようだ。少し、肌寒くなってきた。郷もこもっていく……

……島には、鹿と同じように、猪の暮らす浜もあった。

猪吉(いのきち)がまだ瓜ん坊の二歳の時だった。この遠く離れた島の浜に小児麻痺が、ポリオがやってきた。浜は町からさらに海岸を歩いて何時間とかかる。どうやって、ポリオはこの浜へ入る柵を見つけたのだろうか?　今もって、猪吉の人生の最大の謎だ。三十九度の高熱が四日間つづいた。町の医者は死ぬからつれて帰りなさいと宣告した、母は死ぬまで置いてくださいと縋った。しばし二人のやり取りの後、猪吉は死ぬまでは病院に残ることになった。わずか二歳の幼獣にして、何と健気な選択だ。

生は理不尽だ。気まぐれに穴がぽっかりとあく。ところが、猪吉は生き延びた。穴は閉じた。しかし、時間は残った。後ろの左足に麻痺として刻まれた。それでも、猪吉は体を動かすことが好きだった。何と、犬かきが泳げたし、相撲もとった。周りの成獣は「足が悪いのにちっともひがんでない。感心な幼獣だ」と褒めた。しかし、猪吉は周りの成獣とは違って、いつか、その時がくれば、そう遠くないいつか、左足は己を苦しめるに違いないと未来を確信していた。左足は、他の誰の問題でもなく、己自身の命題だと分別していた。猪吉が軽やかなトンビに憧れ、空飛ぶ夢に遊んでいることなど、成獣たちは気づく由もなかった。猪吉は成獣とは別の空を見ていた。やがて、一族の都合で、猪吉は大好きな浜から都会へと連れだされた。予期せぬ旅立ちだった。猪吉の風景は一変した。

思春期が訪れ、左足との確執が始まった。母は懸命に働いて、猪吉の未来をつくってくれた。青年期がやって来て、有り余る未来を前に、まだ何者にもなりえぬ自分との格闘が、魂の彷徨がはじまった。父は相変わらずで、居所も定まらず、時折の同行者だった。父は、最期まで謎だった。猪吉が敢て謎を解こうとしなかったのは、なぜだったろうか?

ラジオでジョーン・バエズが歌う。歌が力を、抵抗を持っていた。いつも深夜だった。アメリカとの時差によるのだろう。白黒の小さな箱の中で、ファイティング原田がラッシュした。キューバを、核を巡る危機の中、仲間は世界が終わるから今すぐにもガールフレンドをつくれとけしかけた。

水俣では企業の闇が見え隠れし、誰もがその時どこにいたかを覚えているように、ケネディ暗殺を告げるニュースが駅のホームのスピーカーから流れた。聖火がギリシアから渡ってきて、緑濃い山あいを走り、カラーテレビの中を弾丸（ボルト）・ボブ・ヘイズが走り抜け、チャスラフスカが舞った。

その頃だった。猪吉は左足と和解した。ある夜、思い知らされたように、哀しくなるほどに細い左足をながめていたら、俺、頑張っているよ！　と声がした。可哀そうになった。苦労していたのは、悩んでいたのは、他でもない左足だったのだ。ずっと、健気に生き抜いていたのだ。涙がにじんだ。友達になった。左足は一人の人格となり、猪吉と左足は双子を生きることを選んだ。生涯を共にすることを誓った。和解もまた、予測した未来であったのだが。

ベトナムでは戦火が激化していった。激動する世界の真っ只中で、己の価値観を探し惑う学生の葛藤と騒動に呑みこまれ、万博が遠くで賑わっていた。若者たちは親たちに、不信を、怒りを向けた。戦争で本当は何があったのか、一体何をしたのか、決して語ろうとしない、たとえ語ったとしても己の苦労話に終始する世代に。遠い地球の裏側でチェ・ゲバラが死に、ベトナムの戦禍はなおも拡大し、ナパーム弾の空襲で大やけどを負った幼い少女が、裸で懸命に逃げてくる。怒れる青（あお）獣（じゅう）が心に棲みついた。やがて、怒りを胸に秘め、一つ色の木の葉になって、社会へと出ていった。

急速に、時代は消費へと駆けていった。その向こうには、銭の臭いを撒き散らしながらバブルがにこやかな顔を覗かせていた。

三十も半ばの頃、猪吉は久々に島へ帰っていると、ばったりと、ずっと気にかけていた幼馴染みの亥雄（いのお）と出会った。亥雄もまた、生き延びていた。数時間を亥雄と共にし、次の日、亥雄はフェリーに乗った。小さい頃から、今も尚、運命に翻弄されているかのような亥雄だったが、それでも必死に生きようと足掻いていた。亥雄を見ていると、心が張り裂けそうだった。別れ際、亥雄は、永らえろうぞと小さく呟いた。栈橋からは、遠くからだったが、亥雄は少し離れた後姿の牝と一緒のようにも見えた。あの日は島では珍しく霧が、毛嵐が湧いた。季節外れの寒気が温かい海面に触れ、白い綿菓子で海を包んだ。港に集まった人々は何度か手で払ったが、霧はいっこうに動こうとしなかった。フェリーは海竜の遠吠えのような霧笛を鳴らして、白い中へ隠れていった。あのフェリーはどこへいったのだったか。やがて、亥雄も消えた。風の噂さえも吹くことはなかった。あの亥雄との別れの風景が、ずっと心の中に、スノードームの中の遠い風景のように手元にあった。

案の定、にこやかだったバブルはその形相を一変した。地上げと財テクとブランド病が蔓延し、欲望はたがいを喰らいあい、暴虐の限りをつくし、世の隅で細々と、こつこつと働く者を咎めた。そんな四十代も半ば、ポリオは再び、遙か都会の猪吉を突きとめた。ポスト・ポリオ症候群が発症した。ポリオはまだ左足にいた。時間はやはり、刻まれていたのだ。腰から背中の筋肉が刺すように暴れる。左足が十秒間ほど、全く動かなくなる。一ミリたりとも。会ったことはないが、ロバのように頑固に言うことを聞かない。細胞が死んでしまったように疲れる。最悪の気分とは、細胞の死化を言うのだろう。左足が急速に萎縮し、短くなっていく。ポリオウイルスは神経を殺す。生き残ったわずかばかりの神経が、死んでしまった神経の分まで懸命に、必死に、泣きたくなるのを我慢して、か細く弱い筋肉を動かしていたのだが、長年の酷使に耐え切れず、ショートして燃えつき、痛み、しびれ、委縮が再発するのだった。そのつどに、猪吉は老老介護よろしく、パートナーとして辛抱づよく耐えた。

　都会を生きるのは、従わせるのは簡単なことではない。都会は茫漠として捉(とら)えどころがない。人間は不定な変数として、綱渡りの頼りなさを生きるしかない。人間を標準化し、普遍化し、画一化するメガロポリスで、生まれや生い立ちを排除する大都会で、亥吉はそれでも、それだからこそ、望郷をふところに、思い出を手放さずに、境界を生きた。なぜ？

　生があった。生は役割だ。健気な幼獣を演じ、青獣を期待され、成獣として社会へ出、夫となり、親になり、やっと群れの一端を担い、背が縮み小さく丸くなっていく年老いた親の頼みとなり、そして自らが老獣となる。猪の世で生きていく限り、逃げることのできない生の役割の鎖だ。時には、役割を放棄し、鎖から解かれ、自由になりたいと、地球の裏まで歩きたいと願う。解く猪もいる。猪吉は鎖を断ち切れなかった。断ち切る強さが、勇気がなかった。むしろ役割に甘んじ、鎖に守られた。丸刈りとオカッパ頭の金の卵は、団塊は、高度成長の申し子は、皆と一緒に役割の生を、大量生産の生を生きた。それが猪吉の生だった。

　生は終わってみれば、無に違いない。だから、墓地は静かだ。死者は沈黙する。それが生き方だから。物語などそこにはない。しかし、生きている生は物語を語ろうとする。まして、金の卵は色鮮やかな故郷を想う。物語ったとて、終わってみれば、やはり生は無に相違ないのだが……おぼろな夢なのだが……。


「来とったとね。ほら、もっと顔見せて！」

いつの間にか、叔母が、姉が目を覗き込んでいた。隣に座っていた。

「うん。やっと帰ってきた」

「元気しとったね。足は大丈夫ね？」

「うん。姉さんどうしとったと？　ぜんぜん顔見んから心配しとった」

「ちょっとあってね。長崎の方に行っとったと。かんべんね」

姉は手をとってきた。

「これ、セーター。もう目がぼうとして編みきらん。これが最後たい！」

叔母は嬉しそうだった。久しぶりに童心にかえった。姉の前では、いつもそうだ。安心する。

「足だけは気をつけんとね。また、帰っといで！」

叔母は急いていた。最後に、なぜか、そう言って、姉は小道に消えていった……

父母が離婚した後、高校へ通う叔母と二人で、一年ほどを暮らした。日々の食費にさえこと欠くなか、二人で懸命に生きた。

あの、遠い夏の日の朝。

「待っとけよ。卒業したら姉さんも行くけん！　ね、それまで頑張らんと！」

島を出て母のもとへ行く郷に、姉は、叔母は必死な瞳を光らせて、肩を揺すった。姉に急かされるように船に乗った。姉は泣いていた。姉は郷の足が心配で、心配でたまらなかった。郷のそばで一緒に暮らすつもりだった。郷のそばで、郷の足と、郷の人生と一緒に花咲くつもりだった。

結局、事情があって叔母は島を離れられなかった。島へ帰る度に可愛がってくれた。優しい目で覗きこんでくれた。いつも足を気づかってくれた……

花さんは遠くから、アコウの木の下の二人を眺めていた。震える白いヒゲが、時空の揺らぎを捉えていた。

——もう時間がない。早く帰さないと！　これ以上は命が危ない。

ゆらぎが、頻繁になっている——！

短い手を頬にあてた。


亜紀は東京にいた。

羽田から浜松町へでて山手線に乗った。むやみやたらと大変な数の高層ビルが林立している。驚いた！　幾つか見上げたところで、またびっくりした。ビルはビジネスタワーではなく、住居、マンションだった。縦にとてつもなく細長い長屋だった。ここは日本なのだろうか！　駅の構内で立ち往生した。行き交う人の足がなんとも速い。膨大な人の流れに目がついていけずに揺れる。船酔いみたいに気分が悪い。でも、この仕事はこの都にしかない。ここで手に入れるしかない。

ビジネスホテルで、一日中ベッドに転がって、時々、テーブルの上の、責任感に押しつぶされそうな携帯電話を見ながら、面接結果を待っている。スタジオの返事しだいではもう二社、面接を予定していた。美大生は卒業すると、その多くが行方不明になる。充たされない種族なのだ。それでも、亜紀は何とか、同級生を捜しだして、情報だけは貰っていた。いつも身につけている母の写真を取りだす。小学校高学年の頃の、母と二人の写真。もう一枚は、若い頃の母が木造建物の前で微笑んでいる。懸命に日々の生活に明け暮れた母の、笑った写真はこの一枚きりしかなかった。お気に入りだった。

「頑張ってみる」と声に出して、母に報告する。母が微笑みかけてくる。

亜紀は、何度考えたことだろう。

——早紀さんは母に似ている。

母の名前は紀子。だから私の名前に紀がある、亜紀。早紀さん。面長い顔、細いが勝気な目、そっくりだ。しかも、歩く時の、あの足の運び方も一緒だ……。

突然、辿りついた。

そうか！　これって偶然なんかじゃないのかも。早紀と亜紀。最初に生まれたのが早紀さん、だから早が入る。亜は次、二番目という意味、だから亜紀。もしかして、私たちは姉妹？

亜紀の中に、色を幾つにも重ねる多色刷りの版画が、やっと像を結びつつあった。

——でも、そんなことって……。

携帯電話が勢いよく鳴った。

採用を告げられ、亜紀は手続きにスタジオへ赴いた。条件は厳しく給与も低い。分かっていた。それでもラッキーだった。まずはスタートだ。羽田から長崎へ、沈む陽を西へ西へと追いかけるフライトの窓の外には、夕焼けがずっとつづいていた。アポは事前に取ってあった。

亜紀は応接室に通された。緊張と不安が亜紀を乗っ取っていた。

やがて、会長が入ってきた。

「さあ、勝負だ！」

亜紀は自分を鼓舞した。

二枚の絵を、亜紀は会長に差しだした。

浜を描いたパノラマだった。一枚は日の出の、あふれる満潮の光景だ。遥か、空と海が融けあった水平線に黄金の球がほとばしり、海も空も金色に光り輝き、蜜柑色にけぶる靄からわんのこじまが半分顔をだし、赤石鼻は真っ赤に燃えていた。朝の大気の、圧倒的な振る舞いが描かれていた。

もう一枚は、午後も遅い大干潮の風景だった。浜は遥か遠くまで干いていた。すでに、アコウの木も大岩も日陰に憩い、日なたの磯には岩や石がどこまでも広がり重なり合い、青牛が寝そべり、往還道は磯浜となり、春ん婆瀬もわんのこじまも、日頃は水中に隠している黒褐色の岩下駄をはいて背が伸び、遠くには青い海がよこたわる。圧倒的な遠近感だ。

二枚の絵には、四人がいた。渚には、老人が佇んでいた。半ズボンから出ている左足だけが細い。カワウソが、赤石鼻で両手を前に出して立ちあがり、春ん婆瀬ではウが、羽をMの字に広げ尾羽をピンと突きだし、ミサゴは風切羽と尾羽をはためかせて、空中に悠然とホバリングしている。風景とは一段低い視点から描かれた四人は、その分だけ躍動感に溢れ、浜の情景をいっそう鮮やかに甦らせていた。

会長は、心打たれていた。圧倒的な臨場感で浜が迫る。浜は懐かしく、やさしく、そこにあった。桃源郷があった。絵はまるで、浜を壊さないでくれ、曝さないでくれと訴えていた。亜紀の思いが溢れていた。会長はうっすらと涙を浮かべていた。

「見つけたんだね！」

会長は身を起こした。

「いいえ！　私のイメージ、勘です。勘というか、何か？」

「……何か」

「この仕事をやめさせてください。調査を、打ち切らしてください！」

「調査を打ち切る……そうしたいのかね？」

亜紀は頷いた。

「会長は」、と亜紀は勇気をだして、老人の目をじっと見た。「この浜と、何か関わりがおありなのでしょうか？」

老人は目を閉じた。亜紀は見つめる、お願いする。やがて、会長は白いまつ毛に塞がれたまぶたを押し広げた。小さく頷いた。

そして語り始めた。

「古い話になる。わしは、ここ長崎の生まれだ。まだ、ほんの若造の三十の時だった。事業に失敗して、親の金どころか親類の蓄えまでも失くしてしまった。一族の中には路頭に迷う者まででる始末だ。ものも喉を通らず、絶望の淵をさ迷っていた。独り身ということもあり、生きていくことも無駄に思えた。波止場からふらっと船に乗って、島へ降りた。木賃宿に泊まり、次の日、死に場所を求めてバスに乗った。途中で降りて、歩いていたら海岸へ出た。長い間歩いていたことを覚えているよ。丁度、小島があったので渡っていった」

「会長は浜へ？」

「ああ……」、会長は目を細めた。「大きな岩に座って、それでも長いこと迷っていた。いざとなると決心がつかないものだな。じっと、本当に長い間、海中に射しこむ光を一心に見つめていた。己が海中に吸いこまれるような、不思議な光の条だった。気がついて、ふっと顔をあげると、わしのそばに動物がいた。最初は何かは分からなかったが、カワウソだった。咥えていた魚を岩の上においた。目を離した間に消えていたが、すぐにまた、魚を咥えてやってきて、同じように並べた。と、一匹を、わしの方へ放った。わしに、食べろと言っているみたいだった。わしはカワウソの方へ押しやった。その内に、カワウソは居眠りをはじめた。ところが、わしが立とうとすると、さっと目を開く。わしは座った。また動くと瞼を開ける。わしを見張っているのは確かだった。しばらくして、突然、これは何だ、と思った。カワウソが止める、邪魔をする！　すると、その場が何というか、滑稽で、可笑しくて、爽やかにさえ思えた。結局、わしは何もできなかった。本当は死ぬ意気地もなく、最初から死ぬのは無理だったのだ。腰をあげ、帰り道を辿った」

会長は、満潮の絵を取って眺める。

「ところが、潮が満ちていた」

亜紀が微笑んで、頷く。

会長も笑う、「足を踏み入れると腰下までつかった。カワウソも後をついてきた。浜には大きな水産加工場と家があって、男の子が大竹で組んだ広い干し棚に寝ころんで煮干を齧っていた。子供はうなずいて、煮干を十本ほど持ってきてくれた。その子は足が悪かった。自分では気がつかなかったが、死ぬのを諦めたとたんに腹が減って物欲しそうに見えたのだろう。煮干しは意外なほど美味かった。礼を言って後ろを振り返ると、カワウソはもういなかった。わしは生きる覚悟を決めた。また、長いこと海辺を歩き、気がつくとバスの中にいた。思うと不思議な時間の流れだった。帰ってからも、夢を見ていたのか、精神が弱りすぎていたのか、或いは、魂が別の世界に紛れこんだのか、とも考えた。ずっと心に引っかかっていた」

亜紀の心は高鳴り、熱いものが胸を満たす。

会長は遠い目をした。

「もう一度、親戚に頭を下げた。まだ怒る者もいたが、無事を喜んでくれる者もいた。土木現場で死に物狂いに働き、トラックの運転手になって眠気を払って荷を運んだ。五年後、チャンスが巡って来た。中古のトラックを買って運送屋を始めたところ、偶然にもトラックによる流通革命の流れに乗り入れた。運転手時代に真面目に、懸命に働いたのも幸いした。荷主に認められ、トラックの数は次第に増えて、やがて運輸業界でも大手となった。請われて、他の業界にも進出した。年を取ると」、と老人はいたずらっぽく亜紀を見つめる。「不思議なことが起きる。若い頃は、事業で成功したのは、確かに運もあるがやはり自分の努力、根性だと信じていた。しかしここまで年を取ると、運が八割、九割で自分の努力なんぞ、ほんの僅かなものに過ぎないことが見えてくる。私は上りのエスカレーターを上ったのだ。失敗しても親戚に許してもらった。カワウソにも救けられ、時代の波にも乗ることができた。部下の能力にも助けられ、同業者の間にも善意の先輩がいた。何より、毎日、根気よく働いてくれる従業員がいた。無理も言ったし、無理もやった。今思うと自分が恥かしい時もある。運が良かったのだ。先代の借金を担いで、両手に水が一杯入ったバケツを持って、下りのエスカレーターを上る二代目もいる。可哀相なことだ」

会長は、干潮の絵を取った。

「あの時、カワウソが現れなければ、もしかしたら、自分はいなかった。絶滅の危機にある、絶滅したと聞いて、秘かにカワウソを探してみようと思い立った。そしてプロジェクトを立ちあげた。あの、遠い昔の青春を、今一度確かめたかったのかもしれん。指令書の最重要フィールドこそは、わしがカワウソに救けられた浜辺だ。

調査をこれ以上続けると、あの浜は、私を救けてくれたあのカワウソの浜は壊れる、そう言うことだね。この絵が全てを語っている。あの浜で、わしの魂が別の世界へ紛れこんだことは、うすうすとは信じていた」

会長は、絵をじっと見つめた。垂れた白いまつ毛の下の細い目が光った。

「この、アロハシャツの老人は、あの少年かね?」

「たぶん、そう思います」

「いい絵だ!」

晴れ晴れと、会長は笑った。

「この絵で十分だよ。わしの青春だ!　いいだろう、調査は打ち切ってくれ」

「ありがとうございます。申しわけありませんでした」

亜紀は心から頭を下げた。

二人はしばらく無言だった。

「私の会社で働いてもいいが……」

「やりたいことが見つかったんです。あの少年と浜のおかげです」

「そうかね。頑張ってみなさい。ありがとうございました」

深々と頭を、会長は垂れた。


亜紀は長崎からシーガルに乗りこんだ。

清々(すがすが)とした瞳の亜紀を見つけたシーガルは、なぜか、これが最後のチャンスだと勘(かん)じた。乗客は気づかなかったが、シーガルは三百メートルほどを、本当に飛んだ。シーガルが飛んだのは実はこれが二度目だった。やっぱり、飛べば飛べるのだ。シーガルはやっと、己のアイデンティティを取り戻した。心は解き放たれた。翼走から静かにシフトダウンし、桟橋につけ、亜紀を翼から降ろした。

アパートに帰りつくと、亜紀は早速に荷造りをはじめた。皆、固唾をのんで見守る。押入からケースを取りだした。白く透明なケースの一番上に母のアルバムがあった。取りだして開いてみた。桃色の産着にくるまれた赤ちゃんが眠っている。あどけない眠り。もう一枚ある。こちらは黄色の産着の中で笑っている、笑いかけてくる。二枚は、それぞれ、楕円形に切り抜かれてある。

——これ何？

突然、胸が高鳴り、きゅっと痛くなった。

これって、別々の赤ちゃん！　まさか！――

亜紀はこれまで、二枚とも自分だと信じていた。二枚の写真のトーンは同じだった。目を凝らすと、二枚とも、産着の真ん中ほどで、寝かされた畳の縁が横に走り、元々は一枚の写真にも見える。二人を切り離して、楕円にかたどって貼ってあるように見えた。透明のシールをめくると、写真は、二枚だけは糊で貼ってあった。亜紀は、慎重に剥がしていく。桃色の産着のそれの裏には、「早」と書いてあった。ぶるぶると震える指でもう一枚を剥がす。黄色の裏には、「亜」とあった。

浜のおじいさんに、亜紀は電波を飛ばした。すぐに切って、一瞬迷い、それから怖る怖る、不安な電波を早紀さんに送った。しどろもどろに、謝りながら、「早紀さんのご両親ってどうしています……早紀さんの生年月日を教えてください！」そう、頼んでいた。

二人は堀の石橋を渡り、お城の中に入ると、石垣を左に折れ、事務所で入園券を買い、池のそばに腰を下ろした。

「お母さんの名前は？　どこの生まれ？」

早紀は亜紀の肩に手をおく。

「紀子。博多の生まれです」

「やっぱり！」

「亡くなりました」

「亡くなった！……………お父さんは？」

「私が生まれた時からいなかった。誰か分からない」

「あなたの生年月日は？」

「早紀さんと一緒、昭和…………」

「私と一緒、もしかして双子！　双子の姉妹？」

「多分、私たちは双子」

亜紀は二枚の赤ちゃんを、そして、裏の文字を見せる。

早紀は、二枚の写真をぼう然と見返していた。やがて亜紀の肩を抱いた。

「早苗と雄太はあなたの姪と甥、家族よ。あなたはあの谷と浜の家族よ！」

「家族！　おじいさんの谷と浜の……」

突然に、亜紀の目に涙が溢れた。

早紀はぐっと肩を抱き寄せると、英雄さんの写真を、迷いながらも、取りだした。

「この人、もしかしたら父かもしれない。あなたと目元が瓜二つ！」

亜紀は、男の涼やかな瞳を見つめた。体が震えていた。それから、おもむろに、新たな二枚の写真を早紀に渡した。

「母です。早紀さんとそっくり」

母と娘、二人が肩を並べていた。食い入るように見つめる。目がしらが熱くなってくる。

早紀はもう一枚を見る。

微笑みかけてきた……。

「亜紀さん！　これ！この建物は小学校よ、私が通った村の学校。お母さんは島へ来たんだわ。春よ、桜が咲いてる！」

写真の、背後の木造建物は小学校の切妻の玄関だった。校名の記された表札こそ写ってないが、桜が満開だった。今は、取り壊されて新しい校舎に代わっていた。母は、古い絵巻物の中にいた。

亜紀はやっと赤い糸を手繰りよせた。


夕凪の海はあお黒く、油のように押し黙っている。

郷もまた、アコウの木の下に黙然と座っていた。

トカゲが幹の裏から、メランコリーな顔を覗かせた。

「そろそろ冬支度をして、冬眠に入るよ」

「冬眠している時は、生きている？　死んでいる？」

「長い夢を見ている。夢のうちに夢を見るように……」

「どんな夢？」

「たぶん、春になった夢。でも春になると思い出せない」

人の気配がした。

「春になったら、また会いましょう！」

トカゲは幹を下り、亀岩の冬眠カプセルへと、立派に生えた尻尾を振りながら小走りに去った。

亜紀さんが、隣に腰をおろした。

「おじいさん、お話があるの！」

小屋へ上がり、いつものように窓際に座った。深まる秋の夕暮に、鼠も寂しそうだ。亜紀さんは二枚の絵を取りだした。郷は魂をゆさぶられた。いやしが溢れていた。

「美しい絵だ！　三人を見たのかね」

「二人だけ。うまく言えないけど、私の心がこの谷と浜を覗きこんで、湧きでたイメージ。浜と四人のイメージ、そう、桃源郷！」

亜紀さんはにっこりと、そして言った。

「私、調査をやめました。浜と谷の秘密に気がついたの。谷と浜は、おじいさんの懐かしい心の世界、おじいさんの思いがつくりだした大切な小宇宙、桃源郷。ハマユウのように寄る辺ない者が流れ寄るところ。孤児や失意の人が魅かれるように呼び寄せられてくるところ。なつかしく、やさしく、いやされるところ。何より、私に絵を描くことを思い出させてくれたところ。私、組織をやめました。もう調べたりしません」

「ありがとうございます」郷は深々と頭をさげた。

「おじいさん、私、東京へ行く！」

「東京？」

「私、絵を……人間を描けるようになったの！　この不思議な谷と浜のおかげ。ここに集まる皆のおかげ。スタジオの面接に受かったの。決め手はこの二枚の絵とほら、この絵！」と、もう一枚を広げた。画面をはみ出して、早苗と雄太の顔が笑い、弾けていた。

「おじいさん、私、絵を描くの！　絵といってもアニメ、動画。ほらアニメの映画ってあるでしょう、あれを作る仕事」

首をかしげ、涼やかな黒い眼差しが、郷の目を見あげる。

「私はおじいさんの谷と浜の一員、家族、そうでしょう！」

「早紀と会ったかね？」

「はい。私たちは双子の姉妹！」

郷は、目がしらを押さえた。

「私、谷と浜の故郷があれば大丈夫！　島を出て、人生に挑むの。やっと、また、自分の夢に戻れるの。遠回りだったけど、帰れたの。おじいさん、私、いつか、浜と谷の思い出をアニメの映画にする。なつかしさや、やさしさや、いやしを。おじいさんのこと、ここのこと、決して忘れない！　これ、東北のお土産」

亜紀さんも涙ぐんでいた。そして、浜へ降りていった。お土産は虫が中に包まれた、小さな琥珀の原石、琥珀の小宇宙だった。


ことりこ、と音がして、三人が戸をくぐった。

誰も、魚を提げていなかった。婦人は静かに、青年は厳かに、オジサンは神妙に座りこんだ。空気も、かすかに揺らいでいる。

「亜紀さんは調査をやめた！」

郷は勢いこんで、亜紀さんの絵を広げた。三人もまた、心ゆさぶられていた。

やおら、花さんが郷の正面にきちんと座り直した。切迫した瞳だ。

「もう、お前様もわかっているだろう！　この世界の成り立ちが。遅くならない内に帰らないと。手遅れにならない内に」

郷は花さんの瞳を覗く。「亜紀さんは、どうして三人の存在に気づいたのだろう？」

花さんが、微笑む。

「スイッチが入って、小宇宙が顕われた時、亜紀さんは浜辺のアコウの木の下のベンチにいた。亜紀さんも小宇宙に紛れこんだのだよ。小宇宙は、一見、表面は同じように見えるが、深さが違うのだよ。亜紀さんはより深く、私たちの世界を覗けるのだよ。小宇宙は深いだけではない、開いているのだよ。時間も、行き来できる。そう、桃源郷さ！　亜紀さんは、だから、弥生さんも見えたのさ。それに、いつの間にか、お前様は姉と会っていた。紛れこんだのはもう一匹いる。権三だよ。スイッチが入ったとき、権三はあの鉄砲ユリの藪で、蝶を鼻先で追いながら寝そべっていた。だから、酒盛りの場を覗けたのさ」

「教えて欲しい」郷はとうとう、訊いた。「どうして白い幹に触ったら小宇宙が生まれたのか？」

花さんの瞳が、きらと光りを飾った。

「思いだ。ハルさん、治叔父、そしてお前様と続く、三代に亘るこの浜への思いだ。思いの源泉は懐かしさだ。良い時も悪い時も、楽しい時も悲しい時も、嬉しい時も辛い時も、懸命に生きた。生きることを支えたのは浜と谷への思い、懐かしさだ。三代に亘る激しい思い、懐かしさがやがて内実を獲得し、粒子、エネルギーに変わったのだ。量質転化が起ったのだよ。臨界に達したのだ。ハルさんが白い幹の木を切るなと言って、まずスイッチの在りかを示唆した。世界には時々あることだ。特に、この浜と谷は場が強い！」

おもむろに、花さんが、玄関を振り返った。

ことりことりと戸が叩かれた。おずおずと、静かに開いた。亜紀さんだった。

亜紀さんは、獣と鳥の三人を見つめ、懐かしそうに微笑んだ。

花さんは婦人に変容した。

「全ては分かったかい！」

青年とオジサンも顕われた。

亜紀さんは動じなかった。

「はい。やっと、皆さんに会えました。良かった！　私が絵を描けるようになったのは、四人のおかげです」

深々と、亜紀さんはお辞儀をした。

そして、皆の顔をしばらく見つめていた。それから、坂を登っていった。亜紀さんは、もう一度ふり返った。開け放たれた戸口から、四人で見送った。白いサマードレスは闇に消えていった。

卯之吉さんの目には涙が光っていた。

クルークハイト殿下は闇を最後まで見送っていた。

花さんが郷の肩を優しく、しかし、断固として揺すった。

「さあ、お前様も早く帰らないと！」

「……どこへ？」

「よっぽどここが、居心地が良いとみえる。お前様の姉さん、叔母は今どこにいる？」

郷の脳裏に、姉の、気づかう目がよぎる。

「もう、だいぶ前に亡くなった。若かった。姉は余りにも時間が足りなかった。姉さんの写真をいつも身につけている。私の足をいつもかばってくれた。私は都会を、身一つで生きて行かねばならなかった。時として、都会では、人並みに何とか歩けるということが生存を保障した。飄々と振る舞ったが、平静さの一方で、歩けなくなるのはやはり怖かった。姉さんだけが分ってくれた。共有してくれた。姉さんといると、安心した」

「浜で、アコウの木の下で、叔母に、姉に貰ったセーターはどこにある？」

「………」

花さんが身を乗りだした。

「もう、この世界が、小宇宙が分かっただろう。早く連れて帰れ！　お前様は、二重に、こんなことは場の、浜と谷の意図がないと不可能なことだが、二重に深く、……夢の中から……入りこんだ」

「浜と谷の意図……」

「外からは無理だということだ、中からでないと……、もう場のゆらぎが頻繁になっている。一度、場を閉じないと！　ここへ来たければそれからでも遅くはないさ。早く連れて帰らないと危ない。さあ、早く目を覚まさせてやるのだ。呼び戻せ。一緒に連れて帰れ！」

「誰を……？」

「お前様にはもう、わかっているはずだ。また捨てられるのが怖かったのだよ。だから、いつも、捨てられない前にと、消えたのだよ。捨てられないうちに離れることで、自分を守ろうしたのだ。お前様が連れて帰れ」

「……わかっているよ。もう、わかっている。でも、みんなはどこに？」

「我らは」、クルークハイト殿下が言った。「お主が帰る世界にいるさ」

「千代に三千代の別れじゃないさ。あんさん、また会おう！」

卯之吉さんが、これまで見せたことのない強かな目をして抱いてきた。

花さんが手を握る。

空気が、視界が大きく揺れ、ゆがんだ。闇が降りた。奈落へ踏み落ちるように、郷は帰った。

モノクロの万華鏡を覗くように、斑に虚空が流れる。果てしない虚空の中を、無数の、全身の細胞の数と同じ数の哀しさと遭遇しながら、帰っていく。目を見開き、まじまじと見つめる。人の孤独がやっと見えた。生命の細胞の一つ一つが孤独なのだ。孤独は人の、生の常なのだ。目的なのだ。幼い頃、あの亀岩で怯えた実存、もの哀しさは、さみしさは、これだったのだ。郷はやっと深い安堵に満たされた。さらに、斑を流れ落ちる。英雄さんが見当たらない……

そうか！　……さらに落ちる。見つけた、……やっぱり居た。間違いない！「英雄さん」と呼ぶが声がでない。もう一度必死に叫ぶが声にならない。立ち竦んでいる英雄さんの手を、郷はしっかりと握った。決して離さなかった。英雄さんを連れて帰った。


男はベッドの上で目を覚ました。

手足と頭に、管（くだ）や線が繋がれていた。右後方に、モニターのディスプレイがあって、三本の光が電子音を担いでぶらぶらしている。

男は夢を見ていた。郷（あきら）の夢だった。きれいな総天然色の夢だった。郷は島へ帰っていた。浜と谷で暮らしていた。

看護婦が来て気づき、あれ、と言って駆け去って、すぐに医師とやってきた。医師はしばらく、ペンライトで目の中を、何かを、多分、夢を捜していた。若い医師はふと思いついたように、問診した。

「名前が、自分のお名前が分かりますか？　言ってみて下さい」

男はもぞもぞと口を開いた。

「潮崎英雄（しおさきひでお）、です」


――帰ってみるか？

英雄は思いなやんでいた。

飯場暮らしを流離（さすら）い歩き、気の遠くなるような歳月が流れていた。年老いてからやっと一緒に暮らした女も逝った。

それでも、迷っていた。その間に、帰りのバスは何台となく通り過ぎていくのだった。そして、呟くのだった。

今更帰って何になる。遥か昔に捨てた島だ——。

ある日。

英雄は雑踏の中にいた。潮が湧いてきた。目の前に、満潮の浜が顕われた。

帰れといっている。

足元にあふれる満ち潮に立ちつくした。

覚悟を決めろと。

海が心のなかに広がった。

ためらうな。

もうずいぶんと旅をしてきたではないか。

踏み出せ——。

やがて、潮が溢れくるように、心も決まった。帰ろうと決めた。

五月も半ば。

大波止の、朝陽があふれるターミナル・ロビーは思いのほか混みあっていた。半円の窓口で、今も暮らしている方言のちょっと早口で親切な乗船券を受けとり、窓際のベンチに、期待と不安な身体を預けた。一面のガラス張りの向こうに、歴史を彩った港町が賑やかにざわめいている。海は凪いでいた。前の席では年配のカソリックのシスターが二人並んで、小さな声でダイエットの話題に興じている。一瞬、二人はゆれる光に包まれた。間もなくして、乗船開始を告げる黄色い声のアナウンスが、おぼつかなげに渡っていった。腰を上げる。

ボーイング929・ジェットフォイル・水中翼船シーガルがスタンバイしていた。船首と船尾に生えた二対の水中翼を入念に羽づくろいし、ウォータージェットのフォーミングアップもすませ、タービン・エンジンの静かな鼓動が船べりを伝っている。高い煙突からシーガルは、笛を鳴らした。桟橋を離れ、辺りを見廻して静々と水面（みなも）を切る。あわてて、たどたどしくシートベルトを締めた。しばらくして加速し、スピードに乗ってくっと船体が海上に浮く。水中をフラップで切る翼走に移った。

——鯨の背に乗って、滑走する！　心地よい振動だ。

とうとう島へ帰れる——！

いつの間にか、眠ったようだった。


英雄はシーガルに乗りこんで、しばらくして倒れたのだった。

シーガルは、これは大変と長崎へ引き返した。シーガルは港に着いてから気づいたのだが、余りにも急いだので、空を飛んだような気がしていた。その内に、いつか、本当に飛べるのかどうか確かめようと決めた。皆には内緒にしていたが、冬になると時々カモメが舞い降りてきて、シーガルの船べりに止まっては「図体ばかしでかくて空も飛べない。お前もいつか飛んでみろ。海も空も、もっと広いぞ！」と体の二倍もある大きな長い羽根を広げて見せては、黄色い嘴でからかった。

英雄は病院へ運ばれ、五日間、意識を失っていた。意識を失った原因は医師も掴めていなかった。

「夢を見ていた！　峠にいたら、郷が帰ろうと手を取ってくれた」

そう、英雄は医師に答えた。

「では、その夢を……臨死体験を、よく思いだしてみて下さい！　どんな、そして、誰の夢でしたか？」

その方が回復が早い、若い医師はそんな面持ちにも見えた。

英雄は、朧な夢路を追いかけた。夢の断片を集めにかかった。

郷がアコウの木の下で遊んでいた。郷は相変わらずだった。ちょっと見た目には、一人では通りの向こう側にも渡れないようふりをしているが、気がつくともう向こうにいる。どこかで、覚めているところがある。その一方で、ひょうきんなところも。うらやましい生き方だった。治叔父は畑にいた………若い漁師と茶髪、それから絵描きさん、娘さん、若夫婦と子供ら……獣……鳥、老人たち……刑事……大勢だ……そして白骨……それから……何だろう……浜と谷……わんのこじま……この夢は、何だろう？　それに、誰の夢だろう……俺の夢？……郷の？……一体、誰の夢なんだ？　英雄は夢を見ることには堪能だった。それでもこれほど自由に、賑やかな夢に乗っ取られたことはなかった。英雄は懸命に思い返していた。

それから三日後、英雄は退院した。

看護婦が「潮崎さん、お元気で！」と、独り身を気づかってか、玄関まで送ってくれた。

英雄には、もう、誰の夢かは分かっていた。夢の断片を繋ぎ合わせて、見つけだしていた。

――浜と谷の夢なのだ！　谷と浜が、俺の意識の中で見た夢だ！

人と世が移り変わっても、谷と浜だけは変わらない。浜と谷が人々を誘い、呼び寄せ、人々は暮らし、去ってく。浜と谷が、小さい頃のように、俺にまた、手を差しのべてくれたのだ。意識が失われていくなかで、危うくなっていくなかで、わんのこじまが呼び戻してくれたのだ――。

白骨の正体にもまた、見当がついていた。ずっと昔に、工事現場で偶然に掘り当てたあの骨に違いなかった。そして、意識を失った原因もまた、分かるような気がした。

――俺の遺伝子は、島のそれだ。意識不明の原因はシーガルが翼走を始めた途端、全身の細胞がやっと島に帰れると油断して、一斉に眠ったからに違いない。俺自身、脳の細胞も一緒に休みを取ることなど思いもよらなかった。思い返せばこの七十年近く、休暇を与えたことがない。たかだか五日間の休みに不満は言えない――。

# エピローグ

名も知らぬ　遠き島より
流れ寄る　椰子の実一つ
故郷の岸を　離れて
汝はそも　波に幾月
旧の木は　生いや茂れる
枝はなお　影をやなせる
……………
思いやる　八重の汐々
いずれの日か　国に帰らん

大波止のターミナル・ロビーは朝の光に包まれていた。賑やかだ。杖をはこぶ。一面のガラス張りの向こうには、桟橋が、シーガルが見える。海は静かだ。窓際のベンチに息子と腰を下ろした。息子は東京から、島への挨拶も兼ねて付いてきてくれた。前の席に、うす桃色のワンピースを着た妙齢の婦人が陣取ってきた。

叔父の長男の嫁が切符を受け取ってくる。彼女は島から、勤め先の用事でちょうどこの港町にきていた。私は、妙に胸が騒いでいた。ボーイ・ミーツ・ガール！　目の前に構えたご婦人に、少女の名残りを、懐かしさを見つけていた。婦人もずっと、わたしの顔を探るように覗きこんでくる。覗きこんでくるその顔に、二段に尖った、鼻の尖りぐあいが私を待っていた。何より、同意を促すように覗きこむその煙るような眼差しが、走馬灯のようにフラッシュバックした。

婦人が腰をあげた。

「あのう、あんたはもしかして？　……桃源（とうげん）さん、郷兄（きょう）さん？」

「はい、桃源郷（とうげんあきら）です……キョン、恭子（きょうこ）さん……ですか！」

「やっぱし。如雨露（じょうろ）の取っ手ような耳がちっとも変わっとらん。どげんしとったとか……確か、中学生の時たい、私ば置いて都会へ消えた」

「はい。そんなところです」

息子はピッと立って、座をゆずる。

「あら、よか若もんね。息子さんね？」

「ああ」

「そっで、島に帰って来るとね？」

「やっと、この年になって」

「そう、懐かしかね……私も中学を出て、愛知の織物工場へ行ったと。織姫って教えられてね。でも、我慢できなくて、すぐにやめたと。ほら、私って、小さい頃から発展家だったから。もちろん、島には帰れんから、佐世保や長崎で長いこと暮らしとったと。島へ帰ったんは三十年ぐらい前たい。スナックやって細々と。もう、店も閉めようば思うとる。年取ったばい。そって、どこに住むと?」

「浜で暮らそうと思って。ああ、息子は東京へ帰る。一人暮らしだ」

「そうね、浜でねぇ、……私、住みこみの家政婦でよかばって!」

恭子さんは私の肩に手をかけ、あの遠い日のように、私の眼をじっと覗きこんで呪文をかける。

叔父の長男の嫁が細い目を丸くして、口をぽかんとあけ、息子の袖を引っ張った。

小学校四、五年生の頃、遠い親類の恭子さんの島へ、渡海船に乗ってよく遊びにいった。地曳き網を引いた。サザエを獲りにも潜った。その浦は、サザエを割る浜の場所が決められていて、その一角は砕かれた殼が波に磨かれ、真珠色の小さな浜になっていた。

間もなく、乗船開始を告げるアナウンスが流れた。はやる心をほっと包むような、カステーラのように甘い声だった。

桟橋へ向かう。シーガルに乗りこんだ。高い煙突からカモメは、三人連れのオバサン達が嬌声をまき散らしながら、その内の一人は恥ずかしそうに散らかったその声を拾いながら、転がり込んだのを確認して、笛を鳴らした。桟橋を離れ、静かに水を切っていく。しばらくして加速した。スピードに乗って船体が浮く。確かな、自信に満ちた翼走だ。走る、滑る、走る。

二十代の後半、都会を電車に座っていた。気がつくと窓の外が青い海になっていた。望郷の涙がにじんでいた。あれから長い年月が過ぎ去った。

灘(なだ)は少し揺れた。そして、とうとう島が見えてきた。心は晴れやかだった。桟橋に降りると、音も匂いも島のものだった。やっと、長い旅から帰ってきた。もうここから出ることはない。叔父が迎えにきていた。少し早いが、昼食をとろうと、ログハウスのレストランへ連れていかれた。

メニューは国際色豊かだった。私はスパゲッティーのミナ・ビアンコを指さした。シッタカやヒロンドの巻貝(ミナ)を茹で、殻から取りだした身をオリーブオイルで絡ませた一品だった。なつかしいミナの匂い、驚くほど美味しかった。ミナの、ころころと懐かしい舌ざわりが残った。

厨房の扉が開いて、白い帽子のシェフが一直線にやってきた。

「いらっしゃいませ。明日、畑に行きます」と叔父に挨拶するや、忙しそうに引っこんだ。聞くと、叔父の畑の野菜を仕入れに来るそうだ。叔父の腕も大したものだ。

大川を渡り、曲り坂を登り、峠を越え、街道を走り、山道へ折れ、海と島を眺めながら、山腹を縫う。もうすぐだ。叔父が墓への登り口で車を停めた。急な石段を上り、先祖様に帰還を報告する。さらに上へと登り、祖母方の墓にも参った。

「ほら、ここに刻んであるハナさんいう人、ばあさんの双子だぞ」叔父がそう言って、墓石に水をやる。私は覗きこんだ。ハナと刻まれた下には十四才とある。少女のうちに亡くなっていた。

坂を下りていくと、ゆるいカーブの浜に、わんのこじまが招いていた。

息子は明日にも帰る。一緒に谷へでた。

「ほら！　あの白い木。あの木は切るなよ」

私は屋敷跡の裏山に、天を突いて伸びた白い幹の大木を指さした。

「神様が宿っているから、あの木だけは切らないでくれ」

「何という木ね？」

「分からん。この島にはない木だ」

小さな葉を青々と繁らせている。

「ほら、そこの三つの石、あれは無縁仏だ。あれも大事にしろ」

橋の手前、川床が多少広くなり、少し斜面になっている。そこに三つ、少し大きな石が半ば埋まって立っている。

「無縁仏って、誰？」

「分からない。無縁仏だ。大切にしてやれ。動かすな」

私は、息子に引き継いだ。

夜、息子と二人でヒサの刺身をすくい、アラカブの煮付をつついていると、叔父の長男と漁師の若者が訪ねてきた。

「兄さん」と長男は座り込む。「浜の砂地にアマモを植えたいんだが、作業に谷を借りてもいいね？」

「どうした？」

「漁協で、磯やけ防止にアマモの再生に取りくんでいる最中で、ここの浜も候補に挙がっている。五月も終わりで、もう植える時期がぎりぎりだ」

「頼んます」、と若者がペコッと頭を下げる。

暫く、若者はアマモのプロジェクトに熱中していた。若者は長男に時々相談するようだ。立ててもいるようだ。長男も決してでしゃばらない。叔父のようにコツコツと働き、コツコツと身の回りを手直ししていく、そんな似た親子だった。

ふっと思い出したように、長男が口を開いた。

「兄さん」

「ん……」

「父さんが、後でゆっくりと話しに来ると思うが、英雄さんっていう人が帰って来たとよ」

「英雄さんが？……………いつ？」

「一週間ぐらい前。タクシーで乗りつけて、浜にきたらしい。父さんが畑にいて気づいて、よくよく見たら、年は取っているが蒸発した英雄さんにそっくりで、昼間から幽霊がでるかと遠巻きにしていたら、とことこと傍へ来たって」

「今、どこにいる？」

「昔の英雄さんの家。ぼろ家に入っている。大工も入れてる」

「行方が分からなくなってから……もう三十年はたってるはずだ。もう七十近いだろう。それにしても……」

「あん、鉄砲(てっぽ)ん玉が、今頃帰ってきて。父さんはそう言って、喜んでる。それに英雄さんは、郷はまだ帰ってないのか、いつまで旅をしてるんだって、逆に、兄さんを心配してるって」

——これで、じいさんが三人か！

息子は、どうなることやらと思いながら楽しんでいた。


息子は今日帰る。

朝早く、二人でアコウの木の下のベンチに座った。今日も凪だ。雲が湧き、風がアコウの木根をゆらし、海は輝く。気根が、ヒゲが息子の頬を、額をなでてからかってくる。気に入られたようだ。

沖に見えるのは、ウの頭だろうか。

息子は帰った。さっそく、英雄さんが訪ねてきた。一頻(ひとしき)り、夢の話をしてくれた。

暮らしの準備に、親類への顔出しにと、慌ただしい数日が過ぎていった。

今日は、そのつもりだった。

浜へ降りた。英雄さんが意識を失っていたという五日間、私もまた頻繁に夢を、アコウの木の下に座って、海を眺めている夢を飼っていた。どうやら、夢路を英雄さんと共に歩いていたようなのだ。そして、朧な夢の破片を掻き寄せて、夢の印をえていた。

まずは、手始めだった。

私はアコウの大樹のそばに立ち、葉群(はむら)を見あげ、それから、そっと幹に手を当てた。

２０３☆年、初夏。

あれから、地球は相も変わらず太陽の周りを回り、椿、桜、泰山木、ツワブキと花暦もめくられ、十二匹の動物たちが、列を乱すこともなく順番にやってきた。

島も大きく変わった。島は海上風力発電、潮力発電といった島の周りの豊富な風と海を利用した、再生エネルギーの一大研究拠点に姿を変えつつあった。クロマグロの養殖業にも、隔世の感があった。完全養殖技術の飛躍的な革新と配合飼料の画期的な開発はもとより、新素材、センサー、音響といった先端技術の応用によって、柵のない何十平方キロにも及ぶ広大な海洋牧場が出現していた。

そうそう。

やはり時は止まらなかった。

永劫に流れていくのだ。

息子は今日帰る。

朝早く、息子は浜にいた。今日も凪だ。早くも、窒素ガスの真っ青な空には雲が湧き、海は輝いている。息子はポケットからハンカチ包みを取りだすと、しゃがみ込んだ。目の前の手ごろな石を取ると、三個の骨片の私を崩しにかかった。丁寧に叩いてつぶす。私はやがて灰白色の粉になってしまった。立ちあがると、渚に降りていく。海に私を撒きにかかった。おいおい、違うぞ！　私は焦る。最後に、ハンカチを広げて空中でパッとはたいた。私はアコウの緑の葉群（はむら）に吸いこまれていく。息子は三摘みほど撒いて、アコウの木の下へ戻ってきた。根元を巡りながら、私を撒いていく。

息子はベンチに座って、わんのこじまを眺めている。私は、私の気根は息子の頬を、額をなでてからかう。

やがて、息子は背筋をすっと伸ばすと腰をあげた。帰っていった。

青が重なって紺になり、紺が積もって夕闇が降りてきた。星が宙（そら）いっぱいに嵌（は）めこまれた夜も遅く、鳥と獣のいつもの三人が浜へ、アコウの木にやってきた。私は、幹元から朧に抜けだすと、確かな獣に変容して、三人を迎えた。

（了）

＊この作品はフィクションであり、登場する人物・団体・事件等はすべて架空のものである。

主要参考文献

『漂海民』羽原又吉（岩波新書、一九六三年）
『瀬戸内文化誌』宮本常一（八坂書房、二〇一八年）
『長崎のキリシタン』片岡弥吉（聖母の騎士社、一九八九年）
『五島史と民俗』平山徳一（一九八九年）
『キリシタン伝説百話』谷真介（新潮社、一九八七年）
『海郷の五島』木下陽一（くもん出版、一九八五年）
『聖彩』ペトロ・川崎（ドン・ボスコ社、一九九三年）

[著者略歴]
半海　健（はんかい たけし）
1947 年、長崎県生まれ。
東京都立高等学校教師、団体役員を経て、
現在は執筆活動に従事。

装幀◎澤口　環

わんの小島

2018 年 12 月 22 日　第 1 刷発行　（定価はカバーに表示してあります）

著　者　　半海　健

発行者　　山口　章

発行所　名古屋市中区大須 1-16-29
振替 00880-5-5616 電話 052-218-7808
http://www.fubaisha.com/
風媒社

＊印刷・製本／モリモト印刷　乱丁本・落丁本はお取り替えいたします。

ISBN978-4-8331-5360-7